Johann Kappes

In den Fängen der Securitate –
Erinnerungen eines „Staatsfeindes"
aus dem Banat

Johann Kappes

In den Fängen der Securitate – Erinnerungen eines „Staatsfeindes" aus dem Banat

Die Deutsche Nationalbibliothek verzeichnet diese Publikation in der Deutschen Nationalbibliografie; detaillierte bibliografische Daten sind im Internet über http://dnb.d-nb.de abrufbar.

Johann Kappes
In den Fängen der Securitate – Erinnerungen eines „Staatsfeindes" aus dem Banat
Paperback
196 Seiten

ISBN 9783837053425

Bearbeitet von Ortrun Irene Martini-Dengler,
Magister Artium
Biografien und Lebensgeschichten
Schreyerhof 14   74395 Mundelsheim
www. martini-biografien.de
email: info@martini-biografien.de
Copyright

Herstellung und Verlag: Books on Demand GmbH, Norderstedt

Nachdruck und Vervielfältigung nur mit ausdrücklicher schriftlicher Genehmigung

1.korrigierte Auflage 2008

Unverbindliche Preisempfehlung: Euro 12,00

Ich hatte noch einige Kilometer bis zum ungarisch-rumänischen Grenzübergang. Hier wurde ich zwei Jahre zuvor von zwei mit Maschinengewehren bewaffneten Soldaten zur ungarischen Grenze zurückgebracht.

Ich war sehr überrascht, dass nun keine PKWs in der Schlange standen, denn es war kurz nach Weihnachten und um diese Zeit fuhren immer viele Besucher aus Deutschland zu ihren Bekannten und Verwandten nach Rumänien.
Ich näherte mich vorsichtig dem Grenzübergang. Es war immer noch kein Auto zu sehen. Es war gespenstisch ruhig.
Ich hielt an und stieg aus. Ein Offizier kam mir entgegen. „Wohin möchten Sie?"
„Nach Sankt Anna" antwortete ich.
Er beobachtete mich verdutzt und war etwas überrascht.
„Geben Sie mir Ihren Pass!"
Ich tat es.
Langsam blätterte er darin und sah mich an. An den vielen Stempeln konnte er erkennen, dass mir immer wieder die Einreise verweigert worden war.
„Visum anulat" stand in roter Schrift.
Er fragte höflich. „Wann waren Sie denn das letzte Mal in Rumänien?"
„Noch kein einziges Mal seit meiner Ausreise vor zwölf Jahren."
„Warum durften Sie nicht einreisen?"
„Ich weiß es nicht."
„Hatten Sie Probleme?"
„Ja."
„Welcher Art; politische?"
„Ja" erwiderte ich.
Er sah mir in die Augen und sagte: „Solche Leute wie Sie braucht unser Land jetzt!"
Ich war verblüfft. Das hatte ich so nicht erwartet.
Er streckte mir meinen Pass entgegen. Mein Auto wurde nicht kontrolliert, nicht einmal den Kofferraumdeckel musste ich öffnen.
Der Offizier wünschte mir noch eine gute Reise und gab mir dabei die Hand. Er befahl dem Soldaten, den Schlagbaum zu öffnen.
Ich konnte es nicht fassen.
Langsam fuhr ich weiter.
Mit jedem Meter, den ich in meiner alten Heimat zurücklegte, versank ich tiefer in Erinnerungen an Geschehnisse der letzten dreißig Jahre.

Erster gescheiterter Fluchtversuch

Der Zug in Richtung Budapest - Wien rollte langsam in den Bahnhof von Arad ein. Eine Stadt, die mir sehr bekannt war. Seit 1964 pendelte ich täglich mit dem Zug von Sankt Anna nach Arad, wo ich als Schlosser in der Waggonfabrik arbeitete.

Eine Stimme ertönte aus dem Lautsprecher:

„Achtung, Achtung! Der Zug in Richtung Budapest - Wien verlässt in fünf Minuten den Bahnhof Arad von Gleis eins. Einsteigen bitte!"

Der Zug setzte sich langsam in Bewegung.

Wir lagen schon seit fünf Stunden zusammengekauert auf dem Dachboden des Waggons versteckt, mit dem Ziel nach Deutschland zu flüchten. Es waren noch ungefähr zwanzig Minuten bis zur Staatsgrenze Rumäniens zu Ungarn.

Je mehr sich der Zug dem Bahnhof Curtici näherte, umso größer wurde meine Aufregung. Wir pressten uns alle drei dicht aneinander und flüsterten uns nichts mehr zu wie bisher. In mir entstand ein Gefühl von Hoffnung und Angst. In der Stille hörte ich mein Herz pochen, es schlug mir bis zum Hals.

Ich spürte wie in der Dunkelheit eine Hand mein Gesicht abtastete und mir ein Kreuz auf die Stirn zeichnete. Ich verstand sofort, dass der neben mir liegende Hans Burger, mein Cousin und Nachbar, mit dem Zeichen unseres katholischen Glaubens mir viel Glück wünschte, dass uns die Offiziere und Soldaten die demnächst den Zug durchsuchen würden, unser Versteck nicht fänden. Der Zug verlor an Geschwindigkeit und rollte in den letzten rumänischen Bahnhof Curtici ein.

Wir lauschten jetzt auf jedes Geräusch und jedes Wort, dass wir von unten im Zug wahrnahmen. Es waren nicht viele Passagiere im Zug, denn zu diesem Zeitpunkt gab es in Rumänien nicht viele Leute, die das Privileg hatten, ins Ausland zu reisen.

Der Zug hielt. Grenzoffiziere betraten den Zug, öffneten die Abteile und fragten nach Papieren und Reisepässen. Von unten hörte man lautes Gepolter, als die Grenzsoldaten den Zug bestiegen. Sie öffneten alle Abteile und durchsuchten sie. Die Geräusche wurden immer leiser, als die Soldaten sich in die andere Richtung des Waggons entfernten.

Erleichterung in mir und gleichzeitig Hoffnung, dass uns unsere Flucht nach Deutschland gelingen würde.

Das Gepolter der schweren Lederstiefel der Soldaten näherte sich wieder. Ein Soldat rief dem anderen laut zu: „Komm, wir müssen noch schnell den Dachboden des Waggons durchsuchen."

Wir zuckten alle drei zusammen. Ich wusste, was auf mich zukommen würde, falls sie unser Versteck fänden.

Die Soldaten machten sich unter uns am Ende des Waggons zu schaffen. Eine Klappe öffnete sich nach unten. Tageslicht drang in unser Versteck, es musste ungefähr zehn Uhr morgens sein.

Eine wahnsinnige Angst durchzuckte meinen ganzen Körper.

Ein Soldat stellte eine kleine Leiter auf, um besseren Einblick in den Dachboden des Waggons zu bekommen. Ein greller Strahl einer Taschenlampe blendete unsere Gesichter. Der Soldat auf der Leiter geriet in Panik und schrie laut und aufgeregt:

„Infractori - Spioni!" *„Verbrecher - Spione!"*

Ein metallisches Geräusch Ritsch-Ratsch war zu hören. Der zweite Soldat entsicherte seine Maschinenpistole und richtete sie auf uns mit dem Befehl: *„Miinile sus!"* *„Hände hoch!"*

Ich versuchte meine Hände nach oben zu strecken, schaffte es aber nicht, da ich auf dem Bauch lag und nach oben keinen Platz hatte.

Der Soldat schrie ein zweites Mal ganz laut: *„Hände hoch!"*

Voller Angst streckte ich meine Hände nach vorne, so dass sie für den Soldaten sichtbar waren.

Im Zug herrschte wildes Durcheinander. Neugierige Passagiere kamen hinzu, um das Geschehen zu beobachten. Herbeigeeilte Offiziere drängten die Passagiere in ihre Abteile zurück.

Ein Offizier richtete in strengem Ton den Befehl an uns: *„Runter mit euch! Vaterlandsverräter!"*

Verängstigt stieg ich über die kleine Leiter aus meinem Versteck herab. Mit erhobenen Händen und vorgehaltenen Waffen wurden wir in das Bahnhofsgebäude gebracht. Ich drehte meinen Kopf seitlich nach rechts und warf noch einen verstohlenen Blick auf den Zug. Neidvoll blickte ich auf die Leute die Richtung Westen unterwegs waren und gespannt beobachteten wie wir in eine ungewisse Zukunft abgeführt wurden.

Im Bahnhofsgebäude wurden wir eine Treppe hochgescheucht. Mit hasserfüllter Stimme brüllte uns ein Offizier an: *„Bewegt euch, ihr Verbrecher!"*

Unsanft wurde ich in einen Raum geschubst, ein Bürogebäude der Grenzoffiziere. Ich musste mich einer Leibesvisitation unterziehen und eine Prozedur begann.

Der Offizier tastete mich am nackten Körper von oben bis unten ab. Die Offiziere brüllten wild durcheinander, schrieen uns an und bezeichneten uns als Vaterlandsverräter.

Der dienstranghöchste Offizier übernahm das Kommando. Er setzte sich an seinen Schreibtisch und nahm unsere Personalien auf. Bei der Durchsuchung meiner Sachen fand ein Offizier meinen Ausweis und legte ihn dem Major auf den Schreibtisch. Neugierig blätterte er in meinem Ausweis.

Sein Blick richtete sich auf mich und im scharfen Ton sagte er: *„Aha. Nemti."* *„Aha. Deutsche."* In meinem Ausweis befand sich ein Vermerk: *„Nationalitate Germana - Deutsche Nationalität".*

Bedrohlich näherte er sich mir und schrie mich an:

„Gefällt es euch nicht mehr in Rumänien, ihr Vaterlandsverräter? Habt ihr etwas gegen den Staat und seine kommunistische Regierung?"

Ich traute mich nicht, auf diese ungeheuerliche Anschuldigung zu antworten. Nackt, mit gesenktem Kopf stand ich vor ihm.

„Raspunde!" „Antworte!"

Zögerlich und leise antwortete ich mit „Nu." „Nein."

„Wenn ihr nichts gegen den Staat und seine kommunistische Regierung habt, wieso wollt ihr dann ins imperialistische Ausland flüchten?"

Ängstlich erklärte ich, unser Fluchtversuch sei unüberlegt und leichtsinnig und wir würden die Tat auch schon bereuen.

„Wohin wolltet ihr flüchten?" fragte der Major.

„In die Bundesrepublik Deutschland", sagte ich.

„Woher wisst ihr denn etwas über die Bundesrepublik Deutschland", fragte er höhnisch.

Ich erklärte dem Major, dass wir Verwandte in Deutschland hätten, die jeden Sommer nach Sankt Anna zu Besuch kämen. Er zeigte sich sehr überrascht, dass wir Verwandte in Deutschland haben sollten. Außerdem schien er nicht viel über uns Deutsche zu wissen, obwohl es in Arad und den umliegenden Dörfern sehr viele Deutsche gab. Er stammte bestimmt aus einer anderen Region Rumäniens, in der es keine Deutschen gab. Er redete sehr gehässig und abfällig über uns Deutsche.

Ich musste meine Beweggründe zu unserer Flucht erklären, die der Major zu Protokoll nahm.

„Im Juli zum Kirchweihfest waren sehr viele Besucher aus Deutschland zu ihren Verwandten nach Sankt Anna gekommen. Unter anderem auch der Cousin vom Burger Hans. Ich kannte ihn schon aus der Kindheit. In diesem Jahr war er das erste Mal mit seinem eigenen Auto, einem VW- Käfer, gekommen.

Er nahm uns, den Burger Hans und mich, öfter zu Spazierfahrten mit und anschließend saßen wir noch bis spät in die Nacht zusammen und er erzählte uns über Deutschland. Dass es genügend Arbeitsplätze gäbe und dass viele Gastarbeiter aus der Türkei, Jugoslawien und Italien nach Deutschland kämen, um Geld zu verdienen. Da wir die deutsche Sprache beherrschten und eine abgeschlossen Lehre hätten, wäre es für uns kein Problem, einen Arbeitsplatz zu finden.

Wir schmiedeten Fluchtpläne, beobachteten in den nächsten Tagen den Zug der über Arad nach Wien fuhr und fanden das Versteck, das über einen Abstellraum neben der Toilette in den Dachboden führte. Wir entschlossen uns kurzfristig zusammen mit Burger Hans und Martin Geiser die Flucht zu wagen."

Nach meiner Schilderung zum Fluchtversuch sprach einer der Offiziere von *„Abenteurern"*. Ich war erleichtert, dass man nicht mehr von *„Vaterlandsverrätern"* sprach.

Die Offiziere waren schon viel gelassener, doch sie gaben uns noch keine Auskunft über die Höhe der Strafe, die uns erwartete. Wir hatten uns keinerlei Gedanken gemacht, was passieren würde, falls man uns erwischt. Sie machten das wohl absichtlich, damit keiner von uns kalte Füße bekäme und unser Traum von einem schöneren Leben schon von vornherein scheiterte.

In unserer Gemeinde Sankt Anna gab es vor uns noch keinen Fall von Grenzflucht und ich kannte auch sonst niemanden. Wir hatten absolut keine Ahnung von der Höhe der Strafe, die uns erwartete. Da die Offiziere nicht mehr von *Vaterlandsverrätern* und *Staatsfeinden* redeten, machte ich mir Hoffnung, dass wir glimpflich davon kommen würden.

Wir wurden schon mehrere Stunden verhört und draußen wurde es langsam dunkel.

Ich fragte den Major, ob man mir erlauben würde, auf die Toilette zu gehen. Ein Offizier, der draußen auf dem Flur stand, begleitete mich. Er war noch sehr jung und freundlich. Höflich fragte er nach meinem Alter. Ich sei achtzehn Jahre alt, erklärte ich ihm.

Er sah mich voller Mitleid an und sagte: „Schade, du hast dir mit deiner Tat, die du begangen hast, deine ganze Zukunft, ja dein ganzes Leben versaut! Du musst mit einer hohen Gefängnisstrafe rechnen und wirst erst in fünf bis sechs Jahren als gebrochener Mann nach schwerer Haft wieder heimkehren."

In mir brach eine Welt zusammen. Ich hatte das Gefühl, als ob mir jemand den Boden unter den Füßen weggezogen hätte.

Jetzt wurde mir der Ernst der Lage, in der ich mich befand, erst richtig bewusst. Wie in Trance kehrte ich wieder in den Raum zurück und blickte in die Gesichter meiner beiden Freunde, die noch nichts ahnend, was uns erwartete, ziemlich gelassen wirkten.

Großes Gelächter unter den Offizieren, als der erst sechzehnjährige Martin Geiser fragte: „Könnte mich ein Offizier begleiten, falls wir jetzt nach Hause geschickt werden?"

„Warum fragst du danach?", sagte der Major.

„Ich habe Angst, von meinem Vater, der sehr streng ist, verprügelt zu werden."

„Mach dir keine Sorgen, denn so schnell wirst du nicht heimkehren. Bis du aus dem Gefängnis kommst, hat dein Vater sich schon längst beruhigt", antwortete der Major.

Der Major nahm das Telefon und führte über längere Zeit ein Gespräch. Nachdem er dieses beendet hatte, sagte er in strengem Ton: „Fertig machen für den Transport!"

Meine Hände wurden am Rücken gefesselt, ein Soldat packte mich am Oberarm und zerrte mich die Treppe hinunter. Vor dem Bahnhofsgebäude wartete ein Militärfahrzeug mit laufendem Motor. Zwei Soldaten kamen von hinten auf mich zugelaufen und verpassten mir einige Tritte in den Hintern. Einer der Soldaten traf mich mit der Stiefelspitze am Steißbein. Ich verspürte einen höllischen Schmerz. Ein Soldat, der sich schon im Fahrzeug befand, packte mich an den Schultern und zog mich nach oben. Ich rutschte weg und schlug mit dem Schienbein gegen die Ladefläche. Ich war froh, als ich endlich auf der Holzbank im Fahrzeug Platz nahm. Als meine beiden Freunde auch im Fahrzeug waren, brauste es davon.

Ich beobachtete genau in welche Richtung wir fuhren, denn ich wollte nicht so weit von zu Hause weg sein. Wir fuhren durch Arad. Als wir die Stadt verlassen hatten, nahm das Fahrzeug Kurs Richtung Timisoara (Temeswar). In Temeswar gab es das berüchtigte Gefängnis *Popa Sapca- Priesters Mütze*. Mich überkam große Angst vor dem Gefängnis.

Ich war sensibel und zurückhaltend und ich wusste aus Erzählungen, dass man mit Häftlingen nicht zimperlich umgeht. Ich machte mir Sorgen.

Wir fuhren weiter Richtung Stadt und plötzlich hielt unser Fahrzeug. Ich war sehr überrascht, dass wir nicht ins Gefängnis gebracht wurden, sondern in eine Militärkaserne.

Ein Offizier und zwei mit Maschinenpistolen bewaffnete Soldaten nahmen uns in Empfang und brachten uns in ein Kellergebäude, in dem sich Arrestzellen befanden.

Bevor man mich in die Zelle steckte, wurden mir die Schnürsenkel und der Gürtel abgenommen. Der Offizier sagte, wir sollten keine Möglichkeit bekommen, Selbstmord zu begehen, denn so einfach sollten wir Vaterlandsverräter nicht davon kommen. Wir sollten für unser Verbrechen schwer büßen.

Der Soldat schob mich in eine Zelle, in der sich ein kleiner Tisch, eine Holzbank und ein Stockbett aus Metall befanden. Ich solle mich in das obere Bett legen, damit er mich besser beobachten könne, sagte der Soldat.

Ich zog meine Schuhe aus und legte mich so bekleidet ins Bett. Meine Kleider rochen stark nach Schweiß, denn ich hatte sie schon seit gestern Morgen am Leib. Bei meiner Festnahme und beim Verhör habe ich vor Aufregung sehr geschwitzt.

Ich warf noch einen Blick in die Zelle vom Burger Hans die schräg gegenüber lag. Er lag auf seinem Bett und sein Blick ging ins Leere. Er starrte auf die Decke. Als er bemerkte, dass ich ihn beobachte, warf er mir nur einen kurzen Blick zu, denn jeder von uns war mit sich selbst beschäftigt.

Dieser Tag hatte mich schwer mitgenommen, ich zog mir die raue Pferdedecke über den Kopf und dachte noch eine Weile über alles nach.

Es war der 8. August 1968. Er hat mein Leben verändert.

Zum ersten Mal kam ich mit dem Machtapparat des Landes in Berührung. Bisher kannte ich nur den fürsorglichen Staat, der für seine Bürger da war, um ihnen in allen Lebenslagen zu helfen.

Besonders hart traf es die Leute, die als politische Gegner und Vaterlandsverräter galten. Jetzt merkte ich, wie man behandelt wird, wenn man sich dem politischen System, das in Rumänien herrschte, nicht fügte. Ich dachte noch eine Weile über alles nach, dann muss ich wohl vor lauter Erschöpfung und Müdigkeit in einen Tiefschlaf gefallen sein.

Als ich am nächsten Morgen aufwachte, war es schon hell. Der Burger Hans marschierte schon unruhig in seiner Zelle umher. Ich stieg aus meinem Bett und hatte überhaupt nicht daran gedacht, mein Bett zu machen. Der Soldat sagte mir, ich brauche das Bett nicht zu machen, später komme eine Putzfrau. Der Burger Hans schaute zu mir herüber und lächelte dabei. Wir durften ja nicht miteinander reden. Mit seinem Lächeln wollte er mir wahrscheinlich Mut machen und sagen, das packen wir schon und stehen es durch. Aber ich kannte ihn viel zu gut und merkte, dass er Angst hatte und verzweifelt war. Wir gingen den ganzen Weg unseres bisherigen Lebens gemeinsam.

Meine Mutter und sein Vater waren Geschwister, wir gingen gemeinsam in den Kindergarten und in die Schule. Wir waren zusammen Ministranten in unserer katholischen Kirche, später spielten wir zusammen Fußball in der Juniorenmannschaft von Sankt Anna. Als Jugendliche gingen wir zusammen auf unsere traditionelle Maifeier und Kirchweih tanzen. Die meisten Leute aus unserer Gemeinde hielten uns für Geschwister, weil wir immer und über all zusammen waren.

Die beiden Soldaten die unsere Zelle bewachten, amüsierten sich über uns.
Mein Bewacher brüllte mich an: „Du bist hier nicht in einem Hotel und auch nicht zu Hause bei deiner Mutter! Mach sofort dein Bett und zwar so straff, dass wenn ich eine Geldmünze auf die Bettdecke werfe, sie wieder nach oben federt!"
Ich machte mein Bett so gut es ging und der Soldat gab sich leicht murrend zufrieden.

Meine Blase drückte, denn ich war seit gestern Nachmittag nicht mehr auf der Toilette. Ich traute mich nicht, den Soldaten danach zu fragen und hielt es noch eine Weile aus. Der Soldat brachte mir mein Frühstück in die Zelle, eine Scheibe Schwarzbrot und eine Tasse Tee. Ich knabberte ein wenig an dem Brot, trank einen Schluck Tee und ließ es stehen. Ich hatte einfach keinen Hunger.
„Zu Hause hast du wohl besseres Essen bekommen…" meinte der Soldat.
Ich nickte.
„Wenn es dir so gut ging, wieso wolltest du dann ins Ausland flüchten?" fragte er.
Ich antwortete ihm nicht auf diese dumme Frage. Ich fragte ihn danach, ob ich auf die Toilette dürfe. Ich solle mich noch ein wenig gedulden, meinte er, schließlich sei er nicht mein Diener. Ich hätte hier keine Rechte.
Gelangweilt spazierte ich in der Zelle umher. Endlich forderte der Soldat mich auf, auf die Toilette mit zu kommen. Ich lief den Flur entlang. Der Soldat folgte mir und hielt seine Waffe auf mich gerichtet. Am Ende des Flurs ging es zu den Toiletten, an der Wand befand sich ein Pissoir. Ich versuchte Wasser zu lassen, aber es klappte nicht. Zu sehr konzentrierte ich mich auf den Soldaten, der zwei Meter hinter mir stand und seine Waffe auf mich richtete. Seitlich rechts von mir stand ein abgestumpfter Reisigbesen. Plötzlich war es, als ob mir jemand in

meinem Gehirn befehlen würde, den Besen zu nehmen und auf den Soldaten los zu gehen. Wohl wissend, dass er mich erschießen würde. Ich versuchte, mich zu beherrschen und nicht mehr auf den Besen zu blicken. Ich zog schnell meine Hose hoch und sagte dem Soldaten, ich sei fertig. Er merkte, dass ich lüge und sagte, ich solle ihn nicht zum Narren halten. Ich ging wieder zurück in meine Zelle und setzte mich auf die Holzbank. Es dauerte nicht lange und meine Blase drückte noch schlimmer als vorher. Ich konnte es kaum noch halten und presste meine Knie ineinander wie ein kleines Kind. Der Soldat merkte es und forderte mich auf, mit zu kommen. Diesmal versuchte ich zu ignorieren, dass der Soldat seine Waffe auf mich gerichtet hielt. Ich stellte mich vor die Wand und versuchte den Blick auf den Besen zu vermeiden. Es klappte wunderbar. Ganz erleichtert kehrte ich wieder in meine Zelle zurück. Gelangweilt lief ich in meiner Zelle umher, da kam ein Offizier und forderte mich auf, zum Verhör zu kommen. Ich lief hinter ihm den Flur entlang und die Treppe hoch, wo mich schon ein anderer Militär erwartete und auch solche Knüppel hatte. Er fordertet mich auf, in sein Büro zu kommen. Mit Ehrfurcht blickte ich zu ihm hoch. Er war sehr groß und hatte breite Schultern. Mit seiner Offiziersuniform wirkte er neben mir wie ein Riese. Ich war sehr schmächtig und wog gerade mal sechzig Kilogramm. Er zog seine Uniformjacke aus und hängte sie an die Garderobe links hinter ihm. Rechts an der Garderobe hinter ihm hing ein Gummiknüppel sehr auffällig und gut sichtbar. Ich war sehr überrascht, dass das nur bei der Polizei bekannt war. Auf seinen Schulterklappen sah ich drei große Sterne blitzen und ich wusste, dass dies der höchste Offiziersrang war, ein *Colonel*, obwohl ich noch nicht beim Militärdienst war.

Er wusste schon, dass ich Deutscher bin, denn er hatte die Akten aus Curtici gelesen. Er hätte des Öfteren schon mit Deutschen zu tun gehabt und schätze ihre Ehrlichkeit, Aufrichtigkeit und Fleiß und er hoffe mit mir auch keine Probleme zu bekommen. Der Colonel gehörte zu einer Einheit der Securitate die zuständig war für die Sicherheit des Landes. Er war ein absoluter Profi.
Er wolle von mir absolut alles erfahren und ich solle nicht versuchen ihn anzulügen, denn falls ich nicht mit der ganzen Wahrheit rausrücke, werde er sie aus mir herausprügeln und zeigte dabei demonstrativ auf seinen Gummiknüppel.
„Ich habe ja schon in Curtici alles zu Protokoll gegeben", sagte ich.
Das sei nicht der Rede wert, was ich in Curtici erzählt habe. Er wolle viel mehr wissen und zwar die ganze Wahrheit.

Ich war überrascht, wie viel er schon über meinen Vater wusste, obwohl wir erst gestern verhaftet wurden. Mein Vater hätte während des Zweiten Weltkriegs bei den Nazis gekämpft und er wäre ein Revanchist, erklärte mir der Colonel. Auch in der Kollektivwirtschaft würde mein Vater sich nicht loyal gegenüber den Kommunisten unter der Leitung von Goina verhalten. Genosse Goina sei ein angesehener Mann und hätte es in der Partei bis ins Zentralkomitee geschafft und würde die Kollektivwirtschaft in Sankt Anna hervorragend führen. Erst vor

Kurzem sei er vom ersten Parteisekretär des Landes, Nicolai Ceausescu, als Held der Arbeit ausgezeichnet worden.

Der Colonel war ein aufrichtiger ehrlicher Mann, ein echter Patriot, der an eine gerechte Sache glaubte.

Er wollte wissen, wie die politische Meinung in meinem Elternhaus sei.

„In meinem Elternhaus gibt es keine politische Meinung", sagte ich. „Da wird über Politik überhaupt nicht gesprochen. Meine Eltern sind einfache Bauern und haben andere Sorgen als Politik."

Er wollte meine Meinung über das Mehrparteiensystem im Westen wissen oder ob ich auch die einzig richtige Arbeiterpartei für gut heiße, so, wie sie in meinem Vaterland Rumänien ist? Schließlich wäre ich ja auch ein einfacher Arbeiter. Er verstehe das sowieso nicht, wieso ich in ein Land flüchten will, wo die Arbeiter keine Rechte haben und ausgebeutet werden. Mein Land habe mir die Möglichkeit gegeben, kostenlos einen Beruf zu erlernen und als Dank wolle ich jetzt in ein imperialistisches Land flüchten. Er belehrte mich, was Vaterland und Heimat bedeuten.

„Man verlässt sein Vaterland nicht wegen eines gebrauchten Autos", sagte er auf Anspielung zum Protokoll von Curtici, wo ich als Grund meiner Flucht auch den Erwerb eines eigenen Autos angegeben habe. Wir Deutsche hätten in Rumänien eigene Schulen in unserer Muttersprache, viele junge Deutsche würden auch hier in Temeswar studieren. Er verstehe nicht, wieso wir unzufrieden seien und flüchten wollten. Die Deutschen würden in Rumänien sehr gut behandelt werden. Mein Vater und viele andere Deutsche, die bei den Nazis kämpften im Zweiten Weltkrieg, dürften trotzdem auf den Feldern Sankt Annas arbeiten und ihr Brot verdienen. Es gäbe auch einige Deutsche, die mit der kommunistischen Führung unter der Leitung von Goina sehr gut zusammen arbeiteten, erklärte der Colonel.

Nach einigen Stunden Verhör und Aufklärung durfte ich wieder in meine Zelle zurück.

Ich war sehr beeindruckt über den Colonel, beantwortete all seine Fragen und er verhielt sich mir gegenüber sehr korrekt. Zum Schluss sagte er noch, wir würden wegen Fluchtversuchs sehr hart bestraft werden, nach geltendem Recht und Gesetz. Doch ich konnte nicht erfahren, wie hoch unsere Strafe sein würde.

In der Zelle dachte ich noch eine Weile über das Verhör nach und um so mehr ich nachdachte, desto klarer wurde mir, dass der Colonel die ganze Wahrheit verfälschte. Genau wie in unseren Geschichtsbüchern.

Der Vorwurf, dass mein Vater bei den Nazis kämpfte und Revanchist sei, war total haltlos. Mein Vater leistete seinen Militärdienst in Rumänien bei der Kavallerie in Craiova. Die rumänische Armee kämpfte als Verbündete Deutschlands im Zweiten Weltkrieg gegen Russland unter der Führung des Generals Antonescu. In einem gemeinsamen Abkommen wurden die Volksdeutschen 1943 von dem rumänischen Militär abgezogen und mussten für Deutschland in den Krieg ziehen. 1944 wendete das rumänische Militär seine Waffen gegen seine ehemaligen Verbündeten und kämpfte gemeinsam mit den

Russen gegen Deutschland. Die Verlierer waren jetzt die Volksdeutschen wie mein Vater und viele Hunderttausend anderer, die dann beim deutschen Militär kämpften.

Der König wurde vertrieben und die Kommunisten übernahmen die Macht nach dem Krieg. Von da an erlitten die Volksdeutschen in Rumänien einen Schicksalsschlag nach dem anderen.

Zu der Zeit als meine Vorfahren 1750 vom Breisgau in das Banat kamen, gab es das heutige Rumänien noch nicht. Erst nach dem ersten Weltkrieg wurde Transsylvanien laut dem Versailler Vertrag Rumänien zugesprochen. Aber erst nach der Machtergreifung der Kommunisten ging es mit den Deutschen bergab.

Die kommunistische Regierung versündigte sich an den Volksdeutschen. 1945 wurden dreihunderttausend Volksdeutsche nach Russland verschleppt. Die russische Regierung verlangte von allen Staaten die gegen Russland im Zweiten Weltkrieg gekämpft hatten, Reparationszahlungen.

Die rumänische Regierung sollte dreihunderttausend Leute zum Wiederaufbau nach Russland schicken. Es wurden aber ausschließlich Deutsche verschleppt.

Meine Mutter erzählte des Öfteren über ihre Verschleppung.

Wir Kinder fanden das immer sehr interessant.

Im Januar 1945 an einem Sonntag, als sie aus der Kirche kam, ging das Gerücht um, alle jungen Mädchen und Frauen zwischen siebzehn und dreißig Jahren und Männer zwischen siebzehn und vierzig Jahren sollten nach Russland verschleppt werden. Voller Angst und Verzweiflung suchte sie in ihrem Elternhaus nach einem guten Versteck. Zusammen mit einer guten Freundin fand sie ein gutes Versteck. Dies befand sich auf dem Dachboden in der Räucherkammer.

Am nächsten Morgen wurden in der Bürgerschule die Fenster mit einem Bretterverschlag verriegelt. Am Bahnhof in Sankt Anna standen die Waggons schon bereit.

Meine Mutter kroch zusammen mit ihrer Freundin in ihr Versteck. Schon am nächsten Tag gingen die Behörden aus dem Rathaus zusammen mit russischen und rumänischen Soldaten und nahmen alle auffindbaren junge Frauen und Männer mit in die Bürgerschule. Da meine Mutter und ihre Freundin nicht auffindbar waren, kamen sie und durchsuchten das ganze Haus. Sie riefen mehrmals ihre Namen und klopften mit dem Gewehrkolben an die Kaminmauer. Mucksmäuschenstill und voller Angst blieben sie in ihrem Versteck bis die Soldaten wieder abgezogen waren. Danach kamen sie wieder aus ihrem Versteck heraus, aber verließen das Haus nicht mehr. Ihre Freundin blieb über Nacht, damit sie auf keinen Fall von jemandem gesehen und dann verraten werden konnte.

Nach einigen Tagen, als schon genug Leute für den ersten Transport verfügbar waren, wurden diese mit Lastwagen an den Bahnhof gefahren, in Viehwaggons verladen und der erste Transport nahm Anlauf nach Russland. Meine Mutter war erleichtert, denn sie ahnte nicht, dass es noch einen zweiten und dritten Transport geben würde. Die Behörden suchten noch schnell nach jungen Frauen und

Männern für den nächsten Transport. Die Freundin und meine Mutter gingen wieder in ihr Versteck und wie jeden Tag kamen die Soldaten zur Durchsuchung. Doch diesmal riefen sie: „Wir wissen, dass ihr da oben seid!" Die jungen Frauen bewegten sich jedoch nicht und blieben oben bis die Soldaten wieder gegangen waren. Nun fuhr auch schon der zweite Transport mit den Viehwaggons Richtung Russland. Hoffnungsvoll kamen die zwei wieder aus ihrem Versteck und nun begann das übliche Spiel noch einmal von vorne, da es noch einen dritten Transport geben sollte. Die Soldaten ließen sich diesmal einen miesen Trick einfallen. Sie nahmen meine Großmutter mit in die Bürgerschule und drohten, sie mitzunehmen, falls meine Mutter sich nicht freiwillig melde. Meine Großmutter war schon sechzig Jahre alt und Mutter von elf Kindern. Die Soldaten kamen wieder, aber diesmal mit der Großmutter. Sie klopften an die Kaminmauer und schrieen: „ Kommt herunter und meldet euch freiwillig, ansonsten nehmen wir eure Mutter mit nach Russland!" Meine Mutter brachte es nicht übers Herz, ihrer Mutter so etwas anzutun und meldete sich in der Bürgerschule.

Am nächsten Tag wurden sie mit Lastwagen zum Bahnhof gebracht, in Viehwaggons verladen und somit fuhr der dritte und letzte Transport von Sankt Anna nach Russland.

Fast die Hälfte der jungen Frauen kehrten nicht mehr zurück, denn sie starben an Hunger und Kälte im fernen Russland. 1950 kamen die letzten aus der Verschleppung zurück. Meine Mutter hatte mehr Glück. Sie kehrte schon 1947 wieder heim.

Auch viele junge Männer aus Sankt Anna verloren ihr Leben im Krieg. Mein Vater kam 1946 nach drei Jahren Krieg und Gefangenschaft nach Hause. Nur weil sie Deutsche waren, starben aus Sankt Anna während der Deportation über 275 junge Frauen, dazu kamen noch über 350 gefallene Männer im Krieg. Fast ein Viertel der arbeitsfähigen jungen Leute aus Sankt Anna starben. Sie dachten, das Schlimmste überstanden zu haben und machten sich mutig an die Arbeit. Es gab viel zu tun, denn während des Krieges waren fast alle jungen Männer nach Russland eingezogen und die jungen Frauen dorthin verschleppt.

1947 kam der nächste Schlag. Der König wurde vertrieben und die Kommunisten kamen an die Macht. Dies war der Anfang vom Ende der Deutschen. Im Zuge der Agrarreform wurden alle Großgrundbesitzer im Land enteignet. Die Deutschen in Sankt Anna traf es besonders hart, da sie bis dahin ausschließlich vom Ackerbau und der Viehzucht lebten. Sie verloren alles, wofür sie vor Hunderten von Jahren hierher gekommen sind.

Der Colonel sagte, mein Vater müsse froh sein, überhaupt auf den Feldern Sankt Annas arbeiten zu dürfen.

Dabei war er in Wirklichkeit Sklave auf seinem eigenen Land. Er musste in der Kollektivwirtschaft unter der Leitung von Goina schwer schuften und dies nur für einen mickrigen Hungerlohn. Ich kannte Goina schon als Kind, denn als er nach Sankt Anna kam, wohnte er bei meiner Tante, der Schwester meines Vaters. Er wusste ganz genau, warum er nach Sankt Anna kam, denn er kannte Ceausescu schon, als die Kommunisten noch in der Illegalität waren. In Sankt Anna gab es fruchtbaren Boden und viele Deutsche die etwas vom Ackerbau und der Viehzucht verstanden. Genau deshalb kam Goina nach Sankt Anna.

Die Kolonisten, so wurden die zugezogenen Rumänen von den Deutschen genannt, hatten das Recht bei den Deutschen einzuziehen. Sie nahmen sich meist das beste und schönste Zimmer im Haus. Auch bei uns wohnten welche. Hier nahmen sie sich die vordere Stube mit den Fenstern zur Straße. In diesem Raum befand sich der Kachelofen und der Fußboden war aus Holzdielen. Ich erinnere mich noch genau daran, als ich noch ein Kind war, gingen die Kolonisten immer durch unsere Zimmer. Es war sehr laut, denn sie hatten oft Besuch.
Mein Vater schimpfte am Abend, dass es zu laut war und er nicht schlafen konnte. Meine Mutter flüsterte ihm zu:
„Beherrsche dich! Mit denen ist nicht zu spaßen."
Mit „denen" meinte sie die neuen Machthaber, die jetzt das Sagen hatten. Bis jetzt wohnten die Deutschen ausschließlich unter sich. Nun kamen die Rumänen und wir mussten uns unterordnen. Trotzdem schufteten sie in der Kollektivwirtschaft, als wäre es noch ihr eigenes Feld. Hiervon profitierten nicht sie selbst, sondern Goina.
Am nächsten Morgen schimpfte auch meine Mutter, denn der Besuch unserer Kolonisten hatte die Pferde im Blumenbeet meiner Mutter, unter der Linde im Hof angebunden und diese hatten die Blumen gefressen und zertrampelt.

Die bei uns einquartierten Kolonisten hatten zwei Kinder, ein Mädchen und einen Jungen, mit denen wir uns anfreundeten.
Der Mann war Kommunist und gehörte zusammen mit Goina der Führung der Kollektivwirtschaft an.

Nachdem Ceausescu 1965 an die Macht kam, besuchte er anschließend die Kollektivwirtschaft von Sankt Anna und diese wurde mit der Zeit zu einem Vorzeigeunternehmen.

Nach einigen Jahren bauten sich die „Kolonisten" neue Häuser in einer Siedlung neben der Mühle.
Die Deutschen gewöhnten sich an das Leben mit ihnen; es gab ja auch keine andere Wahl.

Anfang der 50er Jahre fingen die Kommunisten schon mit Verhaftungen an, zunächst einen hohen Würdenträger der katholischen Kirche, den Bischof von Temeswar, danach auch Zivilpersonen, darunter auch einige Deutsche aus Sankt Anna, weil die Kommunisten wegen der Revolution in Ungarn ihre Macht gefährdet sahen.
So wurden auch viele Studenten aus Klausenburg und Temeswar wahllos als

politische Agitatoren ins Gefängnis gesteckt.

Der Colonel beschuldigte meinen Vater, Revanchist und unloyal den Kommunisten gegenüber zu sein. Es sei kein Wunder, dass ich auch, nachdem mir der Staat die Möglichkeit gegeben habe, kostenlos einen Beruf zu erlernen, jetzt „als Dank" versuche in den Westen zu flüchten.

Ich erwachte aus meiner Lethargie als ein Offizier kam und sagte, ich solle mitkommen zum Verhör.
Man brachte mich noch einmal in das Büro des Colonels, er hatte noch einige Fragen an mich und ich musste ein Protokoll unterschreiben.

Morgen würde ich ins Gefängnis gebracht, sagte er.
Ich sollte im Gefängnis erzogen werden und für meine Tat büßen.
Er hoffe, dass ich im Gefängnis etwas lerne und dass ich später wieder in das soziale Leben in Rumänien integriert werden könne mit all meinen Rechten.

Als ich wieder in meiner Zelle war, blickte ich kurz hinüber zu meinem Cousin Hans Burger. Wir konnten uns nicht lange anschauen. Ich stieg wieder in das obere Bett, das mir zugeteilt war, verkroch mich unter der Bettdecke und grübelte. Am nächsten Tag bekamen wir noch das Mittagessen. Ich stocherte in meinem Essen herum, ich hatte einfach keinen Appetit. Der Soldat vor meiner Zelle machte wieder einige blöde Bemerkungen.

Kurz nachdem ich mit meinem Essen fertig war, kam ein Offizier und teilte mir mit, dass wir jetzt ins Gefängnis gebracht würden.
Im Hof stand ein Militärfahrzeug bereit. Unser Begleitoffizier hielt noch eine kurze Rede, erklärte uns, wir sollen uns unterwegs ruhig und unauffällig verhalten.
Wir stiegen in das Fahrzeug und mussten alle drei nebeneinander auf einer Holzbank sitzen. Jetzt sah ich den Geiser Martin wieder, der mich angrinste. Ihn schien das Ganze nicht so mitzunehmen wie mich und meinen Cousin. Als erster saß der Hans Burger, in der Mitte Geiser Martin und ich ganz hinten.
Der Offizier kam und erklärte, er werde uns Handschellen anlegen.
Die rechte Hand von Hans wurde an die linke Hand von Martin gefesselt, die zweite Handschelle wurde an die rechte Hand von Martin und an meine linke Hand angebracht. Der Offizier schloss die Handschellen mit einem Schlüssel ab.
Er sagte, dies seien amerikanische Handschellen, die sich bei ruckartigen Bewegungen von alleine zuziehen würden und uns Schmerzen zufügten. Deshalb sollten wir uns ruhig verhalten und keine ruckartigen Bewegungen machen. Er zeigte uns nochmal den Schlüssel und sagte, er würde die Handschellen bis zu unserem Ankunftsort nicht mehr aufschließen.
Ein Soldat mit Maschinenpistole nahm auf der Bank uns gegenüber Platz.
Der Offizier setzte sich zu dem Fahrer auf den Beifahrersitz. Das Tor der

Militärkaserne öffnete sich und unsere Fahrt in Richtung Gefängnis ging los.

Ich ahnte, dass es für lange Zeit meine letzte Fahrt in „Freiheit" sein werde. Ich war zwar schon in Handschellen gefesselt und blickte in den Lauf einer Maschinenpistole, aber noch befand ich mich in „Freiheit" in der mir bekannten Umgebung.
Alles erschien mir jetzt ganz anders. Mir fielen manche Dinge auf, denen ich vorher keine Bedeutung schenkte.
Ich beobachtete die Bäume, die Felder, alles, mit ganz anderen Augen.
Ganz friedlich saß ein alter Mann am Straßenrand unter einem Maulbeerbaum und seine Kuh weidete im Straßengraben, wo saftiges Gras wuchs.

Ich beobachtete ganz genau, in welche Richtung es geht.
Es ging raus aus Temeswar Richtung Arad.
Nachdem wir aus der Stadt Arad draußen waren, sah ich, dass wir Richtung Oradea fuhren. Wir hielten kurz an der Bahnschranke.

Hier war ich als Kind öfter. Manchmal fuhren wir als Kinder in der Gruppe mit dem Fahrrad auf dieser Strecke.
Seit meiner Verhaftung dachte ich kein einziges Mal an Deutschland. Ich hatte jetzt nur Sehnsucht nach zuhause. Plötzlich wusste ich gar nicht mehr, warum ich eigentlich flüchten wollte.
Ich hatte doch gar niemanden in Deutschland außer meinen Verwandten Adelmann und den Verwandten von Hans.

Es war Samstag Nachmittag als wir durch ein Dorf fuhren, in dem die Leute die Straße kehrten. Ich beneidete sie für ihre Freiheit. Auf der Weiterfahrt sah ich Leute am Straßengraben sitzen unter einem Baum. Auf einmal hatte die Freiheit für mich eine ganz andere Bedeutung.

Auf der anderen Seite sah ich die Staatsfarm Scîntea. Hierher kamen wir als Kinder zum Erbsen zupfen und verdienten unser erstes Taschengeld.
Pro Tag verdienten wir zehn Lei, das war für uns sehr viel Geld.

Auf der rechten Seite sah ich schon von weitem den Kirchturm meiner Heimatgemeinde Sankt Anna. Die Kirche war mir sehr vertraut.
Als kleines Kind ging ich jeden Sonntag in die Kirche. In der Kirche hatten wir Religionsunterricht bis die Kommunisten ihn verboten.
Dann mussten wir zur selben Zeit, in der der Religionsunterricht stattfinden sollte, in die Schule gehen und uns in der Klasse aufhalten, obwohl wir nichts zu tun hatten.
Die Kommunisten sagten, es gäbe keinen Gott. Den Parteifunktionären war es strengstens verboten in die Kirche zu gehen. Auch unsere deutsche Lehrerin durfte nicht in die Kirche gehen.

Mein Lehrer in der 4. Klasse, Herr Göpfrich, der später auch Schuldirektor wurde, hatte gerade geheiratet und ließ sich ganz heimlich an einem Werktag in der Kirche trauen. Wir Kinder erfuhren es dennoch und gingen zuschauen.

Als Kinder versammelten wir uns oft im Kirchhof, um dort zu spielen. Die Kirche hatte einen Betonsockel und dort spielten wir oft mit alten Münzen. Sonntags drängelten wir uns immer um den Strick, um die Glocken zu läuten. Wenn der Glöckner das Zeichen gab, die Glocken zu läuten, hängten wir uns, fünf oder sechs Kinder, wie eine Traube an den dicken Strick der großen Glocke, die uns einige Male bis an die Decke hoch zog, bis sie zum Stehen kam.

Sonntagvormittag waren die Straßen gesäumt von Menschen, die aus der Kirche kamen. Als Jugendliche blieben wir oft vor der Kirche stehen und tauschten Neuigkeiten aus. Oft kamen wir zu spät zum Mittagessen. Meine Mutter wartete mit dem Mittagessen, denn auch mein Vater kam oft später heim. Die Männer unterhielten sich nach der Kirche und besprachen die letzten Neuigkeiten. Nur die Frauen hatten es mit dem Nachhausegehen eilig, denn sie mussten das Mittagessen für die Familie zubereiten.

Meine Eltern würden sich bestimmt große Sorgen machen, denn sie hatten keine Ahnung, wo ich sein könnte. Nicht im Geringsten dachten sie daran, dass ich gerade an unserem Hof vorbei in Handschellen gefesselt auf dem Weg ins Gefängnis fuhr.

Meine Mutter würde es bestimmt sehr mitnehmen, wenn sie erfuhr, dass ich im Gefängnis gelandet war, denn es war eine Schande für die Familie, wenn man mit der Polizei oder Justiz zu tun hatte. Es gab bislang noch keinen Deutschen aus unserer Gemeinde, der im Gefängnis war.
Ich wusste auch nicht, wie meine Eltern es aufnehmen würden, dass ich ins Ausland flüchten wollte.

Heute Abend würden meine Freunde auf den Tanz gehen und ich wäre so gerne dabei. Ich verspürte eine große Sehnsucht nach daheim. Auf Knien wäre ich hingerutscht, wenn man es mir nur erlauben würde.

Als ich über meine Familie und Freunde nachdachte und meinen Blick auf die Kirche heftete, liefen mir Tränen über das Gesicht.
Das war der schlimmste Augenblick in meinem bisherigen Leben: Mit dem Blick auf unsere Kirche, in Handschellen, eine Waffe auf mich gerichtet, auf dem Weg ins Gefängnis.

Ich verspürte einen starken Drang nach Freiheit. Erst jetzt wurde mir klar, was Freiheit bedeutete.

Bisher hatte ich das Wort „Freiheit" als Floskel benutzt, als abgedroschene Phrase. Erst jetzt erkannte ich dessen Bedeutung.

Ich fühlte mich zu Unrecht meiner Freiheit beraubt, hatte zwar gegen geltendes Recht und Gesetz verstoßen, aber nach meinem Rechtsbewusstsein war ich unschuldig.
Ich fühlte mich nicht als „Verbrecher". Was hatte ich schon schlimmes getan?
In meinem jugendlichen Leichtsinn wollte ich als Deutscher nach Deutschland flüchten, ich hatte sogar eine gültige Fahrkarte, als ich im Dachboden des Zuges festgenommen wurde
Ich kam zu dem Entschluss, dass nicht ich ein Verbrecher war, sondern die Menschen, die dieses Gesetz erlassen hatten.
Die Kommunisten wollten die Menschen im eigenen Land einsperren, damit sie das Leben in der freien Welt nicht sehen. Die Kommunisten wollten das „Paradies auf Erden" schaffen, sie vergaßen jedoch dabei, dass sie den Menschen das höchste Gut, die Freiheit, raubten.
Keiner hat das Recht, eines anderen Freiheit zu rauben; keine Regierung, kein Gericht, kein Mensch, insofern dieser nicht Leid zugefügt hat oder eine Gefahr für die Allgemeinheit bedeutet.
In meinen schönsten Lebensjahren wurde ich meiner Freiheit beraubt.

Was hatte ich denn Schlimmes verbrochen? Ich hatte niemandem Leid zugefügt, nichts gestohlen, nichts Unrechtes getan. Ich wollte frei sein.

Meine beiden Leidensgefährten blickten ebenfalls gebannt auf die Kirche. Ich zuckte zusammen, als Martin das aussprach, was wir alle drei dachten:
„Wer weiß, wann wir unsere Kirche wieder sehen werden..."
Uns war es verboten, miteinander zu sprechen und vor allem Deutsch zu sprechen.

Ich hörte wieder das metallische Geräusch „Ratsch-Ratsch". Der Soldat stand auf uns zielte mit seiner Maschinenpistole auf uns.
„Ihr dürft nicht miteinander sprechen!" sagte er.
Wir zuckten alle drei zusammen. Ich spürte, wie die Handschellen sich in mein Handgelenk fraßen. Durch die ruckartige Bewegung waren die Handschellen eingerastet. Ich hatte furchtbare Schmerzen. Der Offizier auf dem Beifahrersitz drehte sich erschrocken um und fragte, was passiert sei. Er befal dem Fahrer, rechts anzuhalten. Er stieg aus und kam hinter das Fahrzeug.
„Was ist hier los?" fragte er.
Der Soldat antwortete, wir hätten miteinander Deutsch gesprochen.
„Was habt ihr denn besprochen?" wollte er wissen.
Martin wiederholte, was er auch vorher gesagt hatte: „Wer weiß, wann wir unsere Kirche wieder sehen werden" und deutete auf unsere Kirche.
Daraufhin sagte der Offizier zum Wachsoldaten, er solle nicht so streng mit uns

sein und übertreiben. Er solle auch nicht mehr mit seiner Maschinenpistole vor unseren Köpfen herumfuchteln, es könnten sich womöglich zufällig Schüsse lösen und er habe die Verantwortung, uns heil ins Gefängnis zu bringen.
Der Offizier nahm wieder auf dem Beifahrersitz Platz und die Fahrt wurde fortgesetzt.
Ich blicke ein letztes Mal auf den Kirchturm meiner Heimatgemeinde.

Nach rund einer Stunde Fahrt kamen wir in unsere Kreisstadt *Cisineu Gris*, *„Kischine"*, wie wir Deutschen die Stadt nannten.

Als Kind kam ich öfter mit dem Pferdewagen hierher mit meinen Eltern und anderen Bauern aus der Kollektivwirtschaft. Aus einem Sumpfgebiet wurde mit Sicheln Schilf geschnitten, das wir später bei der Weizenernte benötigten. Damals wurde der Weizen von Hand geerntet, das Schilf wurde getrocknet und zu Seilen geflochten.
Im Sommer bei der Weizenernte gingen die Männer voran und mähten mit der Sense den Weizen, die Frauen machten Garben und wir Kinder legten die Seile aus Schilf darum. Danach wurden die Garben gebunden und zum Trocknen aufgestellt, immer 13 Garben auf einen Haufen, der sogenannte „Dreizehner".
Nachdem der Weizen trocken war, kam eine Dreschmaschine, die über einem Riemen von einem Bulldock angetrieben, den Weizen drosch.

Als Kinder fuhren wir oft mit den Fahrrädern dorthin an den Fluss, um zu baden.

Nach einer Stunde Fahrt erreichten wir die Stadt *Oradea (Großwardein)*.
Das Auto fuhr Richtung Zentrum und hielt vor einem großen Gebäude, dem Gerichtsgebäude. Der Offizier stieg aus und ging in das Gerichtsgebäude hinein.
Unter dem Arm trug er eine Aktentasche mit dem Protokoll der Verhöre aus Curtici und Temeswar.
Nach einer Weile kam er zurück und sagte, ich solle mit ihm mitkommen. Mit einem Schlüssel öffnete er die Handschellen, mit der meine Hand an Martins Hand gefesselt war. Ich war erleichtert, als er sie abnahm.
Meine Hände wurden jetzt am Rücken gefesselt mit den Handschellen. Ich musste dem Offizier in das Gerichtsgebäude folgen.
Er ging eine Treppe hoch und ich las über der Tür die Überschrift in großen Buchstaben: *„Procuratura Militara."* (Militärische Staatsanwaltschaft).
Meine Knie zitterten, denn ich wusste, dass nur Spione und Vaterlandsverräter vom Militärgericht verurteilt wurden und zwar meist zum Tode oder zu langen Haftstrafen.
Wieso komme ich denn hierhin, das muss eine Verwechslung sein, dachte ich.
Der Offizier führte mich in den großen Raum, wo mich ein Mann in Zivil erwartete. Er sagte dem Offizier, er solle mir die Handschellen abnehmen und könne wieder gehen. Ich würde später von einem Polizisten abgeholt, der mich ins Gefängnis bringt.

Der Offizier verließ den Raum. Ich musste stehen bleiben. Der Militärstaatsanwalt schlug sein Gesetzbuch auf: „Codul penal".

Mit durchdringendem Blick und fester Stimme stellte er mir die Frage: „Sind Sie Johann Kappes aus der Gemeinde Sankt Anna, Strada Eminescu Nummer 27?"

Ich antwortete: „Ja."

„Sie werden angeklagt, wegen Fluchtversuchs ins westliche Ausland.

Nach der rumänischen Gesetzesordnung und nach dem rumänischen Strafgesetzbuch Codul Penal werden Sie zu einer Gefängnisstraße zwischen drei bis zehn Jahren in Friedenszeiten verurteilt und mit der Todesstrafe im Kriegsfall. Zusätzlich wird Ihr ganzes persönliches Vermögen beschlagnahmt."

Im Gefängnis in Oradea

Ein Militärstaatsanwalt sprach in seiner offiziellen Anklage von Todesstrafe!
Ich konnte keinen klaren Gedanken mehr fassen. In meinem Kopf drehte sich alles. Ich war einem Zusammenbruch nahe.
Ich hatte auch schon die ganzen Tage nichts gegessen. Mein ganzer Körper zitterte. Ich hatte keine Angst, ich verspürte nur eine innere Leere.

Der Staatsanwalt rief den Polizisten, der mich ins Gefängnis bringen sollte.

Über einen Hinterausgang wurde ich direkt ins nebenanliegende Gefängnis gebracht.

Der Polizist machte sich lustig über mich, ich würde jetzt einen schönen Anzug verpasst bekommen und später in schöne maßgeschneiderte Kleider gesteckt werden. Ich folgte ihm durch den Gefängnishof in ein Gebäude, wo sich noch zwei andere Polizisten befanden. Ich musste mich nackt ausziehen. Als erstes wurde ich kahl geschoren, dann wurde ich erkennungsdienstlich behandelt, Fingerabdrücke wurden mir abgenommen und ich wurde fotografiert.
Meine Kleider wurden in einen Karton verpackt und mit einer Schnur zusammengebunden.
Ein Polizist schmiss mir Gefängniskleidung vor die Füße, die sichtbar zu groß für mich war. Dies bemerkte auch der Polizist, der mich begleitete und fragte, ob er keine kürzere Kleidung für mich hätte. Der Polizist lachte ironisch und fügte hinzu, hier sei keine Schneiderei, wo einem was angepasst würde und schließlich sei ich ja selber Schuld, dass ich hier sei. Es hätte mich ja niemand gezwungen, ins Ausland zu flüchten.

Ich zog meine Gefängniskleider an, die Hose war mir viel zu groß und hatte keinen Gürtel, der Polizist gab mir den Rat, die Hose vorne zusammen zu binden. Ich zog mir das kragenlose weiße Leinenhemd über, das mit 3 Knöpfen zugeknöpft wurde. Die gestreifte, viel zu große Jacke zog ich auch noch an. Obwohl es Sommer war, bekam ich hohe Schuhe ohne Schnürsenkel. Socken gab es kein, ich musste meine Füße in Lumpen hüllen.

Vor lauter Aufregung schaffte ich es nicht, die Lumpen rutschten immer von meinen Füßen.

Der Polizist sagte, ich solle barfuss in die Schuhe schlüpfen, ich hätte Zeit, in der Zelle zu üben, wie man Lumpen richtig wickelt. Zum Schluss setzte ich noch eine viel zu große gestreifte Mütze auf.

Duschen durfte ich erst am nächsten Samstag, denn ich war zu spät dran, die anderen Häftlinge durften mittags schon duschen.

Heute Abend hätte ich mich zuhause fein heraus geputzt, wäre auf den Tanz gegangen, nun stand ich hier kahlgeschoren und mit meinen viel zu großen Kleidern. Ich hatte ein schmales Gesicht und Segelohren. Mit meiner Mütze auf dem Kopf muss ich ausgesehen haben wie ein Clown. Gott sei Dank gab es im Gefängnis keine Spiegel.

Der Polizist begleitete mich weiter. Er schloss das Gittertor auf, wir gingen in einen Zellenblock. Mittendrin in einer Nische stand der Aufseher, der mich in Empfang nahm. Der Polizist, der mich bis hierher begleitete hatte, ging wieder fort.

Der Wachmann zeigte mir den Waschraum in einer Nische auf der anderen Seite. Es war ein Waschtrog und an der Wand ein Leitungsrohr mit zwei Wasserrohren.

Er trug meinen Namen in sein Buch ein und sagte, ich käme in die Zelle Nummer 9.

Wir gingen an den Zellen mit schweren Holztüren vorbei.

Er erklärte mir alles, zeigte mir in der Zelle die zwei übereinander gestellten Metallbetten, von denen ich mir eines aussuchen durfte.

Rechts neben der Tür stand ein Holzkübel mit einem Deckel drauf und links hinter den Betten ein Holzfass mit Wasser und eine Blechkanne, daraus konnte man Wasser trinken. Er erklärte mir noch meine Rechte, aber ich hörte gar nicht richtig hin. Ich dachte nur, „was für Rechte kann ich hier noch haben!?"

Er verließ die Zelle und schloss die schwere Holztür ab. Mit einem großen Riegel wie in einem Kuhstall, wurde die Tür verriegelt.

Die Zelle hatte ein Fenster mit Gitterstäben, von außen noch einen Bretterverschlag. Kein Sonnenstrahl drang in die Zelle. Es stank fürchterlich in der Zelle. Das war mein neues Zuhause.

Ich stand gedankenversunken mitten in der Zelle und merkte kaum, dass noch zwei Häftlinge am Tisch saßen und über meine Ängstlichkeit und Unsicherheit grinsten. Es waren zwei Jungs in meinem Alter mit dunklem Teint und dunklen kurzen Haarstoppeln.

Sie gaben mir die Hand und nannten ihren Namen, der eine hieß Ambrusch und der andere Janc. Sie fragten mich nach meinem Namen und woher ich komme. Ich sagte es ihnen.

Ambrusch meinte: „Bestimmt bist du ein Deutscher und wolltest nach Deutschland flüchten."

Ich antwortete: „Ja."

Sie kamen aus meiner Nachbargemeinde und wollten auch flüchten. Ich war erleichtert, ich hatte schon befürchtet, mit Mördern zusammen in eine Zelle zu kommen.

Ob ich alleine geflüchtete sei, wollten meine Zellengenossen wissen, Erst dann merkte ich, dass mein Cousin und mein Freund nicht dabei waren. Vor lauter Aufregung hatte ich das bisher gar nicht wahrgenommen. Er war mir so vertraut, er war das Einzige, was ich noch von Zuhause hatte.

Ich erklärte, dass wir zu dritt geflüchtet waren. Bei der Militärstaatsanwaltschaft wurden wir getrennt. Vielleicht komme er noch, meinten sie, denn ein Bett wäre ja noch frei. Ich nahm auf der Holzbank Platz und wir erzählten eine Weile. Das Geräusch des Metallriegels unterbrach unser Gespräch, ich erschrak und stand auf. Die schwere Holztüre öffnete sich und mein Cousin Hans trat in die Zelle.

Er blieb auch ganz erschrocken und verängstigt stehen, erst als er mich sah, war er erleichtert.

Als ich ihn in der Anstaltskleidung und mit kahlgeschorenem Kopf sah, musste ich lachen.

Ich setzte mich wieder auf die Bank und er nahm neben mir Platz.

So wie jetzt saßen wir noch die folgenden fünf Monate nebeneinander.

Es war nun bereits gegen 19Uhr. Das Abendessen war schon vorbei. Der Ambrusch holte etwas unter seiner Bettdecke hervor.

Er fragte. „Habt ihr Hunger?"

Ich sagte: „Ja."

„Wollt ihr *Turtoi*?"

„Was ist denn das?"

Das sei ein Kuchen aus Maismehl, das wir mittags anstatt Brot bekämen. Er gab mir das braune Gebäck, das schon ziemlich hart war. Ich biss ein Stück davon ab und gab es ihm dankend wieder zurück.

Er lachte und sagte: „Du wirst dich daran gewöhnen müssen und wirst froh sein, wenn du abends vor dem Schlafen gehen noch ein Stück davon hast."

Zum Abendessen gäbe es regelmäßig nur *Arpakasch*.

„Was ist denn das?"

„Das ist ein Getreide, aus dem man eine warme Brühe macht Das ist das Abendessen."

Ich hatte noch nie im Leben etwas davon gehört.

Ich fragte, ob ich den Wachmann rufen müsse, falls ich auf die Toilette müsse. Die beiden lachten und zeigten auf den Holzkübel, der an der Wand stand. Wir durften nicht auf die Toiletten. Nur morgens nach dem Aufstehen durften wir den Kübel entleeren und ansonsten unsere Notdurft nur in der Zelle verrichten.

Ich nahm den Holzdeckel vom Kübel. Ein fürchterlicher Gestank kam mir entgegen. Der Kübel war zu zwei Dritteln mit Wasser gefüllt und darin schwammen die Fäkalien. Ich legte den Holzdeckel gleich wieder zurück. Ich ekelte mich und es wurde mir schlecht von dem Anblick und dem Gestank.

Ich setzte mich wieder auf die Holzbank. Die beiden Zellengenossen konnten sich das Lachen nicht verkneifen.
Ich würde mich schon daran gewöhnen, meinten sie, der Mensch sei ein Gewohnheitstier.
Die beiden erzählten uns noch am gleichen Abend, wie sie nach ihrer Flucht über die grüne Grenze in Ungarn in einem Maisfeld von Soldaten umzingelt und verhaftet wurden.
Nachdem sie eine Nacht in Ungarn festgehalten wurden, übergab man sie an der rumänisch-ungarischen Grenze den rumänischen Grenzoffizieren. Nachdem sie auch tagelang verhört wurden, brachte man sie hierher ins Gefängnis. Sie seien jetzt drei Monate in Haft und hatten sich schon daran gewöhnt.
Sie freuten sich sichtlich, dass sie nicht mehr alleine waren.
Ambrusch erzählte, dass der Tag unheimlich langweilig sei. Morgens um 5Uhr wurde man von den Polizisten geweckt und erst abends um 22Uhr dürfe man wieder ins Bett.
Der uns gegenüber sitzende Janc stand auf und ging zu dem Holzkübel, der uns als Toilette diente, nahm den Deckel ab und lehnte ihn an die Wand. Er zog seine Hose runter und setzte sich auf den Holzkübel und verrichtete seine Notdurft.
Ich hörte, wie seine Exkremente ins Wasser plumpsten. Es stank wieder fürchterlich.
Ambrusch erklärte uns, man dürfe nicht so lange über dem Kübel sitzen bleiben, damit sich der Gestank nicht so sehr in der Zelle verbreitete.

Da meine Blase drückte, versuchte ich es später auch und schaffte es mit Mühe und Not in den Kübel zu pinkeln. Ich versuchte, dabei nicht in den Holzkübel zu schauen.
Ich war müde. Dieser Tag war sehr anstrengend für mich.
Hans und ich einigten uns, dass ich das Bett oben nehmen sollte.
Ich war froh, als der Polizist ein kleines Fensterchen in der Tür öffnete und sagte, es sei 22Uhr und somit Nachtruhe. Wir durften ab jetzt nicht mehr laut miteinander sprechen.
Ich zog mich aus und stieg in mein Bett. Mit einer Pferdedecke deckte ich mich zu und legte mich zum Schlafen.
Ich spürte, wie Hans von unten mit seinen Füßen an meinem Bett rüttelte, als wolle er mir etwas sagen.
Ich beugte meinen Kopf hinunter und fragte, was er mir noch sagen wolle.

26

Da sagte er ganz leise, unsere Freunde seien, da es Samstagabend sei, auf dem Tanz und wir müssten jetzt schon schlafen gehen.
Ich wünschte ihm eine gute Nacht und versuchte zu schlafen.

Kaum war ich vor lauter Sorgen eingeschlafen, da hörte ich lautes Gepolter und Geräusche. Der eiserne Riegel an unserer Zellentür wurde aufgezogen, vier Polizisten kamen in unsere Zelle und schrieen wild durcheinander:
„Aufstehen! Raus in den Flur!"
Ich stieg ganz verschlafen aus dem Bett und ging raus auf den Flur.
Zwei Polizisten blieben in unserer Zelle und warfen das ganze Bettzeug auf den Boden und durchsuchten es. Sie erklärten, sie würden nach harten Gegenständen suchen. Sie durchsuchten das ganze Bettzeug. Die beiden Polizisten, die im Flur standen, forderten uns auf, uns nackt auszuziehen. Ich zog mich im Halbschlaf aus und warf meine Kleider auf den Boden. Ich wurde von einem Polizisten abgetastet und er durchwühlte meine Kleider. Nach einer guten Stunde durften wir wieder zurück in unsere Zelle, es war etwa gegen 3 Uhr morgens. Das ganze Bettzeug lag am Fußboden verstreut. Wir machten unsere Betten und legten uns wieder schlafen.
Kaum war ich richtig eingeschlafen, trat der Wachmann gegen unsere Zellentür und rief: „Aufwachen!"
Todmüde stieg ich aus meinem Bett und setze mich auf meinen Platz auf die Bank und wartete. Ich hörte, wie sich die Zellentüren nebenan öffneten und die Häftlinge im Flur umherrannten.
Der schwere Riegel an unserer Zellentür öffnete sich und der Polizist schrie: „Zum Programm, schnell!"
Ambrusch erklärte uns, das müsse jetzt alles ganz schnell gehen. Ambrusch und Janc schnappten sich den Holzkübel und rannten nach links den Flur entlang, wo sich die Toiletten befanden. Hans und ich nahmen das Fass mit Wasser und leerten es am Waschtrog und füllten es wieder mit Trinkwasser.
Nachdem wir das alles erledigt hatten, mussten wir zum Waschen mit freiem Oberkörper gehen. Wir wuschen unseren Oberkörper und das Gesicht und gingen in unsere Zellen zurück.
Der Wachmann schloss die Zelle hinter uns ab und es ging weiter mit der nächsten Zelle.
Da die Häftlinge sich niemals gegenseitig begegnen durften, hatten die Wachmänner morgens Mühe, alle Häftlinge in der geplanten Zeit zum Waschen und zum Leeren der Toilettenkübel zu bringen. Deswegen musste alles sehr schnell gehen.
Nachdem wir uns mit frischem Trinkwasser versorgt hatten und unser Kübel bis zur Hälfte mit frischem Wasser aufgefüllt war, setzten wir uns wieder auf unseren Platz auf die Holzbank
Wir warteten auf das Frühstück.
Ungefähr um 7 Uhr öffnete der Wachmann das kleine Holztürchen und reichte uns das Frühstück in die Zelle.

Zum Frühstück bekamen wir eine Scheibe Brot und eine Tasse Tee, der nach gar nichts schmeckte. Nach dem Frühstück warteten wir auf unser einziges Recht, das wir hatten: den zehnminütigen Spaziergang.

Da wir müde waren, weil unsere Nachtruhe gestört wurde, legten wir den Kopf auf den Tisch und versuchten zu schlafen.

Ambrusch erklärte uns, dass dies nicht erlaubt sei. Der Wachmann würde in Filzstiefeln durch den Zellentrakt gehen und durch den Schlitz die Zellen beobachten. Wenn er jemanden mit dem Kopf am Tisch schlafend fände, würde es Ärger geben.

Man saß von morgens bis abends einfach nur da, von 5Uhr bis 22Uhr. Diese gähnende Leere zermürbt mich. Keine von mir so geliebte Landschaft mehr, kein Wind mehr auf dem Gesicht, kein Lachen, kein Mädchen, keine Musik. Ich blickte jeden Tag in die gleichen Gesichter und das stundenlang und tagelang. Öde Langeweile. Bei dem Gedanken, dass ich das wahrscheinlich noch sechs bis sieben Jahre ertragen müsse, wurde mir fast schlecht.

Ich versuchte, positiv zu denken, indem ich mich in Gedanken an zuhause flüchtete.

Ich hörte Schritte des Wachmannes, die Sinnesorgane verfeinerten sich, weil man den ganzen Tag nichts zu tun hatte und auf jedes Geräusch lauschte.

Ich hoffte immer, dass er unsere Zelle aufschließe.

Warum auch immer spielte keine Rolle, Hauptsache Abwechslung.

Diesmal holte er mich ab und es ging wieder zum Spritzen.

Schon als Kind hatte ich Angst davor und drückte mich, wo es nur ging.

Manchmal schwänzte ich auch die Schule, nur um der Spritze zu entgehen. Aber jetzt konnte ich ja nicht flüchten, ich war im Gefängnis, in Begleitung eines Polizisten. Ein Mann im weißen Kittel, darunter trug er eine Polizeiuniform, wartete schon auf uns. Ich glaube nicht, dass er Arzt war. Rücksichtslos jagte er mir die Spritze in den Hintern.

Zurück in der Zelle fragte ich, wozu wir eigentlich immer diese Spritzen bekämen.

Ambrusch lächelte und sagte: „Es sind bestimmt keine Vitaminspritzen, um dich aufzupäppeln, so fürsorglich ist der Staat dann auch wieder nicht zu dir."

Alle lachten.

Tatsächlich wurde gegen 10Uhr unsere Zellentür geöffnet und der Polizist holte uns *„la plimbare" „zum Spaziergang"* ab.

Wir wurden in den Gefängnishof geführt und mussten zehn Minuten im Kreis laufen. Ein Wachmann im Wachhäuschen über dem Gefängnishof beobachtete uns.

Es war August und sehr warm draußen. Die Sonne blendete meine Augen.

Wieder zurück in der Zelle war es dunkel und kühl.
Die Gefängnismauern waren etwa einen Meter dick, sie stammten noch aus den Zeiten Maria Theresias.

Mittags wurde durch die kleine Öffnung in der Tür das Essen gereicht. Wegen Selbstmordgefahr gab es keine Messer.

In einer Blechschüssel bekamen wir heute Bohnensuppe und ein paar Fleischbrocken. Dazu der *Turtoi*, der jetzt noch nicht hart war und noch lauwarm. Nach dem Essen mussten wir den Blechnapf und den Löffel wieder abgeben. Solange wir aßen, blieb die Türöffnung offen.

Ich war überrascht, dass es keine Prügel gab und fragte Ambrusch, ob es hier keine Prügel gäbe.
Er meinte, dass es seit dem Frühjahr vom Ministerium aus verboten sei, Häftlinge zu misshandeln, genaueres wusste er aber auch nicht.

Wir saßen gelangweilt auf unserer Holzbank, die Ellenbogen auf den Holztisch gestützt. Janc, der mir gegenüber saß, sprach nicht viel. Er stand immer wieder auf und lief in der kleinen Zelle hin und her.

Ich wollte wissen, warum wir heute Nacht geweckt und durchsucht wurden. Das sei reine Schikane, sagte Ambrusch. Diese nächtlichen Durchsuchungen seien drei bis vier Mal in der Woche üblich.
Mit Hans wechselte ich ein paar Worte auf Deutsch.
Janc sagte sofort, wir sollten Rumänisch reden, wir seien nicht in Deutschland sondern in Rumänien und es wäre unhöflich den beiden Zellengenossen gegenüber, die nicht Deutsch konnten.
Also ließen wir es bleiben und sprachen nie wieder Deutsch miteinander.
Die Zeit verging sehr langsam.
Ich ging zum Kübel und setzte mich drauf und verrichtete meine Notdurft und merkte, dass es nichts zum Abputzen gab. Ich fragte, ob es hier kein Zeitungspapier oder ähnliches gäbe.
„Nein", antwortete Ambrusch.
„Du musst lernen, ohne Papier zurecht zu kommen. Du musst versuchen, den Po zusammenzukneifen, bevor du fertig bist und dann mit der Hand in den Kübel greifen und dich mit dem Wasser aus dem Kübel waschen."
Ich war ja vieles gewohnt. Als Kind auf dem Feld musste ich auch oft improvisieren, aber da gab es Maislaub oder Gras, aber hier gab es gar nichts.
Wir hatten auch kein Handtuch, um die Hände abzuwischen. Ambrusch war hilfsbereit, ging zum Wasserkübel, nahm in der Blechtasse Trinkwasser aus dem Wasserfass, meinte, ich solle meine Hände über den Kübel halten und leerte mir die Blechtasse Wasser darüber. So konnte ich meine Hände waschen.

In dieser Zelle musste ich vieles lernen, denn auf engstem Raum zusammen sein, war nicht einfach.

Abends wurde durch die Türöffnung das Abendessen hereingereicht.
In einer lauwarmen Brühe schwammen ein paar längliche, spitze Getreidekörner umher. Das war *Arpakasch*. Das bekamen wir nun jeden Abend.

Ich freute mich, als es endlich 22Uhr war und der Wachmann an die Tür klopfe und rief: *„Stingerea - Licht aus"*. Das war unser Zapfenstreich!
Das Licht ließ sich gar nicht ausmachen, denn die kleine Glühbirne über der Tür war mit einem Gitter verschlossen, um keinen Selbstmord damit begehen zu können und brannte Tag und Nacht.

Ich legte mich wieder in mein Bett oberhalb von Burger Hans, deckte mich mit der Pferdedecke zu und grübelte noch eine Weile, dachte über zuhause nach und hoffte, dass die Polizisten in dieser Nacht nicht wieder kämen und meinen Schlaf störten.

Die Nacht war am schönsten, da schlief man und träumte manchmal was Schönes und machte sich nicht so viele Gedanken wie tagsüber.

Mein Leben lief tausendfach wie ein Film in meinem Gedächtnis ab. Man konnte sonst nichts tun gegen die Langeweile. Ich dachte, wenn ich sieben Jahre so verbringen muss, halte ich das nicht durch.
Wir versuchten tagsüber viel miteinander zu reden, aber die Tage waren unendlich lang, so dass der Gesprächsstoff ausging.
Ich sah mein bisheriges Leben nun viel schöner, als es in der Realität gewesen ist und verstand auf einmal gar nicht mehr, weshalb ich überhaupt flüchten wollte, wo doch alles so schön war.

Ich erinnerte mich an die schöne Zeit, wo ich als Sechzehnjähriger das erste Mal beim Maitanz war und meine Partnerin im Anschluss nach Hause begleitete, wie wir uns vor dem Haus ein Küsschen gaben, das erste Mal. Dann an die schöne Kirchweih, sie war keine drei Wochen her und mir schien es bereits eine Ewigkeit.
Es war alles so schön am 100jährigen Kirchweihfest. Wieso schmeißt man sein Leben einfach so weg, um in der Fremde ein neues Leben zu beginnen? Das alles verstand ich nun auf einmal nicht mehr.

Morgens war wieder das gleiche. Zwei nahmen den Kübel und leerten ihn am Ende des Flurs in den Toilettenräumen und füllten ihn wieder zur Hälfte mit Wasser. Die anderen zwei holten frisches Trinkwasser. Danach ging man mit freiem Oberkörper zum Waschen.

Heute Morgen war der Wachmann ziemlich leichtsinnig. Er öffnete zwei Zellen auf einmal, damit es ein bisschen schneller geht. So sah ich den Geiser Martin, der aus Zelle Nummer 8 mit dem Kübel kam und wir begegneten uns auf dem Flur und wechselten ein paar Worte miteinander, denn der Polizist war gerade nicht in der Nähe.
Ansonsten durften wir uns untereinander nicht austauschen.

Samstags kam etwas Abwechslung in das eintönige Leben in der Zelle. Vormittags kam der Frisör und nachmittags ging es zum Duschen.

Der Frisör öffnete das kleine Türchen und reichte uns Pinsel und Seife herein. Wir pinselten uns nacheinander das Gesicht mit Rasierseife ein und gingen dann einzeln raus zum Rasieren.
In der Nische des Waschraums stand ein Stuhl, auf dem wir Platz nahmen. Mit einem Rasiermesser wurden wir rasiert.
Der Friseur wusste alle Neuigkeiten.
Als der Polizist nicht in der Nähe war, flüsterte er mir zu, im Land sei große Unruhe, das Militär wäre in Alarmbereitschaft, die Russen drohten mit militärischem Eingriff, weil Ceausescu sich auf Dubceks Seite gestellt und den sowjetischen Einmarsch in Prag öffentlich verurteilt hätte.
Er sagte, das sei gefährlich für alle politischen Häftlinge, denn im Kriegsfall würde man uns alle erschießen, weil wir eine Gefahr für das Regime seien.
Ich war kaum eine Woche im Gefängnis und nun kam die nächste Hiobsbotschaft! Meine Gefühle fuhren Achterbahn.
Wir diskutierten später in der Zelle noch lange darüber, weil der Friseur auch meinen Zellengenossen diese Neuigkeit erzählte.

Ambrusch kannte sich politisch am besten von uns aus. Er meinte, Ceausescu sei im Grunde gar nicht solidarisch mit Dubcek und dessen Idee des neuen Sozialismus mit menschlichen Zügen, er sei nur bauernschlau. Da er Kredite vom Westen benötigte, denn er trieb die Industrialisierung des Landes voran, brauche er Geld, um seine Macht auszubauen und den Machtapparat zu verstärken. Mit humanitärem Sozialismus hätte er gar nichts im Sinn, er gehe einen ganz anderen Weg zur Unterdrückung der eigenen Bevölkerung, sagte Ambrusch.
Er zog seine Häftlingsjacke aus und zeigte auf den dunklen, nicht gestreiften Fleck der Jacke. Sogar das Zeichen auf unseren Jacken hätte man darauf entfernt, damit wir bei internationalen Kontrollen nicht als politische Häftlinge erkennbar seien. Früher war da aufgenäht: *„CSS (Contra Securitati Statului) – Gegen die Sicherheit des Landes".*
Dem westlichen Ausland gegenüber zeige er ein anderes Gesicht, aber gegen das eigene Volk wende er immer härtere Repressalien an.
Laut rumänischen Regierungsberichten gäbe es in den rumänischen Gefängnissen keine politischen Gefangenen.

So nutze er die Gunst der Stunde und wettere gegen den Einmarsch der Russen und die Niederschlagung des *Prager Frühlings*. Ceausescu rechne fest damit, dass die Russen es sich nicht erlauben würden, in ein zweites Land des Warschauer Paktes einzumarschieren. Ambrusch meinte, es werde nicht zum Krieg kommen.

Samstagnachmittag döste ich mit dem Kopf auf dem Tisch, als die lauten Geräusche des Riegels unserer Zellentür mich aufschreckten.
Der Wachmann trat ein, mit der Ankündigung, wir würden von einem Polizisten zum Duschen abgeholt werden.
Kurz bevor wir den Zellentrakt verließen, klärte der Polizist uns noch auf, wie wir uns zu verhalten hätten. Falls wir einem anderen Häftling, einem Polizisten oder einer anderen Person begegneten, müssten wir uns ganz schnell mit dem Gesicht zur Wand stellen. Erst wenn sich die Person entfernt hätte, dürften wir uns wieder umdrehen.
Wir hätten nicht das Recht, anderen Menschen ins Gesicht zu schauen.
Ich musste mich auch daran gewöhnen, den Wachmann nicht mit „Genosse" sondern mit „Herr" anzusprechen.
Auch wir Häftlinge wurden mit „Herr" angesprochen. Erst jetzt verstand ich, warum manche Leute draußen, wenn man sie mit „Herr" ansprach, antworteten, sie seien keine „Herren", die „Herren" seien im Gefängnis.

Wir gingen alle vier über den Gefängnishof in eine Gemeinschaftsdusche, begleitet von einem Polizisten.
Ich habe das warme Wasser sehr genossen, denn seit meiner Verhaftung hatte ich nicht mehr geduscht. Es war eine Wohltat. Ich fühlte mich wieder so leicht. Im Umkleideraum hingen auch Handtücher zum Abtrocknen.
Anschließend wurden wir wieder in unsere Zelle zurückgebracht.
Auf dem Rückweg dachte ich wieder daran, dass es Samstagabend war und meine Freunde auf den Tanz gingen.
Draußen war es angenehm warm, es war immer noch August: In unserer Zelle war es kühl und stinkig. Immer, wenn wir von draußen herein kamen, merkte ich, wie fürchterlich unsere Zelle nach Urin und Schweiß stank.
Nach ein paar Stunden in der Zelle merkte man es nicht mehr.

Am schlimmsten fand ich die nächtlichen Ruhestörungen, wenn wir uns nackt ausziehen und auf den Flur raus rennen mussten.
Eines morgens nach einer brutalen Nachtstörung fragte ich:
„Was suchen sie denn? Wir können doch gar nichts Verbotenes haben, da wir ja nie unsere Zelle verlassen, außer manchmal zum Hofgang und dann unter strenger Aufsicht sind."
Ambrusch klärte mich auf, dass die nächtlichen Ruhestörungen deswegen so häufig seien, damit wir keine Erholung fänden. Durch Schlafentzug könne man die Psyche eines Menschen leichter zerstören. Das hätte der russische

Geheimdienst schon längst praktiziert, dadurch wurden sogenannte politische Gegner zermürbt und verließen nach mehrjähriger Haft das Gefängnis als körperliches und psychisches Wrack.

Neben den nächtlichen Ruhestörungen waren die langweiligen, ewig langen Tage das Schlimmste.
Aufstehen um 5Uhr morgens und bis um 22Uhr abends in der kleinen Zelle herumlungern.
Morgens nach dem Frühstück überkam mich wieder die Müdigkeit und ich legte meinen Kopf auf den Tisch und dachte über zuhause, über meine Kindheit nach.

Meine Kindheit

Ich wurde kurz nach dem Krieg geboren.
Die, die den Krieg und die Arbeitslager überlebten, gründeten nach der Rückkehr Familien und bauten sich die Existenz auf. Die Menschen bemühten sich um eine sogenannte Normalität.
Meine Eltern nahmen das Geschehen um sie herum durchaus wahr, verfielen aber nicht in Verzweiflung sondern waren bemüht, sich den Herausforderungen des Lebens zu stellen.
Mein Vater arbeitete hart in der Kollektivwirtschaft und zuhause. Wir hatten einen großen Garten und viele Tiere, die versorgt werden mussten. Meine Mutter war Hausfrau und half bei der Feldarbeit mit.
Meine Eltern besaßen nicht viel Geld. Es wurde nur das Nötigste gekauft. Wir versorgten uns mit fast allen Lebensmitteln selbst. Hühner, Enten, Gänse wurden selbst gezogen, so hatten wir Fleisch im Sommer und im Winter wurden meist drei Schweine geschlachtet, deren Fleisch wir verzehren konnten. Im Garten bauten wir Kartoffeln und Gemüse an, das Brot wurde selber gebacken. Ich wuchs in bescheidenen Verhältnissen auf und hatte eine unbeschwerte Kindheit.
Mein Bruder ist ein Jahr älter und meine Schwester fünf Jahre jünger als ich. In meiner Nachbarschaft gab es in jedem Haus Kinder.
Wir spielten sehr viel zusammen.
Die meisten Eltern waren tagsüber auf dem Feld oder in der Arbeit und kamen nur spät am Abend heim. So blieb uns der ganze Tag zum Spielen.
Als ich dann in die Schule kam, machte ich nachmittags meine Hausaufgaben.
Wir gingen in die Deutsche Schule.
In der ersten Klasse hatte ich Frau Lutz als Lehrerin. Sie war schon älter und sehr streng.
Ich war einer der besten Schüler der Klasse.
In der zweiten Klasse wurde Herr Vollmann unser Lehrer, denn Frau Lutz ging in den Ruhestand.
Ich lernte nur noch das Nötigste. Ich hatte schnell gemerkt, dass meine Eltern gar keine Zeit hatten, sich um unsere Hausaufgaben zu kümmern.

Als wir von der Schule kamen, war meist niemand zuhause. Mein Bruder ging erst gar nicht ins Haus, sondern schmiss seinen Schulranzen über das Tor in den Hof und ging gleich zum Spielen. Ich lernte das schnell und machte es genau so. Später, wenn ich Hunger bekam, ging ich nach Hause. Mit einem großen Messer schnitt ich mir ein Stück vom selbstgebackenen Brot, ging in die Vorratskammer und holte mir aus einem Holzfass Schmalz und machte mir ein Schmalzbrot. Mit dem großen Stück Schmalzbrot in der Hand ging es dann wieder zum Spielen.

Oft hatte ich Pech, dass andere Kinder auch Hunger bekamen und auch ein Stück von meinem Schmalzbrot abhaben wollten. Dann war es schnell aufgegessen und ich musste ein zweites Mal nach Hause, um mir ein weiteres Schmalzbrot zuzubereiten.

Manchmal kamen meine Eltern von der Feldarbeit früher nach Hause als wir vom Spielen, oft wurde es schon dunkel, wenn wir zurück kamen, dann gab es richtig Ärger zuhause und wir bekamen Vaters Gürtel zu spüren.

Sonntags gingen wir immer in die Kirche, Mutter meist in die Frühmesse, damit sie Zeit hatte, das Mittagessen zuzubereiten.
Wir Kinder gingen in die Kindermesse.
Alle in unserem Dorf waren katholisch, so gab es nur eine katholische Kirche in unserem Dorf.
Später wurde ich Ministrant und freute mich, wenn der Pfarrer mich einteilte, da durfte man bei der Wandlung mit der kleinen Glocke läuten und das machte mir sehr viel Spaß. Es war dann immer ganz still in der Kirche und nur das Läuten des Glöckchens war zu hören und ich kam mir sehr wichtig vor.

Ich freute mich auch schon riesig auf die Erste Kommunion und hoffte, dass es vom Patenonkel eine Uhr gäbe – aber ich hoffte umsonst, es gab keine Uhr.
Alle waren stolz, wenn sie zur Erstkommunion eine Uhr bekamen, meist eine Ruhla.
An den nächsten Tagen blickten alle ganz fasziniert auf die Uhr.

Am meisten freute ich mich als Kind auf die langen Sommerferien. Von Juni bis September hatten wir Ferien und ich konnte den letzten Schultag vor den Ferien kaum erwarten.
Im Sommer war es sehr heiß und manchmal gab es auch kräftige Gewitter.
Es blitzte und donnerte und wir bekamen Angst und versteckten uns im Haus unter dem Tisch oder unterm Bett.
Wenn das Gewitter nachließ und der Regen aufhörte, gingen wir auf die Straße und liefen barfuss durch die Pfützen. Manchmal regnete es so heftig, dass der Straßengraben mit Wasser voll war und wir unsere Kleider auszogen und im Straßengraben badeten.

Ich lernte in der Schule gerade noch so viel, dass es für die Versetzung in die

nächste Klasse reichte. Mein Bruder blieb gleich in der ersten Klasse sitzen und so freuten sich meine Eltern, dass ich weiter kam.
Was ich am liebste machte, war spielen.
In den Ferien spielten wir den ganzen Tag. Ich musste aber auch einiges zuhause arbeiten: die Hühner, Gänse und Enten füttern, den Schweinestall ausmisten und die Schweine füttern.
Schon früh am Morgen waren alle Kinder auf der Straße. Die Mädchen spielten meist Völkerball und wir Jungs spielten am liebsten bei den Nachbarkindern, den Zwillingen Anton und Karl Weiss, die sich weder in Aussehen noch im Charakter ähnlich waren und zwei Jahre jünger als ich waren.
Sie hatten einen großen Hof mit Stallungen und Heuschuppen, da spielten wir gerne Verstecken. Wer sich das beste Versteck ergatterte, wurde erst nach Stunden gefunden.
Im Hinterhof hatten wir einen richtigen Fußballplatz, aus Stammholz bauten wir unsere Tore.
Morgens war der Andrang groß. Alle Jungs aus der Straße versammelten sich bei Weiss. Da jedoch höchstens noch zehn beim Fußballspiel mitmachen konnten, blieben einige draußen.
Der Karl wählte durch einen Trick aus. Alle mussten wir uns im Hof der Reihe nach aufstellen und wem er mit geschlossenen Augen den Kopf berührte, durfte mitspielen. Jedoch hatte er die Augen nur halb geschlossen und berührte daher nur denjenigen, den er beim Spielen dabei haben wollte.
Der Burger Hans und ich gehörten immer dazu, weil wir Freunde waren.
Ebenso der Herbert Dobre, weil er als einziger von uns ein Fahrrad hatte und uns damit fahren ließ.
Gezo Ruf durfte nicht fehlen, denn er besaß das Wichtigste: einen ledernen Fußball.
Zuerst mussten wir alle mithelfen, die Tiere zu versorgen, bei der Kuh und dem Pferd ausmisten, dann spielten wir stundenlang Fußball; meistens barfuss, weil wir keine Turnschuhe hatten.
Mein rechter Zeh war den ganzen Sommer über verletzt, weil ich oft stolperte oder ihn sonst wie verletzte.

Der Vater der Brüder Weiss liebte seine Pferde über alles.

Die Menschen in Sankt Anna waren alle sehr strenggläubig.
Jedes Jahr wurde eine Prozession nach Radna durchgeführt in die Wallfahrtskirche. Bis dahin waren es an die dreißig Kilometer. Auch die alten Leute gingen diese Strecke zu Fuß, um Buße zu tun. Ein Treck fuhr über Wiesen und Feldwege nach Radna. Die nahmen das Gepäck mit und die Decken zum Schlafen. Es wurde meist in leeren Zimmern übernachtet, die die Leute in Radna vermieteten. Zehn bis zwölf Leute schliefen in einem Zimmer auf dem Fußboden. Das war für Herrn Weiss wie ein Feiertag.
Am Vorabend holte er schon das schönste Pferdegeschirr und putzte das Leder

so, dass es glänzte. Als ich noch klein war, durfte ich auch mit den Weissbrüdern im Wagen mitfahren.
Schon sehr früh am Morgen begann Herr Weiss seine Pferde nochmal richtig zu bürsten. Er hatte immer die schönsten Pferde. Pferde waren seine große Leidenschaft.
Auf der Heimfahrt ging es über die Wiesen zum traditionellen Wettbewerb. Im Galopp ging es dann bis nach Hause und Weiss kam immer als erster zu Hause an.
Wir verfolgten das Rennen immer mit Spannung und freuten uns riesig, wenn er in hohem Galopp die anderen Gespanne überholte.

Einmal im Jahr kamen die Leute von weit her, um ihre Hengste von ihm beschneiden zu lassen.
Meistens kamen sie schon samstags an und stellten die Pferde in seinem Stall unter, Sonntagvormittag wurden die Hengste dann beschnitten. Ich war immer dabei und guckte ganz begeistert zu.
Samstagabend, wenn die Luft rein war, holten wir zusammen mit den Weissbrüdern die schönsten Hengste aus dem Stall und ritten aus. Oft landeten wir auch im Graben, weil wir keinen Sattel hatten und die Hengste uns einfach runter warfen.
Wir hatten dann große Mühe, sie wieder einzufangen, manchmal gab es auch großen Ärger deswegen.

Weiss litt sehr darunter, dass er seine Pferde an das Kollektiv abgeben musste und hatte deswegen öfter Krach mit den Kommunisten, die jetzt bei uns das Sagen hatten.
Er legte sich mit ihnen an und verfolgte sie manchmal mit der Mistgabel.
Zermürbt von den ganzen Schikanen und der Angst, dass er ins Gefängnis käme, nahm er sich das Leben.
Er erhängte sich am Dachboden über dem Pferdestall. Jahrelang blieben wir vor lauter Angst hierüber dem Dachboden fern.

Meine große Leidenschaft waren die Tauben. Ich baute auf unserem Dachboden einen Taubenstall und bekam die ersten Tauben.
Aus Geldmangel konnte ich mir nicht viele Tauben leisten. Fast jeden Abend ging ich nach *Kumlusch*, wie der andere Teil unserer Gemeinde hieß, der nur durch eine Straße von Sankt Anna getrennt war. Es gab hier zwar eine eigene Kirche und Schule, Kumlusch gehörte aber offiziell zu einer Großgemeinde mit Sankt Anna.
Der beste Taubenzüchter, Kling Toni wohnte hier und jeden Abend versammelten sich viele Taubenzüchter bei ihm im Hof und fachsimpelten.
Der Kling Toni war ein älterer, kleiner, buckliger Mann, der ständig Pfeife rauchte.
Er war sehr schlau und haute jeden übers Ohr.

Bald merkte er, dass ich kein Geld hatte und haute mich jedes Mal übers Ohr. Für ganz billige Tauben, die er mir als sehr wertvoll andrehte, verlangte er von mir Bezahlung in Form von Futter, Weizen und Mais. Wenn niemand zuhause war, holte ich das Futter vom Dachboden und brachte es mit der Schubkarre zu ihm.

Am meisten hatte es mir eine federfüßige Rollentaube angetan. Die wollte ich unbedingt haben. Er merkte das sehr schnell und schlug mir ein Geschäft vor. Es war im Herbst.

Eine Woche lang sollte ich jeden Tag bei der Zuckerrübenernte helfen und dann würde ich die Taube bekommen.

Eine ganze lange Woche von früh bis spät am Abend half ich bei der Zuckerrübenernte und am Samstag Abend bekam ich meine Taube. Diese hätte ich auch für 15 Lei kaufen können, aber ich hatte das Geld nicht.

Mit zwölf Jahren musste ich während der Ferien meinen Eltern bei der Feldarbeit helfen. Von morgens bis abends musste ich dabei schwer arbeiten.

Am meisten hasste ich das Vereinzeln von Zuckerrübenpflanzen. Den ganzen Tag rutschte man auf den Knien die Reihen rauf und runter.

Später durfte ich auch mit den Kutschen mitfahren und führte die Pferde durch die Reihen mit einem Pflug, den der Bauer führte. So wurde das Unkraut zwischen den Reihen entfernt.

Im Sommer, nach der Ernte, wenn die meiste Arbeit auf dem Feld erledigt war, durften wir Kinder zur Erholung nach Moneasa

Goina hatte dort eine Villa bauen lassen, die eigentlich zur Erholung für die Bauern nach der schweren Feldarbeit gedacht war, aber mein Vater und viele andere Männer waren kein einziges Mal dort.

Dafür sah ich aber häufig die hohen Herren, die hierher kamen, um sich zu amüsieren.

Wir freuten uns als Kinder immer, wenn wir für ein der zwei Wochen dorthin durften.

Moneasa war ein Kurort. Die Kantine lag am Fuße eines Berges und die Luft war sehr gut, im Gegenteil zu Sankt Anna, wo im Sommer sehr viel Staub in der Luft lag.

Ich ging oft sehr gerne auf die Felder zum Arbeiten. Am meisten freute ich mich, wenn ich mittags mit den Pferden zum Tränken und frisches Wasser holen reiten durfte.

Als wir 13-14 Jahre alt waren, lernten wir schon tanzen.

Unser hinteres Haus stand leer. Dort legten wir Platten auf und lernten die ersten Walzerschritte. Wir waren sehr bemüht, tanzen zu lernen, denn wir wollten ja später alle beim traditionellen Mai- und Kirchweihtanz mitmachen. Zuerst mussten wir mit dem Besen üben und später durften wir auch mit gleichaltrigen Mädchen aus der Straße tanzen, die schon sehr gut tanzen konnten.

Mit 17 Jahren ging ich das erste Mal zum Maitanz.
Unser Dorf war in vier Viertel geteilt und jedes Viertel hatte an einem anderen Sonntag im Mai sein eigenes Maibaumfest.
Ich wohnte im Schmelzviertel.

Wir suchten uns unseren Maibaum im Toketschwald selber aus. Am Samstag Abend vor dem Maibaumfest wurde der Maibaum von Pferden gezogen ins Dorf gebracht und geschmückt.

Das schönste in unserer Gemeinde war immer das Kirchweihfest.
Als Kinder bekamen wir immer Geld zur Kirchweih und konnten uns schöne Sachen kaufen.
Am meisten freuten wir uns auf einen Schimiball, der war mit Sägemehl gefüllt.
Am wichtigsten von allem war das Gummi, aus dem wir uns dann eine neue Steinschleuder machten.
Jedes Jahr an Kirchweih war auf dem Marktplatz ein Rummelplatz mit einem Karussell, mit dem wir sehr gerne fuhren.
Ich kannte die ungarischen Zigeuner, die mit ihrem Karussell im ganzen Land unterwegs waren und freundete mich mit dem gleichaltrigen Jungen Ioni an, deren Wohnwagen in meiner Nachbarschaft stand.
Am meisten faszinierten mich seine Tauben, die er im Taubenschlag unter dem Wohnwagen hielt. Bis dahin hatte ich immer geglaubt, Tauben brauchten einen festen Platz, um frei fliegen zu können, aber Ioni ließ sie in jedem Dorf, in dem sie gerade waren, frei fliegen und sie kamen immer zu dem Wohnwagen zurück.

Das letzte Kirchweihfest feierte ich eine Woche vor meiner Verhaftung.
Es war das größte Fest, das unsere Gemeinde jemals feierte. Zum 100jährigen Kirchweihfest sollten genau 100 Kirchweihpaare zum Tanz antreten.
Aus unserem Haus waren alle drei Kinder dabei.
Mein Bruder, der überhaupt nicht tanzen konnte, lernte noch in einem Schnellkurs die Walzerschritte. Er tanzte nur den Walzer zur Eröffnungsfeier, aber Hauptsache, er machte mit.

Die Gemeinde wurde herausgeputzt und fein gemacht für die große Feier. Alle Verwandten aus dem Ausland, aus Deutschland und Amerika kamen nach Sankt Anna. Es war ein wunderschönes Fest. So ein schönes Fest sollte es auch nachher nicht mehr geben, denn der Exodus der Deutschen begann seit Anfang der sechziger Jahre und es wurden immer mehr, die auswanderten.
Eigentlich begann alles schon 1947 als in Rumänien ein Gesetz erlassen wurde, dass die Deutschen nicht mehr aus der Kriegsgefangenschaft nach Hause zurückkehren durften.
Viele versuchten heimlich über die grüne Grenze von Ungarn nach Rumänien zu gelangen und wurden dabei von Grenzsoldaten erschossen.
Auch viele Frauen und Männer, die nach jahrelanger Arbeit aus den Arbeitslagern

Russlands kamen, wurden nicht wieder herein gelassen.
Ihre Waggons wurden nach Deutschland geleitet.
Manche schlugen sich durch, fuhren mit dem Zug bis Ungarn und gingen von da
zu Fuß bis nach Sankt Anna, so auch meine Tante, die Mutter von Burger Hans.

Meine Mutter erzählte, früher habe man mit dem ersparten Geld immer mehr
Land gekauft, heute würden es die Deutschen in ihre Häuser stecken.
Anfang der sechziger Jahre pflanzten viele Tomaten in ihre großen Gärten. Als
Kind verdiente ich auch mein Taschengeld bei *Fruchtexport*. Hier wurden die
Tomaten ausgelesen und sortiert und die erstklassigen Tomaten wurden dann
nach Deutschland exportiert.
Die Leute verdienten sehr gut, mussten aber auch hart arbeiten.
Als ich die Berufschule in Arad besuchte, ging ich oft auf den Marktplatz in
Arad, der von den Neuarader Frauen immer mit hübschem Gemüse versorgt
wurde.
Die Verkaufsstände waren voll mit grünem Salat, Gurken und Tomaten, Schinken
und Speck, den die Neuarader Frauen mit dem Leiterwagen über die
Marotschbrücke bis in die Stadt brachten.
Meine Mutter ging auch manchmal mit Schinken und Speck auf den Markt, um
ein bisschen Geld für den Haushalt hinzu zu verdienen.
Mein Vater musste schwer arbeiten beim Kollektiv, aber Geld gab es nicht viel.
Goina hatte das schlau organisiert. Er gab den Leuten im Kollektiv Parzellen mit
Mais und Zuckerrüben und sie bearbeiteten diese so, als ob es ihr eigenen wären.
Manchmal gingen sie auch sonntags zur Feldarbeit, Geld gab es aber nur, wenn
man über das Maß hinaus produzierte. Wenn es ein schlechtes Jahr war, arbeitete
man fast umsonst. So entwickelte sich das Kollektiv von Sankt Anna zu einem
Vorzeigekollektiv in Rumänien, das der Generalsekretär Nicolae Ceausescu so
gerne besuchte.
Die führende Schicht im Kollektiv von Sankt Anna bediente sich wie in einem
Selbstbedienungsladen. Ihre neugebauten Häuser wurden immer schöner. Goina
hatte so eine Macht und Einfluss, dass weder Polizei noch Justiz gegen ihn
ankamen.
Mein Vater kam eines Tages nach Hause und schimpfte wie ein Rohrspatz. Die
Frau des Kolonisten, die bei uns einquartiert waren, sagte zu meinem Vater, er
solle die Schuhe ausziehen, wenn er bei ihnen in der Wohnung sein will.
Sie liefen durch unser Zimmer mit dreckigen Gummistiefeln und verlangten von
ihm, er solle die Schuhe ausziehen.
Als sie von uns auszogen waren sie arm wie Kirchenmäuse, bald jedoch bauten
sie ein schönes großes Haus. Woher das Geld kam, wussten nur sie.
So ging es im ganzen Land. Die Nomenklatur bediente sich und der Rest des
Volkes wurde immer ärmer und musste für einen Hungerlohn hart arbeiten.

Zeitvertreib in der Zelle

Das laute Geräusch des Riegels an unsere Zellentür schreckte mich auf.
Der Polizist nannte meinen Namen und forderte mich auf, mitzukommen. Ich lief neben ihm her über den Gefängnishof in ein angrenzendes Gebäude. In dem Gebäude kam uns ein Mann in Zivil entgegen.
Mein Begleiter rief mir sofort zu: „Mit dem Gesicht zur Wand!"
Ganz schnell drehte ich mich mit dem Gesicht zur Wand und wartete, bis der Mann sich entfernt hatte. Dann drehte ich mich wieder um.
Ich wurde in ein Arztzimmer gebracht.
Ein Mann in einem kurzen weißen Kittel, der darunter die blaue Uniform eines Polizisten trug, verpasste mir eine Spritze in den Hintern und ich wurde wieder zurück in meine Zelle gebracht.
Ich fühlte mich immer unwohler in der stickigen Zelle.
Den ganzen Tag saßen wir auf unserem Platz auf der Holzbank und schauten in die deprimierten Gesichter der anderen.
Janc saß mir gegenüber. Er war von uns allen der Unglücklichste. Immer wieder stand er auf und lief unruhig die paar Meter in der Zelle hin und her.
Er bereute seine Flucht. Er wisse nicht, wie er sich dazu habe hinreißen lassen, so eine Tat zu begehen, die sein ganzes Leben ruiniert habe, sagte er immer und immer wieder.
Bei uns könne er es verstehen, wir seien Deutsche, beherrschten die Sprache und hätten Verwandte in Deutschland. Er könne sich auch vorstellen, dass die Leute in Sankt Anna Verständnis für uns hätten, bei ihm sei dies jedoch nicht der Fall. Er sei Rumäne und würde wahrscheinlich auch schon deswegen vom Gericht zu einer höheren Strafe verurteilt werden als wir.
Und wenn er nach 5-6 Jahren entlassen würde, würden ihn seine Familie und seine ganzen Freunde verstoßen.
Seine Freundin würde ihn sowieso verlassen, sie würde auf keinen Fall auf ihn warten, bis er aus dem Gefängnis käme. Er weinte sehr oft.

Ambrusch nahm das nicht so ernst, er schimpfte über die Kommunisten und sagte, er wolle auch nach seiner Entlassung versuchen, aus dem Land zu flüchten.

Um der Langeweile zu entgehen, erzählten wir viel aus unserem bisherigen Leben.
Auf einmal sagte Ambrusch: „Wollt ihr Mühle spielen?"
„Mit was denn?" fragte ich neugierig.
Sie hätten schon mit den anderen zwei, die vor uns in der Zelle waren, Mühle gespielt.
Ich war neugierig, wie das gehen soll.
Am nächsten Morgen, nachdem wir unsere Kübel geleert hatten und frisches Wasser geholt hatten, warteten wir wie immer auf das Frühstück. Der Wachmann

öffnete das kleine Türchen und reichte das Brot durch die Öffnung. Auf einem Holzbrett übernahm Janc wie jeden Morgen die vier Scheiben Brot. Er stellte das Brot auf den Tisch und nahm sich dabei immer das erste Stückchen Brot.

Wir gingen mit unseren Blechtassen an die Tür und der Polizist füllte jede mit Tee. Das war unser armseliges Frühstück.

Ambrusch sagte, jeder sollte aus seinem Brot drei kleine Stückchen nehmen und sie zu Kugeln formen.

Mittags machten wir das gleiche mit dem Turtoi.

Als die Kügelchen hart waren, unterschieden sie sich farblich voneinander.

Mit ein bisschen Turtoi zeichnete er noch eine Mühle auf den Tisch.

Einer von uns musste immer vor der Tür spazieren, damit der Wachmann durch den Spion nicht erkennen konnte, was wir am Tisch machten.

Wir fingen an, Mühle zu spielen und hörten ganz genau, dass der Wachmann in seinen Filzstiefeln immer vor unserer Tür herumschlich.

Ambrusch sagte, sobald wir das Geräusch des Türriegels hörten, sollten wir unsere Kügelchen aufessen.

Wir spielten schon eine ganze Weile, als wir das Geräusch des Türriegels hörten. Blitzschnell verschluckten wir unsere Kügelchen aus Brot und Turtoi. Ambrusch wischte mit seinem Ärmel noch schnell über den Tisch.

Zwei Polizisten betraten die Zelle und fragten. „Was macht ihr hier?"

„Gar nichts" antworteten wir.

Sie durchsuchten unsere Hosentaschen, fanden aber nichts und gingen wieder hinaus.

Durch dieses Spiel bekamen wir etwas Abwechslung in unser Leben.

Nichts war schlimmer als die Langeweile tagsüber.

Wir bekamen auch sehr wenig zu essen und deswegen schauten wir morgens immer ganz genau hin, wenn der Polizist Janc das Brot herein reichte, denn er nahm sich immer das größte Stück Brot und das störte uns sehr.

Wir berieten uns und kamen zu dem Entschluss, dass jeder von uns abwechselnd das Brot übernehmen und das Vorrecht haben sollte, sich das größte Stück zu nehmen. Heute denke ich, dass wohl alle Stücke gleich dünn waren, aber im Gefängnis reagierten die Sinnesorgane ganz anders.

Unser Auge sah sofort, ob eines größer als die anderen war.

Das Essen war ein einziger Fraß. Mittags meist eine Brühe mit Kartoffeln oder Bohnen und ein paar Fleischbrocken, dazu Malai, gebackenes Maismehl.

Abends immer der gleiche Fraß, eine dünne Brühe mit Arpakasch.

Ambrusch sagte, wir müssten uns körperlich fit halten und täglich Liegestützen machen und Gymnastik, sonst würden wir Muskelschwund vom dauernden Sitzen bekommen.

Täglich machte ich bis zu dreißig Liegestützen am Stück, in mehreren zeitlichen Abständen wurden es sechsundneunzig.

Zu den „Freuden" des Gefängnisdaseins gehörte der Spaziergang von 10 Minuten am Tag. Ich blickte dabei in den Himmel, den einzigen Platz der nicht vergittert war. Ich sah Vögel, die frei fliegen konnten, was für ein herrliches Gefühl musste das sein und ich hingegen musste nach zehn Minuten wieder zurück in das stinkige Loch, wo Tag und Nacht das Licht brannte.

Die Rechte, die wir politisch Gefangen hatten, wurden mir immer bewusster. Die „Normalverbrecher" durften arbeiten, bekamen Pakete, hatten Besuchsrecht.

Nun war ich schon einige Wochen im Gefängnis und merkte, dass es Unterschiede zwischen den Gefangenen gab.
Mit der Zeit erkannte ich, dass auf der anderen Seite des Flurs keine politischen Gefangenen waren.
Die Polizisten verhielten sich ihnen gegenüber ganz anders.
Sie öffneten die Türchen an der Zellentür und unterhielten sich mit ihnen oder machten Späßchen.
Dort saßen die allgemeinen Verbrecher, Mörder, Diebe und dergleichen.
Sie hatten wesentlich mehr Rechte im Gefängnis als wir.
Anfangs verstand ich das nicht, dass wir gar keine Rechte hatten. Das schlimmste war, dass uns das Recht auf Arbeit genommen wurde.

Die anderen Häftlinge gingen morgens zur Arbeit, hatten Zerstreuung, waren abgelenkt durch die Arbeit. Zusätzlich hatten sie Besuchsrecht und jeden Monat war es ihnen erlaubt, ein Paket mit Lebensmitteln und Zigaretten von zuhause zu erhalten. Zusätzlich durften sie einmal im Monat eine Postkarte schreiben und erhalten.
Uns politischen Gefangenen war es untersagt, Kontakt zu Angehörigen aufzunehmen.
Mir wurde klar, wenn ich noch fünf oder sechs Jahre Haft auf diese Weise verbringen müsste, würde ich das nicht unbeschadet überstehen.
Ich fühlte mich wie gerädert.

Heute Nacht hatten die Polizisten wieder einmal unsere Nachtruhe gestört.
Sie stürmten wieder in die Zelle, schrieen wild umher. Wir mussten uns wieder nackt ausziehen und auf den Flur laufen.
Sie durchsuchten unsere Kleider und durchwühlten unsere Zelle und schmissen wieder das Bettzeug auf den Boden.
Sie machten das so unregelmäßig, dass man sich nicht darauf einstellen konnte.
Es kam 3-4 Mal in der Woche vor, manchmal zwei Mal hintereinander, manchmal drei Nächte lang gar nicht.
Diese Unsicherheit führte dazu, dass man keinen Abend ruhig einschlafen konnte, weil man nicht wusste, wann sie kommen würden. Ich hatte dann immer einen ganz leichten Schlaf, weil es fürchterlich war, aus dem Tiefschlaf mit Gebrüll

gerissen zu werden.

Nach dem Frühstück dösten wir alle mit dem Kopf auf dem Tisch. Ich war sehr müde. Keine frische Luft, kein Sonnenstrahl, schlechtes Essen und immer wieder dieser langweilige Tagesablauf.
Immer in die deprimierten Gesichter der anderen zu blicken, stimmte mich auch traurig. Seit der Verhaftung hatte ich in keinen Spiegel mehr geblickt und wusste gar nicht, wie ich aussah, aber die anderen waren ganz blass im Gesicht und hatten eingefallene Augen.
Manchmal freute ich mich sogar, wenn wir nicht zum Hofspaziergang gebracht wurden, ich wurde richtig träge und apathisch.

Der Tag an dem meine beiden Zellengenossen vor das hohe Gericht mussten, rückte immer näher. Janc beschuldigte Ambrusch, ihn zur Flucht in den Westen überredet zu haben und jetzt würde er deswegen vom Militärgericht verurteilt werden, das wäre eine große Schande für seine Familie, die würden ihm das niemals verzeihen.

Nachdem Ambrusch ihm schon einige Male erklärt hatte, dass nur der Staat alleine Schuld sei, der seine Bürger einsperrt, verspürte ich auch immer mehr Hass gegen den Staat.
Schon allein deswegen, weil die Schwerverbrecher besser behandelt wurden als wir. Nach meinem Rechtsbewusstsein konnte es doch nicht sein, dass ein Mörder, der einem anderen Menschen das Leben genommen hat, mehr Rechte im Gefängnis haben darf als ich, der absolut niemandem etwas angetan hat.
Leider war das aber die bittere Wahrheit.

Das Geräusch des Eisenriegels schreckte mich wieder auf. Der Polizist öffnete die Türe und brüllte uns an, weil wir schon wieder mal mit dem Kopf auf dem Tisch lümmelten. „Das ist verboten" sagte er, falls er uns noch mal erwische, müsse er das melden.
Er sagte: „Häftling Kappes, mitkommen."
Ich machte mich fertig und lief neben ihm her. Ich musste wieder mal meine Spritze abholen.
Alle 14 Tagen bekam ich eine Spritze. Ich wusste nicht, wozu sie gut sein sollte, aber ich machte mir auch keine Gedanken darüber.

Wir hatten keine Uhr und keinen Kalender. Oft wussten wir nicht einmal, was für ein Tag es war. Immer wenn der Samstag kam, freuten wir uns auf die Abwechslung, morgens einseifen und raus zum Friseur, der uns rasierte und uns immer wieder mit Neuigkeiten versorgte: Die politische Lage hätte sich beruhigt, wir politischen Häftlinge hätten Glück gehabt.

Am späteren Nachmittag ging es wieder zum Duschen.

Samstag war immer der schönste Tag.
Wir hatten jetzt schon Mitte September. Ich hatte mich an das Gefängnisleben gewöhnt.

Ambrusch und Janc wurden abgeholt und kamen erst nach ein paar Stunden wieder zurück. Ganz neugierig warteten wir auf die Rückkehr.
Sie wurden ins Gerichtsgebäude gebracht. Man teilte ihnen mit, dass der Prozess in zwei Wochen beginnen werde.

Die nächsten Tage waren sehr aufregend für uns alle. Immer wieder diskutierten wir über die Höhe der Strafe, die sie erwartete.
Wir rechneten damit, dass sie 7-8 Jahre bekommen würden. Für mich war es auch wichtig, Gewissheit zu bekommen.
Besonders Janc wurde mit jedem Tag aufgeregter.
Er empfand es als eine persönliche Schande, dass er seine Tat niemals im Leben wieder gut machen könne.
Ambrusch sah das ganz anders, es sei ein Schande für das Land, dass sich ein Militärgericht mit so etwas befassen würde, wo er doch weder eine hohe Funktion im Berufsleben gehabt hätte, noch ein politischer oder militärischer Geheimnisträger gewesen sei.
Er verstehe überhaupt nicht, warum er von einem Militärgericht verurteilt werden solle.

Ich dachte sehr oft an zuhause, an meine Familie und meine Freunde. Erst jetzt merkte ich, wie schön das Leben draußen war, das ich so sehr vermisste.
Es war noch ein Tag bis zum Prozess von meinen beiden Zellengenossen. Heute wurden sie abgeholt und für den morgigen Tag neu eingekleidet.
Jetzt hatten sie schöne passende Häftlingskleidung an und sahen ganz schick darin aus.
In dieser Nacht hatten wir keine Ruhestörung.
Nachdem wir das Morgenprogramm absolviert hatten, warteten wir auf das Frühstück.
Ambrusch und Janc waren schon ganz aufgeregt. Sie bekamen keinen Bissen hinunter.
Der Eisenriegel an der Tür unterbrach die Stille in der Zelle.

Ein Polizist mit Maschinengewehr trat in unsere Zelle und legte den beiden Handschellen an. Der ersehnte Tag war gekommen.
Als die beiden weg waren, liefen Burger Hans und ich auch sehr aufgeregt in der Zelle hin und her und konnten ihre Rückkehr nicht erwarten.
Die schwere Holztür öffnete sich, die beiden kamen wie verwandelt mit einem Lächeln im Gesicht zurück.
Ich wusste sofort, dass sie günstig davongekommen waren.
Erleichtert erzählte Ambrusch von dem Prozess. Dass sie am Anfang ganz

verängstigt vor dem hohen Militärgericht standen, aber ihr Verteidiger gleich am Anfang die gute Nachricht verbreitete: Ab 1. Januar 1969 würden die Grenzflüchtigen nicht mehr als politische Gefangene behandelt und auch nicht mehr von einem Militärgericht verurteilt werden.

Das Strafmaß wurde auch zu unseren Gunsten verändert, nicht mehr wie bisher 3-10 Jahre Haft sondern 6 Monate bis 3 Jahre für Flucht und Fluchtversuch.

Sie wurden schon nach dem neuen Gesetz verurteilt, obwohl es offiziell noch gar nicht in Kraft war.

Der Verteidiger sagte in seinem Plädoyer, dass der rumänische Staat zu der Ansicht gekommen wäre, dass *Grenzflüchtige keine Staatsfeinde* seien, sondern *Abenteurer*, die mit Politik nichts zu tun hätten.

Mir fiel ein Stein vom Herzen.

Ich war ganz erleichtert.

Zunächst vergaß ich vor Freude die Höhe der Strafe, die sie erhalten hatten, zu erfragen.

Da sie nicht einen Fluchtversuch unternommen hatten, wie wir, sondern eine Flucht – sie wurden in Ungarn festgenommen – bekamen sie die Höchststraße von 3 Jahren, waren aber trotzdem sehr zufrieden und erleichtert.

Wir würden die Höchststrafe von eineinhalb Jahren wegen Fluchtversuch erhalten, und man konnte ja damit rechnen, bei guter Führung nach zwei Dritteln der abgesessenen Strafe, entlassen zu werden.

Ich war auch ganz erleichtert und das Gefängnis fiel mir nun überhaut nicht mehr schwer.

Zum Mittagessen bekamen wir heute eine Kartoffelsuppe und ein paar Brocken Fleisch und dazu den Turtoi.

Nach dem Essen legten wir wieder den Kopf auf den Tisch und dösten.

Das Geräusch des Metallriegels schreckte uns wieder auf.

Zwei Polizisten mit Maschinenpistolen traten in unsere Zelle. Sie forderten Ambrusch und Janc auf, ihre Sachen zu packen und mitzukommen.

Sie wurden in ein anderes Gefängnis verlegt.

Sie packten ihre paar Sachen, wir umarmten uns kurz, dann nahmen die zwei Polizisten sie mit.

Ich war traurig, man hatte sich so aneinander gewöhnt und war sich nahe gekommen.

Besonders Ambrusch mochte ich. Mir imponierte seine Entschlossenheit und seine Weitsicht. Er war entschlossen, sich von den Kommunisten nicht unterkriegen zu lassen.

Ich war jetzt nur noch mit Burger Hans in der Zelle. Wir konnten uns jetzt zwar in deutscher Sprache unterhalten, hatten uns aber nicht viel zu erzählen.

Jeder wusste vom anderen bereits alles.

Ich bekam neuen Lebensmut, da ich wusste, nicht mehr so lange im Gefängnis bleiben zu müssen.

Ich hätte es nicht verkraftet, fünf oder sechs Jahre im Gefängnis zu sein.

Ich dachte jetzt wieder an zuhause. In meiner Zelle war ich abgeschnitten von der

Außenwelt. Kein Radio, kein Fernseher, keine Nachrichten, keine Zeitung.

Ich ging immer sehr gerne ins Kino. In Sankt Anna war jeden Tag von 16 bis 22Uhr Kino. Es gab ein ungeschriebenes Gesetz: von 16 bis 18Uhr gingen die Kinder ins Kino, von 18 bis 20Uhr die Rumänen, von 20 bis 22Uhr die Deutschen.
Die Jugendlichen versammelten sich vor dem Kino und tauschten Neuigkeiten aus.
Dienstags und donnerstags von 20 bis 22Uhr gingen immer die verliebten Pärchen ins Kino. Und da beobachtete man neugierig, wer mit wem geht.
Mein Vater ging auch sehr oft ins Kino. Da mein Bruder im Kino arbeitete, musste er keinen Eintritt bezahlen.
Ich vermisste das alles.

Wir waren nun schon eine Woche nur noch zu zweit in der Zelle.
Ich hörte wieder das Geräusch des Metallriegels. Unsere Zellentür wurde geöffnet, ein älterer kleiner Mann wurde in unsere Zelle gebracht. Er war sehr unruhig, lief aufgeregt immer hin und her. Als er sich beruhigt hatte, setzte er sich.
Ich fragte ihn, warum er im Gefängnis sei.
In sehr schlechtem Rumänisch erklärte er uns, dass er unschuldig ins Gefängnis gesteckt worden sei.
Er hatte einen Schnurrbart, der ein wenig nach oben gezwirbelt war. Ich erkannte sofort, dass er Ungar war.
Er war schon eine Woche in Polizeigewahrsam, wo er auch misshandelt und geprügelt worden war. Er war 47 Jahre alt und hinkte. Er wurde im Zweiten Weltkrieg verwundet. Er hieß Joldosch.
Er fragte, welches Bett er benutzen könne. Er könne sich eines aussuchen, beide Betten seien frei, sagte ich.
Er erzählte uns seine Geschichte.

Der Polizeichef der Stadt wohnte in seinem Haus zur Miete. Es gab öfter Streit, weil er sich so benahm, als sei es sein Haus. Damit er seine Ruhe vor ihm hätte, hätte er ihn verleumdet und angeklagt, er hätte ihn beleidigt und beschimpft „stinkiger Walache". Manche kamen aus der früheren Walachei. Die Ungarn verstanden sich nicht besonders gut mit den Rumänen, vor allem in der Gegend aus der Joldosch kam. Sie sahen die Rumänen als Eindringlinge, die Ceausescu geschickt habe, um die Ungarn zu unterwandern und sie besser kontrollieren zu können.
In Transsylvanien/Siebenbürgen gab es rund drei Millionen Ungarn.
In der Anklage gegen ihn hieß es auch, erzählte Joldosch, er habe dem rumänischen Polizeichef die Offizierssterne herunter gerissen. Er schwöre aber, das sei alles erfunden und erlogen.
Er hatte Sehnsucht nach seiner Frau und seinen Kindern.

Ihm fiel der Gefängnisaufenthalt viel schwerer als uns. Erstens, weil er unschuldig war und zweitens weil er schon älter und behindert war.

Wir spielten auch mit ihm Mühle. Er freute sich wie ein kleines Kind, weil er abgelenkt war.
Er war kaum eine Woche hier und wurde schon ins Gerichtsgebäude gebracht.
Als er zurück in die Zelle kam, war er untröstlich. Er sollte zu fünf Jahren Haft verurteilt werden.
Von seinem Rechtsanwalt erfuhr er, dass seine Frau aus dem Haus ausziehen musste, weil sie andauernd vom Polizeichef schikaniert wurde.

Unsere Zellentür wurde aufgeschlossen und ein neuer Häftling kam in die Zelle.

Er war ungefähr dreißig Jahre alt, sah aus wie das blitzende Leben, groß und kräftig gebaut, braun gebrannt. Er hatte eine Tafel Schokolade in der Hand. Er muss gemerkt haben, wie gierig wir auf seine Schokolade gesehen haben und gab uns auch jedem ein kleines Stückchen. Ich verschlang es sofort.
Er war auch Ungar und kam aus Tirgu Muresch. Sein Name sei Alfons so stellte er sich vor.
Der Joldosch freute sich, dass er jemanden zum Sprechen hatte. Sie unterhielten sich sehr oft in Ungarisch.
Er erzählte uns über sein Leben und weshalb er im Gefängnis sei.
Er hatte einen Traumberuf. Er arbeitete in der Landwirtschaftsdirektion. Nach einer Besichtigung verschiedener Kollektivwirtschaften mussten sie einen Bericht verfassen, über die Lage der Kollektive, der dann nach Bukarest verschickt wurde ins Landwirtschaftsministerium.
Die Vorsitzenden der Kollektivwirtschaft waren sehr bemüht, dass der Bericht gut ausfiele.
Da wurde überall, wo sie hinkamen, ein Lamm geschlachtet und gegrillt. Die besten Weine wurden aufgetischt. Jeder Tag war wie ein Feiertag. Die schönsten Mädchen aus der Kollektivwirtschaft wurden herbeigeholt und sie amüsierten sich wie im Traum. Und nun war der Traum geplatzt wie eine Seifenblase.
Er habe zusammen mit einigen Vorsitzenden der Kollektivwirtschaft einige hundert Kühe privat verkauft und sie hätten das Geld untereinander aufgeteilt.
Als die Justiz ihnen auf die Schliche kam, flüchtete er über die Grenze nach Ungarn. Hier wurde er gefangen und verhaftet.

Er musste pinkeln. Als er den Holzdeckel des Kübels abnehmen wollte, musste er sich fast übergeben. Er legte den Deckel sofort wieder auf den Kübel. Der Joldosch lachte wie ein Spitzbube. Uns ging es allen gleich. Mittlerweile hatte ich überhaupt kein Problem mehr damit.
Als Burger Hans neben Alfons stand, merkte ich, was das Gefängnis schon aus uns gemacht hatte: Aschfahl und bleich stand er neben dem vor Kraft Strotzenden und Braungebrannten. Gott sei Dank gab es keinen Spiegel im Gefängnis und ich

konnte mich selbst nicht sehen.

Ich döste wieder mit dem Kopf auf dem Tisch als ich vom lauten Geräusch des Riegels an der Tür aufschrak und zusammenzuckte.
Der Burger Hans und ich wurden aufgefordert, mitzukommen. Ein Polizist mit Maschinenpistole begleitete uns in das Gerichtsgebäude, nachdem er uns Handschellen angelegt hatte.

Der Militärstaatsanwalt klärte uns auf und teilte uns mit, dass in 14 Tagen die Verhandlung gegen uns stattfinden würde und dass wir von einem Militärgericht aus Temeswar verurteilt würden. Ich hatte überhaupt keine Angst mehr und das Wort „Militärgericht" schreckte mich nicht mehr. Ich wusste ja schon ganz genau, welche Strafe uns erwartete.

Der Staatsanwalt fragte uns, ob wir einen Anwalt haben möchten, der uns verteidigte.
Ich sagte: „Nein, ich brauche keinen Anwalt." Ich wusste, das kostet bloß Geld und machen konnte er sowieso nichts.
Er betonte noch mal, wir würden kostenlos einen Anwalt vom Staat erhalten.

Wir gingen wieder über den Hintereingang ins Gefängnis, das über einen Hof vom Gerichtsgebäude getrennt war.
Immer, wenn ich von draußen kam, merkte ich, wie fürchterlich es in der Zelle stank.
Ich dachte wieder über zuhause nach und hatte schon so eine Vorfreude und Sehnsucht nach zuhause.
Jetzt war es Herbst.

Im Herbst machten wir immer Wein. Wir bauten Weintrauben im Garten an und machten unseren eigenen Wein und Schnaps.
Besonders der Schnaps aus Sankt Anna war weit im Land bekannt: doppelt gebrannt und der ganze Stolz der Bauern. Immer wenn Besuch kam, wurde gleich ein Schnaps angeboten. Der Gastgeber schüttelte die Flasche. Ein guter Schnaps war leicht bläulich und es bildeten sich Perlen.
Schnaps wurde bald zum begehrten Zahlungsmittel. Immer wenn man was wollte, was es offiziell nicht gab, konnte man es mittels Schnaps erhalten.

Im Winter wurden die Schweine geschlachtet, das war immer ein richtiges Fest.

Als Kind wurde man dabei öfter veräppelt.
Mein Onkel, der bei uns die Hausschlachtung machte, schickte mich mal bis Kumlusch mit einem Sack. Dort sollte ich von Verwandten die Schwartenmagenpresse ausleihen. Diese nahmen den Sack und füllten ihn mit Steinen, so, dass ich es nicht sehen konnte.

Als ich außer Atem zuhause ankam, standen die Leute im Hof und hielten sich den Bauch vor Lachen.

Als ich ein Kind war, gab es noch ein richtiges Schlachtfest. Einer der Nachbarleute kam tagsüber und klaute etwas vom Schwein, meistens den Fuß. Abends kamen die Nachbarn und brachten ihn wieder zurück. Dann wurde als Dank viel frische Wurst für alle gebraten und dazu gab es Wein. Einer spielte Ziehharmonika und anschließend wurde getanzt.

Im Winter war es bei uns zuhause oft sehr gemütlich. Meine Eltern hatten mehr Zeit. Abends gingen die Männer Karten spielen in die Nachbarschaft, die Frauen zum Stricken. Ich freute mich immer, wenn die Reihe an uns war und alle Nachbarn zu uns kamen. Ich schaute gerne beim Karten spielen zu und durfte länger aufbleiben. An manchen Tagen versammelten sich alle Nachbarn und Verwandte bei uns und halfen meiner Mutter, die Gänsefedern vom Stiel zu rupfen. Im Sommer rupfte meine Mutter die Gänse und im Winter wurden die Gänsefedern in aufwendiger Handarbeit zu Daunen verarbeitet. Im ganzen Zimmer flogen die Gänsefedern umeinander.

Wenn die Ernte im Kollektiv gut war, bekamen meine Eltern im Herbst das Geld aus dem Überschuss. Dann ging meine Mutter in die Stadt und kaufte Stoff ein. Im Winter kam ab und zu die Näherin für eine Woche zu uns nach Hause, jeden Tag von morgens bis abends und nähte neue Kleidung für alle. Dann war es bei uns sehr gemütlich. Sie war eine sehr fröhliche Frau. Im Radio lief von früh bis spät das Lied: „Zwei kleine Italiener..." und sie sang dabei kräftig mit.

Der Urteilsspruch

Der eiserne Riegel an der Holztür wurde wieder geöffnet. Ein Polizist forderte den Burger Hans und mich auf, mitzugehen. Wir wurden neu eingekleidet, denn am nächsten Tag sollten wir verurteilt werden. Die ganze Nacht hatte ich kaum geschlafen, weil ich so aufgeregt war.

Nach dem Frühstück kam ein Offizier in unsere Zelle. Er klärte uns auf, wie wir uns zu benehmen hätten vor dem hohen Militärgericht.

Falls unsere Eltern im Gerichtssaal sein sollten, dürften wir auf keinen Fall mit ihnen reden oder ihnen etwas zurufen. Uns wurden Handschellen angelegt und über den Hinterausgang wurden wir in das Gerichtsgebäude gebracht. Zwischen dem Gefängnishof und dem

Gerichtssaal stand ein Polizist mit einer Maschinenpistole im Anschlag und bewachte das Durchgangstor.

Er fragte den Offizier, der uns begleitete, weswegen wir verurteilt würden.

„Wegen Grenzflucht" antwortete der Offizier.

Der Polizist zeigte auf seine Maschinenpistole und sagte: „Mit solchen Leuten würde ich kurzen Prozess machen, dafür bräuchte man kein Gericht mehr!"

Der Offizier antwortete, er solle sich um seine Angelegenheiten kümmern, denn für unsere Angelegenheiten gäbe es ein Gericht, das sich darum kümmere.

Als wir in den Flur vor den Gerichtssaal traten, sah ich meine Eltern und die Eltern von Burger Hans. Sie waren alle da und winkten uns zu, als sie uns zu Gesicht bekamen. Es war mir ein bisschen peinlich, dass meine Eltern mich so in Handschellen sehen mussten und in Sträflingskleidung, bewacht von einem Polizisten mit Maschinenpistole. Aber sie störte das überhaupt nicht, sie waren außer sich vor Freude, uns nach so langer Zeit wieder zu sehen.

Sie riefen uns zu, wir sollten keine Angst haben, wir würden gut davon kommen, sie hätten mit einem Rechtsanwalt gesprochen.

Sie sahen wohl, dass wir nach viermonatiger Einzelhaft in der stinkigen Zelle und der schlechten Nahrung ziemlich mitgenommen aussahen.

Meine Mutter zeigte auf ihren Korb, den sie mit Lebensmitteln gefüllt hatte und sagte, nach dem Urteil würde sie sie mir geben.

Polizisten drängten unsere Eltern weg, sie durften nicht näher als drei Meter an uns heran und sie sollten uns nichts mehr zurufen, schon gar nicht in deutscher Sprache.

Wir wurden in den Gerichtssaal geführt.

Vorne saß das Militärgericht. Wir standen in Handschellen gefesselt davor.

Der Militärstaatsanwalt las die Anklage vor. Sie lautete 3 bis 10 Jahre Haft in Friedenszeiten und Todesstrafe in Kriegszeiten, zusätzlich würde das ganze persönliche Vermögen beschlagnahmt.

Nach dem Staatsanwalt ergriff unser Verteidiger das Wort. Bis dahin hatte ich ihn kein einziges Mal gesehen. Er war weder bei uns in der Zelle, noch ist er vor der Eröffnung der Verhandlung zu uns gekommen, um mit uns über den Verlauf der Verhandlung zu reden.

In seinem Plädoyer sagte er: „Hohes Gericht, wie Sie wissen, ändert sich die Gesetzlage zum 1. Januar 1969. Ab dann werden Grenzflüchtige nicht mehr von einem Militärgericht verurteilt. Das Strafmaß wird auch gesenkt auf sechs Monate bis drei Jahre Gefängnis. Unsere Regierung hat eingesehen, dass Grenzflüchtige keine Staatsfeinde sind und mit Politik nichts zu tun haben.

Hohes Gericht, sehen Sie mal diese zwei jugendlichen Angeklagten an. Das sind nichts weiter als Abenteurer, die niemandem was Böses angetan haben. Deshalb fordere ich das Gericht auf, die Angeklagten schon nach dem neuen Gesetz, das in einigen Monaten in Kraft tritt, zu verurteilen."

50

Der vorsitzende Richter lachte und sagte, er sehe es genau wie unsere Regierung, die beschlossen hätte, das Strafmaß zu ändern. Nach sehr kurzer Besprechung mit den anderen Offizieren des Militärgerichts kam der vorsitzende Richter zu dem Urteilsspruch:

„Wegen versuchter Grenzflucht verurteilt das Gericht Sie zu einem Jahr und sechs Monaten Gefängnis. Zusätzlich wird das gesamte private Vermögen beschlagnahmt."

Erleichtert verließen wir den Gerichtssaal. Meine Eltern wollten mir noch etwas von dem Mitgebrachten geben, sie durften sich aber nicht mehr als drei Meter nähern.

Erleichtert kamen wir wieder in unsere Zelle zurück, wo der Joldosch und Alfons warteten.
Ich erzählte ihnen von der Gerichtsverhandlung, von dem Plädoyer des Rechtsanwalts. Alfons war sehr erleichtert. Er hoffte, auch mit einer milden Strafe davon zu kommen, aber er hatte noch den Verkauf der Rinder am Hals.
Er war froh, zumindest nicht als politischer Häftling geführt zu werden.
Erst jetzt wurde mir klar, was für ein Unterschied zwischen den politischen und allgemeinen Häftlingen bestand.
Aber jetzt war ich zunächst erleichtert, denn ich wusste, dass ich demnächst in ein anderes Gefängnis gebracht wurde und auch arbeiten durfte.

Wie gerädert stand ich am nächsten Morgen wieder auf. Es gab wieder Nachtstörung. Wir durften an diesem Morgen wieder mal zum Hofgang. Nach zehn Minuten Spaziergang im Gefängnishof an der frischen Luft, merkte ich wieder, als ich in die Zelle kam, wie fürchterlich es hier stank.
Alfons verlor auch langsam seine Bräune und sah nach den drei Wochen Zellenhaft schon ziemlich mitgenommen aus.
Joldosch war ganz aufgeregt, denn am nächsten Tag hatte er Gerichtstermin.

Zur Zeit war es ziemlich langweilig in der Zelle. Die beiden „Neuen" sprachen viel Ungarisch miteinander, während der Burger Hans und ich schwiegen.

Unsere Zelle wurde aufgeschlossen, ein Polizist trat ein und holte Joldosch zum Gerichtstermin ab.
Weinend kam er zurück, denn man hatte ihn zu fünf Jahren Haft verurteilt.
Sein Rechtsanwalt wollte dem Militärgericht klarmachen, dass dies alles eine Verleumdung gegen ihn sei.
In der Anklage gegen ihn wurde ihm vorgeworfen, dem Polizeichef, der bei ihm zur Miete wohnte, die Offiziersabzeichen abgerissen zu haben.
Sein Rechtsanwalt machte deutlich, dass Joldosch nur 1,60m groß war und der Polizeichef 1,90m und dass dies daher gar nicht möglich sei. Weil er den Mieter des öfteren „stinkiger Walach" genannt hatte, war er jetzt politischer Häftling und

wurde wegen „ethnischem Rassenhass" zu fünf Jahren Gefängnis verurteilt.

Er beteuerte, dass er unschuldig sei. Er was ganz verzweifelt und in den nächsten Tagen untröstlich.

Ich wartete schon ungeduldig darauf, in ein anderes Gefängnis zu kommen und arbeiten zu dürfen.
Ich fühlte mich vom ewigen Rumsitzen müde.

Joldosch wurde abgeholt, er musste seine Sachen packen und wurde in ein anderes Gefängnis verlegt. Er umarmte uns alle und weinte.
Er tat mir sehr Leid.
Ich wusste nicht, wie er das Gefängnis überstehen würde. Er war ja behindert und schon älter und hatte Frau und Familie.

Ein Polizist holte mich ab und brachte mich wieder mal zum Spritzen, ich hatte immer noch jedes Mal Angst davor.
Ich folgte ihm über den Gefängnishof, plötzlich sah ich rund fünf Meter weiter eine Polizistin, die zwei junge Häftlinge begleitete.
Das eine Mädchen hatte dunkle Haare, die zu Zöpfen geflochten waren. Mit großen Augen blickte ich in ihre Richtung, sie erwiderte meinen Blick. Jetzt hätte ich mich eigentlich sofort mit dem Gesicht zur Wand stellen müssen, stattdessen blieb ich kurz stehen und blickte wie hypnotisiert auf das Mädchen.
Der Polizist lief einige Schritte und merkte dann, was los war.
„Beweg dich, Häftling! Was schaust du wie ein Ochse vor dem neuen Tor! Du weißt, dass es verboten ist, die anderen Häftlinge anzuschauen."
Ich lief ihm weiter hinterher, holte mir meine Spritze ab und wurde wieder in die Zelle gebracht.
Als ich es den anderen Häftlingen erzählte, lachten sie und sagten, wie schön es wäre, wieder Musik zu hören und zum Tanz zu gehen.

Abends lag ich in meinem Bett und konnte nicht einschlafen, aus Angst vor der nächtlichen Ruhestörung. Dadurch war ich morgens schon müde. Ich schaffte immer weniger Liegestützen und hatte fast überhaupt keine Lust mehr auf Sport. Trotz des Verbots, meinen Kopf auf den Tisch zu legen und zu dösen, wurde dies zu meiner Lieblingsbeschäftigung. Ich wollte nur noch schlafen und spielte mit dem Gedanken, mich krank zu stellen, traute mich aber nicht, zu simulieren.

Aber diesmal dachte ich wieder an zuhause.
In einem Zeitzeugenbericht über den Gulag habe ich einmal gelesen, dass der Autor oft nur körperlich im Gulag war, sein Geist und seine Gedanken flohen nach draußen.

Ich dachte an das Mädchen mit den Zöpfen, die ich heute im Gefängnishof gesehen hatte.

Das erinnerte mich an meine letzte Freundin.

Am Kirchweihfest vor meiner Flucht hatte ich ein Mädchen aus Merzidorf bei Temeswar kennen gelernt.

Sie blieb noch einige Tage in Sankt Anna.

Wir gingen abends in den Park. Es war Sommer, der Park war sehr gepflegt. Es duftete nach Blumen. Wir amüsierten uns auf der Bank. Sie sagte mir, dass sie es ernst mit mir meine und dass es für sie nicht bloß ein Flirt sei. Ich wusste jedoch, dass ich einige Tage später einen Fluchtversuch unternehmen würde, sagte ihr aber nichts davon.

Ich konnte schon deswegen nichts sagen, weil ich sonst alles gefährdet hätte.

Irgendwann schlief ich ein und träumte, dass ich im Park von Sankt Anna mit einem Mädchen spazieren ging.

Die Zellentür wurde aufgeschlossen und ein neuer Häftling kam in unsere Zelle.

Er hieß Moise, war noch sehr jung, keine zwanzig Jahre alt. Mir fiel auf, dass er schon graue Haare hatte.

Als ich ihn danach fragte, erzählte er, was passiert sei.

Vor etwa fünf Monaten war er mit zwei anderen Häftlingen in dieser Zelle Nummer 9 wegen Grenzflucht. Sie tüftelten einen Plan aus, um aus dem Gefängnis zu fliehen.

Sie überfielen die drei Gefängnisbeamten, die abends um 19Uhr zum Appell in die Zelle kamen. Einer von ihnen schlug dem Polizisten mit dem Holzdeckel des Toilettenkübels auf den Kopf, der zweite Häftling mit dem Holzdeckel vom Trinkwasser den anderen und der dritte sprang dem dritten Polizisten an die Gurgel und überwältigte ihn.

Als alle drei Polizisten bewusstlos waren, wollten sie deren Uniform anziehen und das Gefängnistor als Polizisten verkleidet verlassen.

Ein vierter Polizist kam zufällig hinzu und löste Alarm aus. Verzweifelt rannten sie in den Gefängnishof, wo sie von den herbeigeeilten Polizisten überwältigt wurden.

Diese verprügelten die drei Häftlinge bis zur Bewusstlosigkeit. Moise hörte noch einen Polizisten sagen: „Schluss jetzt, nicht dass ihr sie totprügelt, das gibt Ärger!"

Danach wurde er bewusstlos und wachte erst in der Arrestzelle auf.

Wenn man sich im Gefängnis nicht an die Regeln hielt, bekam man Isolierungshaft. Dort wurde man in eine Einzelzelle gesperrt, an Händen und Füßen gefesselt und bekam nur jeden zweiten Tag zu essen.

Zusätzlich konnte man wegen schlechter Führung nicht vorzeitig entlassen werden.

Moise war drei Monate in Isolierungshaft, die Höchststrafe.
Zusätzlich wurde ihm der Prozess wegen Fluchtversuch gemacht und Körperverletzung. Einer der Polizisten war seither nicht mehr dienstfähig und arbeitete nun in der Gefängnisküche.
Manchmal, wenn wir beim Hofgang waren, kam er aus der Küche gerannt und fiel über Moise her.
Er brüllte: „Hätten sie dich doch lieber gleich tot geschlagen, als sie dich im Gefängnishof gefangen haben."
Moise sah zwar seine grauen Haare nicht, aber er versicherte, dass er vorher kein einziges graues Haar gehabt hätte.

Ich merkte mal wieder, was der Mensch vollbringen kann, wenn der Drang nach Freiheit ihn überwältigt.

Aus diesem Gefängnis aus Oradea war es unmöglich zu fliehen. Es war mit einer großen Mauer umringt, auf der zusätzlich Soldatenposten waren. Das Gefängnistor war bewacht von Polizisten und dennoch versuchten Moise und die zwei anderen Häftlinge zu flüchten.

Genauso wenig konnte die Flucht von Ambrusch und Janc über Ungarn gelingen. Sie kannten die Sprache nicht und an der Grenze zu Österreich war der eiserne Vorhang. Dort gab es überhaupt kein Durchkommen.
Aber die Menschen versuchten alles, sie wollten sich nicht im eigenen Land einsperren lassen.

Im Gegensatz zu mir verstand Moise sehr viel von Politik, genau wie Ambrusch, auch war er entschlossen, nicht mehr in diesem Land zu leben. Und er wollte auch versuchen, sobald er frei wäre, sofort wieder zu flüchten. Bei ihm konnte dies jedoch noch sehr lange dauern.

Moise sah damals schon den wirtschaftlichen Untergang Rumäniens voraus und sagte, Ceausescu würde eine beispiellose Diktatur in Rumänien errichten.
Ich kümmerte mich wenig um Politik und wusste auch nicht genau, was in Prag passiert war. Das alles interessierte mich nicht so sehr, im Gegensatz zu Ambrusch und Moise.

Ich sah als Kind, wie die neue moderne Kollektivwirtschaft in Sankt Anna mit modernen Stallungen gebaut wurde. Den Leuten in Sankt Anna ging es ziemlich gut.
In der Berufschule lernte ich in Politik, dass die Planwirtschaft in Russland und Rumänien viel besser funktioniere als die westliche Wirtschaft und Russland und Rumänien würden innerhalb weniger Jahre die veraltete westliche Wirtschaft überholt haben.

Ich muss gestehen, ich war so naiv, das zu glauben.

Ceausescu war seit vier Jahren im Amt und ich hatte noch nichts Negatives über ihn gehört. Ich war sogar 1964 dabei, als er Sankt Anna besuchte und klatschte Beifall als er zusammen mit Goina am Marktplatz vorbei Richtung Kollektivwirtschaft unterwegs war.

In der Nacht wurden wir wieder aus dem Schlaf gerissen und mussten uns wie gewöhnlich im Flur nackt ausziehen und wurden wieder von Kopf bis Fuß abgetastet. Unsere Gefängniskleidung wurde gründlich durchsucht, die Matratzen und Decken durchwühlt.

Kaum hatten wir uns wieder ins Bett gelegt, nachdem wir alles aufgeräumt hatten, war es schon wieder Weckzeit, 5Uhr. Draußen war es noch richtig Nacht, denn es war schon Spätherbst.

Anfang Dezember, am späten Abend gegen 21Uhr kam der Wachmann, schloss unsere Zelle auf und sagte:
„Kappes und Burger zusammen packen und mitkommen."
Wir hatten ja nichts zu packen, wir nahmen nur unsere Häftlingsklamotten und verabschiedeten uns von Alfons und Moise.
Ein Polizist brachte uns in einen Raum, da wurden uns schwere Fußkugeln jeweils an das rechte Bein gekettet. Mit einem LKW wurden wir zum Bahnhof nach Oradea gebracht.

Es war ein schönes Gefühl, wieder Leute in der Stadt beobachten zu können, die noch zu später Stunde spazieren gingen, auch wenn wir auf der Ladefläche des LKWs in Gefängniskleidung und Fußfesseln saßen.
Am Bahnhof mussten wir absitzen, bewacht von zwei bewaffneten Polizisten und warten, bis ein Zug an dem sich ein Waggon für Häftlinge befand, einfuhr.
Der Waggon hatte mehrere kleine Zellen. Wir wurden in eine solche gebracht, wo bereits ein Häftling war. Im Flur liefen noch Posten umher und unser Abteil wurde von außen abgeriegelt.

Der Häftling kam sofort mit uns ins Gespräch und sagte, er käme gerade aus Bukarest von einem Verhör. Er sei ein Spion. Er erzählte uns von sehr ungewöhnlichen psychischen und physischen Folterungen, die er in Bukarest durchlitten hätte, aber man könne ihn unter keinen Bedingungen weich klopfen. Ich wusste nicht so recht, ob ich alles glauben konnte. So erzählte er, eine der Foltermethoden sei gewesen, ihm mit zwei Bleistiften langsam auf die Geschlechtsorgane zu schlagen. Anfangs hätte es nicht weh getan, aber nach einiger Zeit sei jeder Schlag furchtbar gewesen und schmerzte bis ins Gehirn.

Wir bekamen ja in der Haft nur Spritzen, deren Inhalt wir nicht kannten. Später erfuhr ich, dass auch in der ehemaligen DDR den politischen Häftlingen, zu

denen wir damals gehörten, Spritzen verabreicht wurden, deren Inhalt zur Persönlichkeitszerstörung führte.
Vermutlich war das auch bei uns der Fall.

Am nächsten Morgen hielt der Zug in einem Bahnhof, wir hatten keine Ahnung in welche Richtung wir überhaupt gefahren waren, die Fenster waren vergittert und man sah überhaupt nichts von draußen.

In Aiud

Wir wurden mit einem Jeep abgeholt und ins Gefängnis gebracht. Es war sehr groß im Vergleich zu dem in Oradea. Erst als wir in der Zelle waren, erfuhren wir, wo wir überhaupt waren. In Aiud.

Ich hatte schon „draußen" von Aiud einiges gehört. Es war ein berüchtigtes Gefängnis und ich wusste auch, dass hier politische Gefangene sind.
Meine neuen Zellengenossen in Aiud waren auch Grenzflüchtige und sagten, dass hier etwa 400-500 Grenzflüchtige einsäßen. Insgesamt seien bis zu 3.000 Gefangene hier, darunter auch viele Schwerverbrecher.

Es klopfte an der Wand.
Dies war eine Form der Kommunikation, eine Methode zur Verständigung zwischen den Häftlingen. So wurden Nachrichten ausgetauscht.
Wir erfuhren, dass man nach dem Klopfen seine blecherne Teekanne mit der Öffnung an die Wand halten und hinein lauschen musste.
Wie über Lautsprecher verstand man nun, was der Zellennachbar sagte.

Heute nun wollte er wissen, aus welchem Gefängnis wir kamen und was für eine Straftat wir begangen hatten und aus welchem Ort wir stammten.
Geantwortet wurde, indem man die Hände wie einen Trichter vor den Mund hielt und gegen die Wand sprach.

Meine neuen Zellengenossen waren schon länger hier in Aiud. Sie erzählten mir einiges über das Gefängnis und auch, dass ich vermutlich in ein paar Wochen das Recht auf Arbeit bekäme. Weiter erfuhr ich, dass die meisten Gefangenen in einer Fabrik arbeiteten. Viele von ihnen seien Schwerverbrecher oder Mörder mit langen Haftstrafen. Manche seien schon seit zehn bis zwanzig Jahren in Gefangenschaft und daher entweder abgestumpft gegen alles oder aggressiv gegen jeden, da sie ja nichts mehr zu verlieren hätten.

Am nächsten Morgen mussten wir, wie in Oradea, unseren ersten Weg mit dem Kübel antreten, nur, dass der Weg bis zu den Toiletten oder Waschräumen hier viel länger war, da dieses Gefängnis wesentlich größer war.

Ich war im 3. Stock untergebracht. Durch ein Drahtgeflecht sah man auf dem Flur bis in den zweiten und ersten Stock hinunter.

Bei uns „Grenzflüchtigen" waren auch die „politischen Häftlinge" untergebracht. Nach einem neuen Gesetz, gehörten wir jedoch nicht mehr zur Gruppe der politischen Häftlinge.

Oft begegnete ich den politischen Häftlingen morgens im Waschraum beim Wasserholen.
Alle Zellen des Traktes wurden gleichzeitig aufgesperrt, so blieb mehr Zeit zur Verrichtung der Tätigkeiten am Morgen und nebenbei konnte ich den sehr aufschlussreichen Gesprächen der politischen Häftlinge lauschen und lernte viel dabei.
Dies war ein Teil meiner *„Fakultät von Aiud"*.
Es waren auserwählte und sehr gebildete Menschen, sehr ruhig und gelassen.
Manchmal unterhielten sie sich nicht in Rumänisch sondern in den Fremdsprachen Deutsch, Englisch oder Französisch.
Sie redeten sehr viel über Politik. Ich war ganz fasziniert von ihren Meinungen.
Es waren viele dabei, die aus der Politik kamen und Ceausescu persönlich kannten. Und so, wie ich das verstanden habe, nicht einer Meinung waren mit Ceausescu und deshalb als Landesverräter eingesperrt wurden zu sehr hohen Haftstrafen. Aus den Gesprächen konnte ich entnehmen, dass sie nicht – wie die Propaganda verkündete und wie es die meisten Menschen taten - glaubten, dass sich die Lage in der damaligen Zeit in Rumänien positiv entwickeln würde, sondern eher umgekehrt, dass es Ceausescus Plan sei, eine Diktatur zu errichten, auf der das Volk auf der Strecke bliebe.

Die meisten hofften oder wünschten sich eine Lockerung der Reisefreiheit, wie es Tito in Jugoslawien machte und seinen Bürgern erlaubte, in den Westen als Gastarbeiter arbeiten zu gehen und dadurch zuhause die schlechte wirtschaftliche Situation aufzubessern.

Das Essen erhielten wir auch hier, genau wie im Gefängnis davor, in einem Blechnapf in die Zelle. Hier verteilte es jedoch nicht der Wachmann sondern ein Gefangener. Auf einem kleinen Handwagen brachten sie das Essen in Aluminiumkannen. Sie gingen damit von einer Zelle zur anderen und füllten die Blechnäpfe der Gefangenen durch die kleine Öffnung in der Zellentür.
Der Inhalt war fast immer der gleiche: mittags Kartoffeln oder Bohnen mit wenigen Fleischfasern, abends Arpakasch.
Der gravierende Unterschied zu Oradea war jedoch, dass die Gefangenen, die das Essen verteilten, bestechlich waren und dass man auf diese Weise seine Ration vergrößern konnte. Zigaretten und Esswaren „von draußen" waren das gängigste

Bestechungs- und Zahlungsmittel.

Meine Zellengenossen besaßen schon einen kleinen Vorrat an Esswaren von Zuhause und an Zigaretten. Burger Hans und ich bettelten um eine Zigarette, denn wir hatten schon seit unserer Verhaftung vor über vier Monaten keine mehr geraucht. Wir mussten lange feilschen, bis wir uns mit einem Zellengenossen darauf einigen konnten, dass wir für jede Zigarette, die wir erhielten, bis wir unsere eigenen Pakete von draußen bekamen, fünf Zigaretten zurückgeben mussten.

Nun hatten wir zwar Zigaretten, aber kein Feuer.

Ein Häftling machte den Vorschlag, eine „Bombe" zu basteln. Ich dachte, was ist denn das schon wieder!?

Im Gefängnis lernte man Sachen, die unmöglich waren.

Die beiden anderen Mithäftlinge machten sich schon an die Arbeit. Einer nahm ein Stück Schnur aus der Matratze, mit der diese befestigt war. Die Schnur war fest und kratzte sehr. Er zwirbelte so lange an ihr, bis sie ganz fein wie ein Hanffaden war. Der andere kratzte von dem Bettgestell aus Eisen kleine Späne ab und legte sie zwischen die glatte Schnur und rollte diese wieder zusammen. Dann taten sie noch etwas Kalk von der Wand als Bindemittel hinein.

Dieses Gemenge legten sie auf die Bank, auf der wir sonst immer saßen. Sie hoben die zweite Bank auf und legten diese mit der Sitzfläche nach unten auf die erste Bank. Dann begannen sie, damit rhythmisch hin und her zu reiben. Ich schaute ganz gebannt zu. Durch die Reibung entzündete sich das Gemenge tatsächlich! So kamen wir letztendlich zu unserer ersten glimmenden Zigarette seit über vier Monaten!

Mittlerweile wurde es Mitte Dezember. Ich wusste, dass es nun nicht mehr lange dauern konnte, bis auch ich das Recht auf Arbeit erhielt.

In der Zelle versuchten wir nur in Notfällen den Kübel zu benutzen, denn morgens konnten wir während des Waschens und Kübel Entleerens auch die Toilette benutzen.

Weihnachten kam heran. Dies war ein besonders trauriger Tag, denn jeder dachte an seine Familie daheim. Zwar hatten die Kommunisten Weihnachten verboten und zum reinen Arbeitstag erklärt, aber dennoch feierte abends jeder dieses Fest und ging zur Kirche.

Eine Woche verging noch, bis wir ab dem 1. Januar 1969 arbeiten durften. Wir hatten jetzt alle Rechte als Gefangener.

Ich durfte auch das erste Mal seit meiner Verhaftung eine Karte nach Hause schreiben.

Das wichtigste Recht aber, das ein Häftling haben kann, ist das Recht auf Arbeit.

Ich habe in Oradea erlebt, was es heißt, nicht arbeiten zu dürfen.

Ich durfte jetzt auch in der Schlosserei in Aiud arbeiten. Bei uns in der Abteilung wurden Metallschränke und –öfen hergestellt. Ich freute mich auf die Arbeit, hatte aber auch Angst davor, mit Mördern und Schwerverbrechern zusammen zu kommen.

Mein erster Arbeitstag begann.

Im Gefängnis gab es eine riesengroße Fabrik, wo die meisten Häftlinge, außer den politischen arbeiteten.

Die Fabrik war durch einen Metallgitterzaun und ein Tor von den Zellentrakten getrennt. In Dreier-Reihen mussten wir von den Zellentrakten in der Kolonne durch das Tor, begleitet von einem Wachmann, zum Arbeiten gebracht werden und nach der Schicht wieder zurück in die Zelle.
Bei der Rückkehr in den Zellentrakt wurden wir immer von Polizisten, die das Tor bewachten, abgetastet, ob wir nicht was Verbotenes mit in die Zellen schmuggeln.
Ich war noch im Zellentrakt mit den politischen Häftlingen untergebracht, obwohl ich jetzt nach dem Gesetz schon *„Häftling mit Allgemeinrecht"* war.

In der Abteilung, der ich zugeteilt wurde, wurden Abstellborde hergestellt, die dann im Handel verkauft wurden. Es war eine riesige Halle. In der Halle standen uniformierte Aufpasser.
Es gab einen Meister, der für die Produktion zuständig war.
Ich kam schnell mit den Mithäftlingen ins Gespräch. Meine Befürchtungen bewahrheiteten sich.
Auf der Arbeit war ich nur mit Schwerverbrechern zusammen, meistens Mörder, die sehr hohe Haftstrafen hatten, zwanzig bis fünfundzwanzig Jahre oder lebenslänglich.

Alle Schwerverbrecher aus dem ganzen Land kamen damals nach Aiud, weil es hier keine Möglichkeit zur Flucht gab. Kein einziger Häftling hatte es je geschafft, aus Aiud auszubrechen.
Ich stellte es mir grausam vor, unter diesen Bedingungen, ein ganzes Leben hier verbringen zu müssen. Andrerseits hatten diese Häftlinge ja auch Kapitalverbrechen, im Gegensatz zu mir, verübt.

Es wurde in zwei Schichten gearbeitet. Manche aus der Zelle arbeiteten Frühschicht, andere Spätschicht. So änderte sich auch der Schlafrhythmus und diejenigen, die zur Spätschicht mussten, schliefen morgens länger.

Im Januar bekam ich auch Besuchsrecht. Mein Vater kam nach Aiud, wir durften durch ein Gitter, bewacht von einem Polizisten, nur auf Rumänisch, miteinander sprechen.
Er fragte mich, was sie mir schicken sollten, denn jetzt hatte ich auch das Recht,

einmal im Monat ein Paket zu bekommen.

Im Gefängnis waren Zigaretten das allerwichtigste Zahlungsmittel überhaupt. Jeder Häftling hatte Recht auf 600 Zigaretten im Monat.
Wer kein Raucher war, konnte sich für Zigaretten alles kaufen: Schokolade, Honig oder Wurst.
Wer ein großer Raucher war, verkaufte seine ganzen Lebensmittel gegen Zigaretten.

Bald danach wurde meine Zellentür aufgeschlossen und ich wurde aufgefordert, mein Paket abzuholen.
Voller Freude nahm ich das große Paket in Empfang und öffnete es sofort als ich in meiner Zelle war.
Als ich den Karton öffnete, kam mir der Geruch von geräucherter Wurst, Speck und Schinken entgegen. Ich habe schon ewig so was Deftiges nicht mehr gegessen. Frisches Brot, das meine Mutter auch diesmal selber gebacken hatte, war auch dabei und duftete herrlich.

Mit meinen Zellengenossen machten wir uns gleich daran zu essen. Da wir kein Messer hatten, aßen wir mit den Händen, aber es schmeckte uns endlich! lecker. Es war ein bisschen ein Gefühl von Freiheit, die wohlbekannten Sachen von daheim zu essen.

Da ich auch Zigaretten bekommen hatte, zündeten wir uns sofort nach dem Essen eine „*Carpati mit Filter*" an. Es war ein herrliches Gefühl!

Am nächsten Morgen nahm ich mir ein bisschen von meiner Wurst mit in die Arbeit, ich versuchte es so einzuteilen, dass sie noch eine Weile dauerte, denn ich hatte erst wieder in einem Monat das Recht auf ein weiteres Paket.

In der Halle, wo ich arbeitete, hatten wir einen Ofen zum Heizen. Die Herdplatte war aus Metall und mittags legte ich die geräucherte Wurst auf die Herdplatte, um sie ein wenig aufzuwärmen, denn so schmeckt sie noch besser, unsere selbst gemachte Wurst. Sie war sehr gut gewürzt, mit Knoblauch und Pfeffer, Paprika und Salz und sie duftete schon sehr heftig.
Ich dachte mir überhaupt nichts dabei.
Auf einmal merkte ich, wie alle Blicke der Häftlinge sich in Richtung Ofen auf meine Wurst richteten.
Ich blickte in gierige Augen und bekam es mit der Angst zu tun, denn meine Mithäftlinge waren ja alles Schwerverbrecher und schreckten vor nichts zurück.
Ich hatte überhaupt nicht bedacht, dass einige schon seit fünfzehn Jahren einsaßen und keinen Kontakt zur Außenwelt hatten und jetzt diesen überwältigenden Duft in der Nase verspürten.

Gefangenen-Hilfsdienste oder karitative Organisationen gab es nicht, die sich um Häftlinge kümmern. Oft wurden diese darüber hinaus aus Schande von der Familie, den Freunden und der Gemeinde verstoßen.

Ein großer dunkler Typ mit hervorstehenden Wangenknochen näherte sich mir und schaute mich intensiv an und sagte: „He, Deutscher, kann ich auch ein Stückchen von deiner Wurst haben?"
Ich sagte ganz erleichtert: „Ja, komm her und nimm dir ein Stück."
Er schickte die anderen weg und ich merkte sofort, dass er hier was zu sagen hat.

Unter den hier arbeitenden Gefangenen, den Schwerverbrechern, gab es eine hierarchische Ordnung und es wäre lebensgefährlich für mich gewesen, mich ihr nicht zu beugen. Also zollte ich dem „heimlichen Führer" unter den Gefangenen Tribut.

Nach dem Essen unterhielt ich mich längere Zeit mit ihm. Er war mir sehr sympathisch.
Ich fragte ihn, weshalb er im Gefängnis sei.
Er erzählte mir in aller Ruhe seine Geschichte und plötzlich empfand ich sogar Mitleid mit ihm.

Es war nicht unüblich, dass viele Häftlinge erzählten, sie seien unschuldig hier.
Ich glaubte ihm jedoch alles auf das Wort.

Seit acht Jahren sei er im Gefängnis.
In dem Dorf, aus dem er stammte, wurde eine Frau umgebracht.
Sie war schon älter und wohnte alleine in einem Haus und war Serbin.
Er und sein Bruder hätten einige Monate vor dem Mord bei der Frau gearbeitet und hätten als Zahlung eine gegerbte Kuhhaut bekommen.
Da er auch unter die Mordverdächtigen fiel, wurde er und sein Bruder verhaftet und verhört und jeden Tag geschlagen, um ein Geständnis zu erpressen.
Er erzählte mir, als er verhaftet wurde, wog er 95 Kilo, er war groß und kräftig.
An jedem Tag des Verhörs kam ein Staatsanwalt und ein Schläger. Am häufigsten bekam er Schläge auf die Fußsohlen mit dem Gummiknüppel. Er hatte furchtbare Schmerzen, auf der Fußsohle keine Haut mehr, konnte nicht mehr schlafen und bekam nur den üblichen Fraß. Von Tag zu Tag nahm er an Gewicht ab.
Nach fünf Monaten Folter gestand sein Bruder und belastete ihn.
Der Staatsanwalt zeigte ihm das Geständnis seines Bruders.
Aber er gestand immer noch nicht, er sagte nur: „Ich weiß, warum mein Bruder gestanden hat. Und ich bin ihm auch nicht böse. Er konnte die Schläge nicht mehr ertragen, aber ich werde überhaupt nichts gestehen, was ich nicht getan habe."
„Nach neun Monaten Folter wog ich nur noch 45 Kilo," sagte er.

Er wurde aufgrund der Aussage seines Bruders zu 15 Jahren Haft verurteilt.

Ich war tief beeindruckt von seiner Geschichte und gerade auch deswegen, weil er Zigeuner war und ich in einer Gemeinde aufgewachsen war, in der es viele Zigeuner gab. Im Allgemeinen hätte man ihnen es nicht zugetraut, dies alles durchzustehen.

In den nächsten Tagen nahm ich immer ein bisschen mehr Essen mit zur Arbeit für meinen neuen Freund, der allen Gefangenen Respekt und Furcht einflößen konnte.
Er war so dankbar und freute sich wie ein kleines Kind. Erst jetzt wurde mir klar, wieso es hieß, die rumänische Polizei hätte mit ihrer Aufklärungsquote im internationalen Vergleich den ersten Platz, sogar noch vor Scotland Yard erreicht. Für jedes Verbrechen wurde ein Täter gefunden, für jeden Mord ein Mörder. Alle Verbrechen wurden aufgeklärt, aber dass dabei genauso viele Unschuldige im Gefängnis landeten, wie mein Freund, das wusste niemand.
Woher nahm die Justiz das Recht, einen Menschen so zu demütigen und dadurch sein ganzes Leben zu zerstören?

Auch wenn ich von Kriminalistik nicht viel verstand, so gab es auch für mich Widersprüche und offenen Fragen in seinem Fall, die die Justiz außer acht gelassen hatte:

Wieso hätte er nach dem Mord nicht die Gemeinde bzw. seine Siedlung verlassen sollen?
Wieso nahm er, wenn er die Frau ermordet haben sollte, nur das Kuhfell mit und nicht auch andere Gegenstände?
Wieso versuchte er nicht das Kuhfell loszuwerden bzw. anderweitig zu verkaufen, wenn er sie ermordet hätte?

Alle diese Fragen schien die Justiz überhaupt nicht zu interessieren. Sie folterten so lange, bis sie ein Geständnis erhielten.

Er erzählte mir auch, wenn er das schwere Gefängnis und Folter überlebte, sei sein Leben zerstört, weil er draußen nicht die Möglichkeit erhalten werde, sein Leid zu erzählen. Alle würden ihn meiden und niemand würde ihm zuhören. So würde er ein Leben lang als ein gebranntmarkter Mörder leben müssen und das sei noch schlimmer als das Gefängnis.

Erst jetzt merkte ich, in was für einem Unrechtsstaat ich lebte. Vorher war mir das gar nicht bekannt und ich hatte Vertrauen in den Staat.

Wir arbeiteten meist in zwei Gruppen und wechselten oft die Arbeitskollegen. Eines Tages teilte mich der Meister einem anderen Häftling zu, um am Herd die

Metallstücke zu bearbeiten.

Der Häftling war etwa fünfzig Jahre alt, sehr groß und hatte ein hageres Gesicht.

Ich bemühte mich, mit ihm ins Gespräch zu kommen, hatte aber keinen Erfolg. Er war sehr wortkarg und sprach nur über die wichtigsten Arbeitsvorgänge.

Es war meine Gewohnheit, die Häftlinge, mit denen ich zusammen arbeitete, über den Haftgrund und die Dauer der Haftstrafe zu befragen. Bis jetzt hatte ich auch immer Informationen erhalten. Die meisten erzählten bereitwillig über ihr Schicksal.

Nur der hagere Alte wollte nicht darüber sprechen.

Ich ging zu meinem Freund Vincente und fragte ihn, warum das so sei und warum sich mein Kollege so komisch benehme.

„Weißt du nicht, wer das ist?" fragte Vincente

„Das ist Sirca!"

Mir liefen kalte Schauer über den Rücken und ich ging sofort zum Meister und bat, woanders arbeiten zu dürfen. Der Meister hatte hierfür Verständnis.

Schon in Oradea hörte ich von einem beispiellosen Fall, den es in Rumänien gegeben haben soll. Sirca war Kinderschänder.

Er soll über dreißig Kinder vergewaltigt und umgebracht haben.

In der Öffentlichkeit wurde darüber nichts berichtet, denn die kommunistische Propaganda sah keine Berichte über Gewaltverbrechen im eigenen Land vor.

Unter der Woche bekamen wir unser Essen nicht auf der Zelle sondern aßen in einem großen Saal. Wir mussten uns in drei Reihen aufstellen und so zur Essensausgabe marschieren. Es war begrenzt auf eine halbe Stunde Essenzeit, denn es konnten immer nur 300 Häftlinge auf einmal im Saal Platz nehmen. Nach einer halben Stunde kam die nächste Gruppe zum Essen.

Mit dem Blechnapf stellte man sich an, in den dann ein Häftling das Essen hineinschöpfte, dessen Geruch einen schon von weitem anekelte.

In riesigen Töpfen wurde das bisschen Fleisch, das es gab, gekocht. Meist waren es jedoch Innerein und Abfälle oder Kutteln, dazu ein paar gekochte Kartoffeln.

Zum Glück hatte ich ja noch Lebensmittel von daheim.

An langen Tischen nahmen wir Platz. Die Sitzordnung war rein zufällig.

So traf ich oft auf Häftlinge, die in einem furchtbaren körperlichen Zustand waren, viele ohne Zähne und mit eitrigen Wunden und Geschwüren.

Ich fragte, was mit ihnen los sei

Sie erzählten, sie seien aus dem Gefängnis im Donau-Delta hergebracht worden, weil sie das schwere Schuften dort nicht mehr ausgehalten hätten. Die Häftlinge dort mussten das Schilf im Sumpf roden, indem sie bis zur Hüfte im Wasser standen. Die meisten bekamen Rheuma. Wegen schlechter Ernährung und schwerer Arbeit starben viele sehr früh. Außerdem war die Leitung des Gefängnisses berüchtigt dafür, brutale Strafen und Schläge zu verteilen.

Die Gefangenen waren alle bis auf die Knochen abgemagert. Diese Häftlinge hatten überhaupt nur dadurch das Glück überlebt zu haben und verlegt worden zu

sein, weil eine internationale Menschenrechtsorganisation die Zustände in dem Gefängnis entdeckte und sich dafür einsetzte, dass sie sich änderten. Demzufolge wurde der damalige Innenminister von Ceausescu abgesetzt und die Prügelstrafe wurde auch in anderen Gefängnissen verboten.
Vorher waren die Gefangenen der Willkür der Aufpasser ausgesetzt und es gab oft mehr Prügel als Essen.

Samstags durften wir duschen. Dabei kamen wir mit den politischen Gefangenen zusammen, denen ich immer noch gerne zuhörte und die auch innerhalb des Gefängnisses gut informiert waren.
Ceausescu schien auf dem Höhepunkt seiner Macht. Der amerikanische Präsident besuchte zum ersten Mal Rumänien. Er fuhr in einer offenen Limousine zusammen mit Ceausescu in einem Autokonvoi durch Bukarest und die Menschen säumten die Straßen und skandierten „Ceausescu! Ceausescu!"
Er genoss internationale Anerkennung, weil er gegen den Einmarsch der russischen Armee in Prag gewettert hatte.
Die politischen Häftlinge waren jedoch der Meinung, dass er nur seine Diktatur ausweiten wolle.
Vor meiner Verhaftung hatte ich mich überhaupt nicht für Politik interessiert. Aber nun wurde ich sehr neugierig. Außerdem erfuhr ich nun von einem anderen Blickwinkel aus, wie es um das Land und die Regierung stand.

In der Schule lernte ich nur, wie human und gerecht unsere Regierung sei. Vor der Machtübernahme saßen viele kommunistischen Führer, auch Ceausescu, in Gefängnissen. Nach der Machtübernahme wurden diese Gefängnisse zu Museen umgestaltet.
Voller Mitleid hörte ich während meiner Schulzeit immer zu, wenn unsere Lehrer uns erklärten, wie sehr die meisten Kommunisten, unsere heutige Regierung, im Gefängnis litten, wo die Wände feucht waren und sie schlechtes Essen bekamen.
Niemals jedoch hörte ich von psychischer Folter oder von Prügel oder dergleichen.
Wie sah das aber heute aus, wo sie an der Macht waren?
Ich habe die menschlichen Wracks gesehen, die die Gefangenen im Donaudelta waren oder die psychischen Wracks, die aus den politischen Häftlingen nach wenigen Jahren Gefängnis gemacht wurden.
Etliche von ihnen zogen sich nur noch in ihr Schneckenhaus zurück, sprachen gar nichts mehr und blickten nur noch gegen die Wand, andere wiederum, schrieen wie wild umeinander und schmissen immer wieder den Blechnapf mit dem Fraß von Essen, das wir bekamen, aus Protest gegen die Wand.

Schon allein der Zusatz im Gerichtsurteil, den ich ja auch hatte, „die Beschlagnahmung allen privaten Vermögens" hatte furchtbare Auswirkungen.
Nachdem die politischen Gefangenen ihre schwere Haft überlebten, wurden sie entlassen und hatten kein Zuhause mehr.

Das Ziel der Regierung war eindeutig, die Menschen zu zerstören, damit sie nie wieder eine Gefahr für die Regierung werden konnten.

Mein großes Glück war, dass dieser Zusatz im Gerichtsurteil für mich wirkungslos blieb, weil ich ja nichts besaß, nicht einmal ein Fahrrad.

Ich arbeitete weiter in der Fabrik im Zweischichtbetrieb. Mittlerweile war es März und draußen wurde es wärmer.

Nach der Spätschicht bekamen wir abends um 19.00Uhr in der Baracke unser Essen, danach hatten wir eine halbe Stunde Pause, in der wir uns draußen hinsetzten und eine Zigarette rauchten. Ein gescheiterter Sänger aus Bukarest sang einige traurige Lieder.

Ich bemerkte einige Gefangene, die händchenhaltend hinter einem Holzstapel verschwanden. Es waren eindeutig Schwulen-Pärchen. Es überraschte mich, dass sie hier geduldet wurden, denn draußen wurden sie verfemt und waren sozusagen „Freiwild". Sie wurden zusammengeschlagen, sobald es heraus kam und konnten sich nicht wehren oder die Polizei rufen, denn dort gab es weitere Schläge.

Ich fragte meinen Freund Vincente danach, wieso es im Gefängnis geduldet wurde. Er erklärte mir, dass die Aufseher sich sehr zurückhalten würden, denn es hätte auch schon Übergriffe der Gefangenen gegeben, nachdem die Schläger entlassen worden waren und es verstärkt Kontrollen der internationalen Menschenrechtsorganisationen in den rumänischen Gefängnissen gab.

Aus Angst zogen sich nun die Aufseher immer mehr zurück. Diese waren unbewaffnet. Auf unserem ganzen Stockwerk waren wir ungefähr fünfhundert Insassen und es gab nur drei Aufseher. Früher setzten die Aufseher bzw. Polizisten Spitzel unter den Gefangenen ein, die berichteten, was sich dort abspielte und dafür verschiedene Privilegien erhielten, die das Leben hinter den Gefängnismauern erleichterte. Heute wurden die Spitzel von den Gefangenen enttarnt und verprügelt. Nachts holte man sie aus ihren Zellen und schlug sie zusammen. Die Gefangenen hielten zusammen wie Pech und Schwefel.

In der Fabrik beobachtete ich, dass Gefangene sich ein Klappmesser herstellten mit Sprungfeder, in ihren Schuh einen Hohlraum aushöhlten und dort das Messer vor den Kontrollen versteckten. Beim Durchsuchen wurde man zwar abgetastet, aber im Schuh wurde nicht nachgesehen und die Wachen fanden das Messer nicht.

Andere Gefangene hatten sich Sperrhaken gebastelt, mit denen sie in andere Zellen eindringen konnten. Dort holten sie sich ihre Opfer, meist junge Leute und vergewaltigten sie.

Ich war richtig froh, unter dem Schutze meines Freundes zu stehen, denn es traute sich keiner, sich mit ihm anzulegen.

Es war dennoch nicht ungefährlich.

Ich wusste, ich durfte in keinen Konflikt mit den Schwerverbrechern geraten, denn sie waren zu allem fähig.

Ich wünschte mir, diese Solidarität, die es unter den Gefangenen gab, würde auch draußen herrschen, denn ich hatte öfter erlebt, dass Menschen von der Polizei auf offener Straße zusammengeschlagen wurden und eine große Menschenmenge daneben stand und keiner etwas sagte. Auch mir fehlte in der Situation die Zivilcourage.

Ich merkte, wenn wir in Dreier-Reihen durch das Tor Richtung Fabrik marschierten, wir waren rund fünfhundert Gefangene, dass einige in Richtung Aufpasser riefen. „Die Zeit von Draghici ist vorbei, Ihr werdet nie wieder eine Hand an uns legen!"
Die Aufpasser zogen sich zurück und verhielten sich auffällig ruhig.

Jeden Tag auf dem Weg zur Fabrik, beobachtete ich, wie die Natur sich entwickelte. Früher achtete ich auf solche Sachen überhaupt nicht.
Es war nun Anfang April.
Mein Vater kam wieder auf Besuch und erzählte mir von daheim und von meinen Freunden, die mich vermissen würden und berichtete sonstige Neuigkeiten.
Die Knospen sprossen schon und es duftete nach Frühling, nach Erwachen und Leben. Jetzt fiel das Gefängnis noch schwerer.

Die Gefangenen sprachen viel über die politische Lage.
Die meisten machten sich Hoffnung, dass es draußen und im Gefängnis besser werde.
Da Ceausescu den Prager Frühling unterstützte und den Einmarsch der russischen Armee verurteilte, hatte er im Ausland einen guten Ruf.
Die Beziehungen zu den westlichen Staaten, die bislang nicht so gut waren, wegen des kalten Krieges, verbesserten sich zunehmend.
Auch die vielen Grenzflüchtige, die hier in Aiud einsaßen, machten sich Hoffnung, dass sich die politische und auch die wirtschaftliche Lage im Land verbesserte, so dass sie keine Notwendigkeit mehr sehen würden, in den Westen flüchten zu müssen, sondern hier bei ihren Familien bleiben und ein Leben in Freiheit und Wohlstand hier genießen könnten.

Ich sprach mit vielen Grenzflüchtigen. Jeder erzählte sein Fluchterlebnis gerne.
Da ich im Zug erwischt wurde, in dem sich viele Passagiere befanden, bin ich noch „gut" davongekommen.
Die meisten, die nachts an der Grenze von den Soldaten erwischt wurden, bekamen als erstes ordentlich Schläge.
Einige wurden von Schäferhunden, die die Grenzer frei ließen, böse zugerichtet und hatten schmerzhafte Wunden, die immer noch sichtbar waren.
Am schlimmsten traf es die, die über die Donau nach Jugoslawien flüchten wollten. Sie wurden von dem Patrouillenboot, das nachts die Donau abfuhr und mit Scheinwerfern das Wasser absuchte, erwischt. Die Soldaten auf dem Boot

machten sich mit den schon geschlauchten Flüchtigen ein Spiel. Erst fingen sie sie in großen Fischernetzen ein und wenn sie merkten, dass diese noch fit waren, wurden sie erst unter Wasser getaucht, bis sie nach Luft japsten, danach wurden sie zusammen geschlagen.

Viele Flüchtlinge ertranken in der Donau.

Wer es schaffte, die Donau zu überqueren, wurde oft von den Grenzern in Jugoslawien verraten, verhaftet und nach Rumänien zurück geschickt.

Jugoslawien hatte ein Abkommen mit Rumänien. Für jeden ausgelieferten Flüchtling bekam es einen Waggon Salz.

Die rumänische Regierung hatte ein großes Interesse daran, andere von der Flucht abzuschrecken.

Zwei Grenzflüchtige erzählten mir ihre traurige Geschichte.

Sie wurden bereits zwanzig Kilometer vor der jugoslawischen Grenze auf einem Feld von Reitersoldaten gefangen genommen. Mit einem Strick wurden sie an die Pferde angebunden. In vollem Galopp ritten die Soldaten auf ihren Pferden über den Acker und schleiften die zwei Gefangenen hinterher. Seitdem haben sie furchtbare Schmerzen an den Gelenken und konnten auch acht Monate nach ihrer Gefangennahme nachts nicht schlafen.

Andere wiederum wurden belächelt, weil sie sich tagsüber in einem Heuhaufen versteckten, um nachts den Weg Richtung Grenze fortzusetzen.

Zwei Grenzsoldaten, die zufällig vorbei kamen setzten sich gerade auf diesen Heuhaufen und bemerkten, dass etwas nicht stimmte. Sie durchsuchten das Heu und verhafteten die beiden.

Es war nicht einfach zu flüchten, weder über die grüne Grenze noch über das Wasser.

Dennoch gaben die wenigsten auf. Viele planten schon im Gefängnis die nächste Flucht.

Weil ich Deutscher war, wurde ich auch angesprochen, mitzumachen. Ich sollte über meine Bekannten und Verwandten ein Fluchtfahrzeug besorgen, das in Jugoslawien wartete und uns weiter Richtung Westen bringen könnte. Der Gedanke faszinierte mich.

Wir verabredeten, uns nach der Haftentlassung zu treffen und weiteres zu planen.

In Aiud waren einige hundert Grenzflüchtige, darunter einige Deutsche aus Temeswar und anderen Städten aus dem Banat sowie etliche aus Siebenbürgen. Ein einziger stammte aus der Moldau. Er hieß Costica. Er konnte es einfach nicht verstehen, dass wir ohne notleidend zu sein, unser Land verließen.

Er wurde von den anderen belächelt, weil er nicht in den Westen, sondern nach Moldawien in der Sowjetunion, zu seinen Verwandten flüchten wollte.

Er hatte Ärger und fürchtete um sein Leben. Deswegen wollte er in Russland um

Asyl bitten.

Er hatte wegen eines Mädchens eine Schlägerei mit einem anderen Jugendlichen. Dieser griff ihn mit einem Messer an, woraufhin er eine Holzlatte nahm und dem Gegner damit auf den Arm schlug, so dass das Messer herunter fiel. Der Arm wurde dabei gebrochen und er kam ins Krankenhaus. Von hier aus ließ er verkünden, dass er sich rächen würde, wenn er entlassen wäre, um seine Ehre wieder herzustellen.

Da sah Costica keinen Ausweg, als nach Russland zu flüchten und dort um Asyl zu bitten, denn er fürchtete nun um sein Leben.

In Russland wurde er aufgegriffen und verhaftet und nach dem Verhör nach Rumänien zurück geschickt und wegen Grenzflucht zu drei Jahren Gefängnis verurteilt.

Er konnte nicht verstehen, warum wir anderen unsere Heimat verlassen wollten.

Manche Häftlinge machten sich über ihn lustig und behaupteten, die Gesetze hätten sich geändert und die Flüchtlinge, die nicht in den Westen sondern nach Russland flüchten wollten, kämen jetzt nicht mehr ins Gefängnis sondern in die Psychiatrie. Costica glaubte das und bedauerte, dass dies Gesetz für ihn noch nicht galt, denn er wäre lieber in die Psychiatrie als ins Gefängnis gegangen. Er war sehr naiv und wusste auch sonst nicht viel, was in der Welt passiert.

Er sagte, in Rumänien sei es doch gut, jeder hätte Arbeit und es gäbe genug zu essen, Rumänien sei ein reiches Land. Er konnte sich nicht vorstellen, was wir überhaupt im Westen wollten.

Er war auch sehr überrascht, als er hörte, dass ich Deutscher bin. Er wusste nicht, dass es in Rumänien Deutsche gab. Danach fragte er, warum man einen nicht offiziell nach Deutschland ließe, wieso man dorthin flüchten müsse.

Ich unterhielt mich öfter mit ihm und wollte mehr über seine Heimat erfahren. Die Moldau grenzte an Russland und war praktisch am anderen Ende Rumäniens, rund siebenhundert Kilometer von Arad entfernt. Die Grenze wurde von dem Fluss Pruth nach Russland hin gebildet und an diesem Fluss wohnte er auch. Auf der anderen Seite des Flusses, im russischen Moldawien lebten auch Rumänen, darunter auch die Verwandten von Costica, denn vor dem Zweiten Weltkrieg gehörte es zu Rumänien.

Die Leute in der Moldau waren sehr heimatverbunden. Die Region war sehr arm, im Gegensatz zu den westlichen Regionen wie Banat oder Siebenbürgen. Dennoch gab es hier niemanden, der in den Westen fliehen wollte.

Die kommunistische Propaganda fiel dort auf fruchtbaren Boden, die Leuten glaubten alles, was sie zu hören bekamen, denn sie hörten nichts anderes.

Wir hingegen hörten westliche Nachrichten ab, lasen westliche Zeitungen und wurden informiert auch über unsere Verwandten und Bekannten aus dem Westen. Die Leute aus Costicas Umfeld waren alle sehr zufrieden. So nannte er uns, obwohl er aus dem gleichen Grund verhaftet wurde wie wir, „Vaterlandsverräter", denn er würde sein geliebtes Vaterland nie verlassen, wenn er nicht dazu gezwungen worden wäre.

Beim Mittagessen gab es wieder einen Zwischenfall. Ein Häftling mit einer hohen Haftstrafe verschluckte einen abgebrochen Löffel. Was wie ein Selbstmordversuch aussah, war nur der Versuch, aus dieser Öde herauszukommen, sei es auch nur für kurze Zeit.

Wenn die Häftlinge nach einem Selbstmordversuch aus dem Krankenhaus wieder ins Gefängnis entlassen wurden, erzählten sie, wie schön es im Krankenhaus gewesen sei und wieviel Menschlichkeit sie dort erfahren hätten, dass sie wieder in einem sauberen Bett geschlafen hätten und dass sie von Krankenschwestern umsorgt worden seien.

So versuchten immer wieder Häftlinge der Gefängnis-Einöde zu entkommen, indem sie sich verletzten. Daher wurden auch die Löffel sofort nach dem Essen eingesammelt.

Die meisten Schwerverbrecher hatten einiges einstecken müssen in der langen Haftzeit, hatten keine Familien und keine Freunde mehr draußen. Menschlichkeit konnten sie nur noch vom Krankenhauspersonal erwarten.

An einem Samstag Nachmittag wurden wir wieder in Dreier-Reihen über den Hof zum Duschen geführt. Neben mir ging diesmal ein Häftling, der mir schon öfter aufgefallen war, weil er unerschrocken die Wachleute immer wieder anbrüllte, dass er, wenn er frei wäre, sie am internationalen Gerichtshof anklagen würde, wegen der in rumänischen Gefängnissen verübten Massakern.

Beim Duschen stand er neben mir und ich betrachtete seinen ausgemergelten Körper, der keine fünfzig Kilo wog und dennoch von einer unbändigen Energie und von Kampfgeist strotzte.

Er hieß Fredo und wurde als junger Student bereits 1956 verhaftet. Er hatte überhaupt nichts getan.

Männer des Geheimdienstet kamen eines Tages in die Hochschule und verhafteten wahllos Studenten. Ihm wurde der Prozess gemacht und er kam als politischer Gefangener ins Gefängnis nach Gherla.

Damals wurden tausende Studenten wahllos und grundlos verhaftet, weil die rumänischen Kommunisten Angst hatten, die ungarische Revolution würde nach Rumänien überspringen, weil hier auch drei Millionen Ungarn lebten.

Er beteuerte immer wieder seine Unschuld. Er war auch mehrmals im Hungerstreik, um gegen seine Verhaftung zu protestieren.

Nach schwerer Haft kam er mit anderen politischen Gefangenen anlässlich der Amnestie von 1964 frei. Damals wurden alle politischen Häftlinge entlassen, weil der Erste Sekretär der Kommunistischen Partei, Gheorghe Gheorghiu-Dej gestorben war.

In Freiheit wollte Fredo weiter gegen das Unrecht vorgehen, das ihm angetan

69

wurde und wurde von den Behörden und dem Geheimdienst weiter schikaniert. Da sah er keinen anderen Ausweg als aus diesem Land zu fliehen.

Zuerst wollte er Vorbereitungen zur Flucht treffen und erkundete die Lage in Grenznähe. Dabei hatte er übersehen, dass er verfolgt wurde. Bereits auf der Zugfahrt nach Hause wurde er verhaftet. Nach dem damaligen gültigen Gesetz reichte schon die Vorbereitung zur Flucht aus, um ins Gefängnis zu kommen. Dies war nach der späteren Gesetzesänderung nicht mehr strafbar.

Er wurde zu sieben Jahren Haft verurteilt.

Obwohl nach dem neuen Gesetz die Höchststrafe bei drei Jahren lag und er diese auch schon lange abgesessen hatte, wurde er nicht, wie viele andere, entlassen.

Er blieb weiter ohne Rechte im Gefängnis.

Wenn wir vom Zellentrakt in die Fabrik gingen, setzte er sich immer wieder von der Kolonne ab und schrie, er wolle mit dem Kommandanten des Gefängnisses sprechen. Die Aufpasser trauten sich nicht, sich mit ihm anzulegen.

Als ich ihn unter der Dusche sah, fragte ich mich, woher dieser Mann die Energie und den Mut nahm. Er ließ sich einfach nicht unterkriegen.

Beim Duschen traf ich auch Ambrusch wieder. Er arbeitete in einer anderen Abteilung. Daher sahen wir uns nur selten.

Ich war gerade bei der Arbeit in der Fabrik als ein Polizist mich und den Burger Hans suchte und beiseite nahm und uns mitteilte, wir sollten nach der Arbeit unsere Sachen packen, wir würden heute Nacht ins Befreiungszimmer kommen und am nächsten Morgen entlassen werden.

Ich konnte mein Glück gar nicht fassen, denn ich hatte noch nicht mit meiner Entlassung gerechnet.

Wir beide, der Burger Hans und ich blickten uns an und umarmten uns vor lauter Freude. Wir konnten unser Glück nicht fassen.

Bis zu unserem Feierabend waren es noch ein paar Stunden. Diese nutzten wir, um uns von allen Freunden zu verabschieden.

Viele der hartgesottenen Mithäftlinge hatten Tränen in den Augen, denn die meisten hatten noch viele Jahre Haft vor sich.

In ging noch in die Abteilung, in der Ambrusch arbeitete, um mich auch von ihm zu verabschieden. Ich traf ihn an und erklärte ihm, dass ich morgen frei käme. Er freute sich für mich und sagte, wir werden, wenn er auch freigelassen wird, wieder Verbindung zueinander aufnehmen.

Er umarmte mich und wünschte mir alle Gute, denn er musste noch eine Weile absitzen.

Zurück in der Abteilung unterhielt ich mich noch lange mit meinem Freund Vincente.

Er wünschte mir noch: „Lass dich nicht unterkriegen und versuch so schnell wie möglich dieses verdammte Land zu verlassen. Du bist jung und du beherrschst die deutsche Sprache."

Und weiter: „Ich weiß, wie viel die Deutschen hier schaffen, denn dort, wo ich herkommen, gibt es auch viele Deutschen.

Ich habe oft gesehen, wie die deutschen Frauen schon am frühen Morgen auf dem Weg zum Marktplatz sind, um mit ihrem frischen Gemüse und Obst die Menschen in der Stadt zu versogen. Sie schaffen den ganzen Tag und stehen schon morgens früh auf. Von ihrer vielen Arbeit haben sie dennoch nichts. Im Gegensatz zu der Nomenklatur, die sich bereichert, ohne was zu machen.

Die korrupte Justiz und die Parteibonzen machen sich ein schönes Leben auf Kosten der anderen.

Und glaube mir eins: in diesem Land wirst du niemals dein Recht bekommen.

Schau mich an, ich weiß, wovon ich rede!"

Zum Abschied nahm er mich in seine starken Arme und drückte mich so fest, dass ich schon einen leichten Schmerz verspürte. Ich spürte, wie seine Tränen auf meinen Kopf fielen. Er schämte sich ihrer nicht. Auch ich musste ein paar Tränen vergießen, als ich ihm das letzte Mal in die Augen sah. Er war mir doch in der kurzen Zeit sehr ans Herz gewachsen.

Nach der Arbeit ging ich noch in meine Zelle, verschenkte den Rest meiner Zigaretten und des Essens von daheim an meine Zellengenossen, mit der Bitte, eine Packung Zigaretten morgen auf der Arbeit meinem Freund Vincente zu übergeben.

Ich war nun ganz unruhig und aufgeregt.

Ich wartete, abgeholt zu werden. Die Zeit wollte nicht vergehen. Endlich, so gegen 18.00 Uhr wurde meine Zelle aufgeschlossen Der Polizist bat den Burger Hans und mich, mitzukommen.

Wir hatten ja keine persönlichen Sachen mehr.

So verabschiedeten wir uns noch von den zwei Zellengenossen und begleiteten den Polizisten in Richtung Tor.

Wir wurden in ein kleines Gebäude gebracht.

Dort schloss man uns in eine Zelle ein, die „Befreiungszelle" genannt wurde. Dort mussten wir noch eine Nacht schlafen, um uns langsam an die Freiheit zu gewöhnen.

Ich machte fast die ganze Nacht kein Auge zu, vor lauter Aufregung.

Ich freute mich so sehr auf zuhause und auf mein eigenes Bett.

Manche Gefangene, die schon zum zweiten Mal im Gefängnis landeten, schwärmten von dem Gefühl, zum ersten Mal nach so langer Zeit wieder in dem eigenen weichen Daunenbett zu schlafen. Es wäre ein herrliches Gefühl.

In dieser schlaflosen Nacht, in der ich sehr aufgewühlt war, ging mir alles wieder und wieder durch den Kopf: die Verhaftung, die Ängste, die ich überstehen musste, da ich schon in Temeswar Selbstmordgedanken hatte und den Soldaten mit dem Reisigbesen angreifen wollte, um nur alles schnell hinter mich zu bringen.

Dann dachte ich an die Anklage vom Militärstaatsanwalt, der von Todesstrafe sprach und mir die Knie zitterten.
Ich habe in der kurzen Zeit der Haft so viel erlebt und gesehen, das mein ganzes späteres Leben prägte. Dies war meine „Universität" des Lebens.

Ich wusste nicht, was ich draußen machen sollte.
Wir hatten ja Verwandte in Deutschland, die immer wieder zu Besuch kamen und uns vom Wohlstand und von der Freiheit dort erzählten.
Die Kommunisten konnten mich nie so richtig mit ihrem Gerede von einer besseren Welt überzeugen und jetzt, nachdem ich so Vieles erlebt hatte, erst recht nicht mehr.

Aber erst einmal freute ich mich auf meine Entlassung und auf das Wiedersehen mit meiner Familie und meinen Freunden. Ich wusste, ich hatte viel Glück. Das Schicksal meinte es gut mit mir.
Nicht einmal im Traum dachte ich am Anfang daran, so schnell davon zu kommen.

Da die Zelle, in der ich mich nun befand nur ein Fenster vergittert mit Metallstäben hatte und nicht noch einen Bretterverschlag davor, wie sonst üblich, merkte ich, dass es draußen schon hell wurde. Es war Anfang Mai und es wurde schon früh hell.
Ich wälzte mich noch eine Weile unruhig im Bett umher und stand dann auf. Ich hielt es im Bett nicht mehr aus. Burger Hans war auch halb wach und merkte, dass ich aus dem Bett gestiegen war.
In der Zelle stand auch der Holzkübel, den wollte ich aber heute nicht benutzen, sondern wartete lieber auf den Gang zum Waschraum, wo es auch eine Toilette gab.
Endlich hörte ich das erlösende Geräusch. Der Riegel an der Zellentür wurde aufgemacht und ein Polizist öffnete unsere Zelle. Wir bekamen noch das letzte Frühstück im Gefängnis , welches wir aber heute kaum anrührten.
Der Polizist zeigte uns den Waschraum, wo wir uns fertig machten. Dann brachte er uns wieder in die Zelle zurück.
Wir würden später zum Umziehen abgeholt werden. In der Zelle öffnete ich das Fenster und betrachtete mich darin, wie in einem Spiegel. Ich hatte ca. drei Wochen alte Haarstoppeln, denn wir wurden alle vier Wochen kahl geschoren.
Mein Gesicht war ziemlich eingefallen, aber das störte mich jetzt nicht weiter.
Der Polizist holte uns wieder ab und wir gingen zum Umkleidelager, wo unsere Privatsachen aufbewahrt wurden.
Meine Kleider, die ich bei der Verhaftung getragen hatte, bekam ich in einem Karton verpackt und zu meiner Überraschung auch neue Kleidung, die mein Vater gebracht hatte. Er musste wohl von meiner Entlassung erfahren haben.
Es war ein herrliches Gefühl, wieder die eigenen Sachen zu tragen, sie waren so weich und leicht im Gegensatz zur Gefängniskleidung. Die Schuhe waren

federleicht. Ich fühlte mich pudelwohl, auch in den neuen Strümpfen. Bis jetzt musste ich meine Füße ja in Lumpen wickeln.

Ich bekam auch das Geld von meiner Arbeit ausgehändigt. Dies wurde zurückgelegt, weil man im Gefängnis nichts kaufen konnte.

Zum Schluss informierte uns noch ein Beamter über unsere Pflichten draußen. Wir dürften nichts über das Gefängnis und die Insassen, mit denen wir zusammen waren, draußen erzählen. Wir mussten uns zur Geheimhaltung verpflichten und ein Formular unterschreiben. Der Beamte sagte, wir würden uns strafbar machen, wenn wir uns nicht daran hielten.

Dann endlich öffnete sich das riesige Tor, der Polizist wünschte uns noch alles Gute in der Freiheit und gab uns die Hand zum Abschied.

Ein unbeschreibliches überwältigendes Gefühl überkam uns beide.

Instinktiv fingen wir an zu laufen, um so schnell wie möglich vom Gefängnis weg zu kommen.

Nach etwa einhundert Metern blieben wir stehen. Bis dorthin nahm ich nichts wahr, auch nicht die Leute, die dort gingen.

Es war ungewöhnlich und schön, unter Menschen zu sein.

Ich beobachtete die Natur. Die Blumen und Bäume, die Blüten, alles duftete so herrlich.

Mein Herz hüpfte vor Freude.

Ich hätte die ganze Welt umarmen können. Endlich war das Leben wieder lebenswert und wunderschön.

Ich sah junge Mädchen in kurzen luftigen Kleidern. Alles kam mir vor, wie in einem schönen Traum.

Ich spürte eine riesige Gier nach Leben, eine intensive Lebenslust, wie ich sie noch nie vorher erlebt hatte.

Burger Hans umarmte mich spontan und wir hüpften ausgelassen wie zwei kleine Kinder.

Wir fragten Passanten nach dem Weg zum Bahnhof. Dort lösten wir zwei Fahrkarten nach Sankt Anna.

Es war Samstag, etwa 13.00Uhr. Wir hatten noch rund zwei Stunden Zeit, bis unser Zug abfahren sollte.

Wir setzten uns in ein Straßencafé und genossen erst einmal einen richtigen Kaffee. Es war ein herrliches Gefühl, wieder unter Menschen zu sein und sich frei bewegen zu können.

Viele Leute beobachteten uns. Sie wussten, dass wir aus dem Gefängnis kamen, denn unser Kopf war kahl geschoren und wir waren recht blass. Uns störte das allerdings nicht.

In einem Imbiss aßen wir eine Wurst und tranken dazu ein Bier.

Dann stiegen wir in den Zug. Die Anspannung wuchs bei uns beiden. Wir freuten uns auf das Wiedersehen mit der Familie und den Freunden,

In Arad mussten wir umsteigen und eine Stunde warten.

Mittlerweile war es schon ein Uhr nachts. Um zwei Uhr dreißig kamen wir schließlich in Sankt Anna an.

Eine Frau aus Sankt Anna fuhr mit diesem Zug weiter nach Oradea.
Sie war die Mutter eines Freundes und fragte uns, wo wir denn herkämen.
„Aus Arad" antworte ich.
„Ich weiß, dass Ihr aus dem Gefängnis kommt, Ihr braucht euch deswegen nicht zu schämen. Ihr habt ja eigentlich nichts verbrochen."

Aus der Haft entlassen

Die Nacht war angenehm warm.
Wir liefen ganz langsam in Richtung Zuhause. Da sahen wir den geschmückten Maibaum in unserem Viertel, das hieß, dass heute hier das große Maibaumfest stattfinden würde. Ich freute mich schon darauf, denn letztes Jahr waren Burger Hans und ich ja auch noch dabei.
Als wir an unserem Haus ankamen, merkte ich, dass alles hell erleuchtet war.
Als ich eintrat, sah ich, dass viele Leute auf uns warteten, obwohl es mittlerweile vier Uhr morgens war.
Meine Eltern und Geschwister, die Eltern vom Burger Hans und seine Schwester, viele Nachbarn waren versammelt und hatten auf uns gewartet. Meine Schwester war erst fünfzehn Jahre alt. Sie hatte sich extra den Wecker gestellt, um unsere Ankunft nicht zu verpassen.
Ich umarmte meine Mutter und meinen Vater und auch alle anderen, die anwesend waren.
Ich war sehr gerührt von so viel Anteilnahme. Wir erzählten noch lange unsere Erlebnisse, denn alle wollten alles wissen. Wieso wir denn überhaupt auf die Idee gekommen wären zu flüchten und wie es im Gefängnis gewesen sei und wie wir es geschafft hätten, alles so geheim zu halten, dass es keiner merkte.
Sie seien von den Behörden sehr lange nicht informiert worden, was los sei. Erst nach sechs Wochen hatte man den Eltern erklärt, dass wir verhaftet worden seien.
Meine Mutter sagte noch, sie könne es nicht ganz nachvollziehen, warum wir überhaupt in ein anderes Land flüchten wollten. Wir hätten doch unsere ganzen Freunde und Verwandten hier.
Das stimmte ja auch. Aber uns war die Freiheit wichtig und reelle Chancen für unsere Zukunft, die wir in diesem Land für uns nicht mehr sahen.
Den Plan zur Grenzflucht schmiedeten wir im Sommer 1968 zusammen mit meinem Freund Burger Hans und Geiser Martin. Wir haben es niemandem erzählt, außer Hans Burgers Cousin Hellmuth, der damals aus Deutschland bei uns zu Besuch war.
Wir wollten eine bessere Zukunft und Existenz für uns aufbauen, wie wir sie in Rumänien damals hatten.
Einen Antrag zur Ausreise oder auf einen Besucherpass in den Westen konnten wir nicht stellen, da man hierfür Verwandte ersten Grades im Westen haben musste. Diese konnten wir nicht vorweisen. So rechneten wir uns auch keine Chancen aus, um auf offiziellem Weg in den Westen zu gelangen.

Leider misslang unser Plan schmerzlich.

Aber nun war die Freude bei allen sehr groß, dass wir wieder zurück waren.

Draußen wurde es langsam hell und ich wurde müde und legte mich in mein frisch gemachtes kuscheliges Daunen-Bett und schlief sofort ein.

Geweckt wurde ich von der Blasmusik, die an unserem Fenster vor zog.

Ich registrierte erstmals, dass ich nicht mehr im Gefängnis war und keine verschlossene Zelle, kein Kübel, um die Notdurft zu verrichten, da war. Ich blieb noch eine Weile im Bett liegen und genoss es sehr.

Es wurde mir bewusst, wie viel Glück ich hatte, dass ich diesem verbrecherischen Machtapparat nochmals entkommen konnte.

Ich hörte das Leben in meiner Straße pulsieren und hielt es nicht mehr lange im Bett aus. Zu sehr freute ich mich auf das Wiedersehen mit den alten Freunden.

Nachdem ich gefrühstückt hatte, ging ich sofort auf die Straße. Es war Sonntag Morgen und wie immer um diese Zeit, waren die Straßen voller Menschen.

Ich ging in Richtung Kirche, die nicht weit von unserem Haus war und traf meine Freunde, die mich umringten.

Allen Jugendlichen musste ich über die Flucht und die Erfahrungen im Gefängnis berichten.

Einige Kameraden, die bereits den Militärdienst abgeleistet hatten, erzählten von der angespannten Situation des letzten Jahres. Da Ceausescu den Prager Frühling unterstützte, sei das Militär in Alarmbereitschaft gewesen. Einer der Kameraden erzählte, seine Einheit sei schon in Richtung russischer Grenze unterwegs gewesen und auf der anderen Seite sei die russische Armee an der Grenze Rumäniens gestanden.

Die meisten waren sehr euphorisch, wenn sie über Ceausescus Verhalten sprachen. Überschwänglich erzählten sie von der Entschlossenheit Ceausescus, gegen Russland vorzugehen. Sie waren sehr zuversichtlich und redeten nur positiv über seine Politik.

Ich erzählte ihnen, was ich alles im Gefängnis darüber erfahren hatte und dass ich miterlebt hatte, wie Gefangene gefoltert wurden und Menschen nur wegen ihrer eigenen Meinung über bestimmte Dinge eingesperrt wurden.

Draußen wusste man nichts von der Absetzung des Innenministers Draghici. Dies wurde alles geheim gehalten.

Ich berichtete, was ich im Gefängnis alles von den politischen Häftlingen erfahren hatte, die Ceausescu persönlich kannten. Nämlich dass dieser die politische Situation nur zu seinen Gunsten ausnutze, um Kredite aus dem Westen zu erhalten, um damit eine Diktatur aufzubauen, die gegen das Volk gerichtet war.

Keiner wollte mir dies so recht glauben. Die meisten waren der Ansicht, dass es in unserem Land aufwärts gehe, dass niemand in Zukunft mehr flüchten müsse.

Da ich den Militärdienst noch vor mir hatte, grauste es mir, bei dem Gedanken, in einer ähnlichen Situation wie letztes Jahr für mein Land kämpfen zu müssen.

Ich traf an diesem Tag noch viele Verwandte und Bekannte. Abends gingen wir alle auf den Maitanz. Danach fiel ich todmüde aber glücklich ins Bett und schlief mich erst einmal richtig aus.

Langsam erholte ich mich von den Strapazen der Haft. Ich wollte eigentlich ein bis zwei Wochen zuhause entspannen, doch meine Mutter meinte, es wäre an der Zeit arbeiten zu gehen, um Geld zu verdienen, da sie viele Ausgaben wegen mir hatten.

Ich verstand nicht so recht, was sie meinte, denn sie war sehr tolerant und großzügig.

So fragte ich, ob sie mit den hohen Ausgaben, die paar Pakete meinte, die sie mir ins Gefängnis geschickten hatten.

„Nein, deswegen nicht" antwortete sie, „Du bist nur deswegen jetzt schon in Freiheit, weil wir dem Anwalt viel Geld bezahlt haben. Wir mussten unser ganzes Hab und Gut verkaufen.

Die Daunen, die wir bis jetzt jeden Winter in Schwerstarbeit gerupft haben, haben wir für 10.000 Lei verkauft und alles dem Anwalt gegeben, der dich freibekommen hat."

Ich fiel aus allen Wolken, als ich das hörte.

„Wieso habt ihr dem Anwalt Geld gegeben? Er hat doch nur in seine eigene Tasche gewirtschaftet und für mich hat er nichts gemacht!"

Mich packte eine richtige Wut.

„Ich werde den Anwalt in Oradea aufsuchen und das Geld wieder zurückfordern!"

„Das geht leider nicht" erwiderte meine Mutter. „Er sagte uns klipp und klar, wenn jemand von der Bestechung erfahren würde, machten wir uns strafbar, weil die Gesetzeslage so sei, dass auch derjenige, der jemanden besticht sich strafbar macht. Genau wie der, der sich bestechen lässt."

Der Anwalt hatte meinen Eltern die Gesetzeslage genau erklärt. Hiernach hätte meine Anklage bzw. Verurteilung auf 3 bis 10 Jahren Haft gelautet. Nur durch seine Intervention wäre ich jetzt schon wieder in Freiheit.

Die Ängste meiner Eltern hatte er brutal ausgenutzt.

Während meiner gesamten Haftzeit hat er mich kein einziges Mal aufgesucht. Auch im Gerichtssaal sprach er kein einziges Wort mit mir. Ich hielt ihn für einen Ganoven, der sich an den Ängsten und dem Leid der Familienangehörigen von unschuldig Inhaftierten bereicherte, ihnen ihr schwer erarbeitetes Geld und ihr geringes Vermögen, dass sie sich durch schweres Schuften, oft mehr als zwölf Stunden am Tag, in der Kollektivwirtschaft, erarbeitet hatten, gewissenlos abnahm.

Dass er mich nicht aufsuchte, begründete er damit, dass es ihm untersagt sei, mit „Staatsfeinden" wie mir, Kontakt aufzunehmen.

Ich konnte nichts gegen ihn unternehmen, um meinen Eltern nicht zu schaden.

Ich musste mir eine neue Arbeitsstelle suchen. Von meinem alten Arbeitsplatz wurde ich während meiner Haftzeit „Wegen unentschuldigten Fehlens" entlassen. Zusammen mit meinem Freund Burger Hans fand ich schließlich Arbeit in der Puppenfabrik in Arad. Nun verdiente ich wieder eigenes Geld und konnte meiner Mutter einen Teil ihrer Auslagen für den Anwalt wieder zurückzahlen.

In der Bundesrepublik wurde Willy Brandt Bundeskanzler. Er suchte nach Entspannung zwischen Ost und West.
In Rumänien ging es wirtschaftlich bergauf mittels der sprudelnden Kredite aus dem Westen.

Ich bekam zuhause Besuch von der Polizei und wurde genötigt, eine Erklärung zu unterschreiben, dass ich nicht mehr versuchen würde, ins Ausland zu flüchten.
Ich erhielt noch die Auflage, mich in den nächsten Tagen beim Geheimdienst in Arad persönlich zu melden.
Ich ging gleich am nächsten Tag dahin.
In einem großen Vorraum wurde ich von einem Polizisten empfangen, der mir den Ausweis abnahm und mir mitteilte, ich werde gleich abgeholt.
Ein junger Geheimdienstpolizist holte mich in sein Büro ab.
Das Büro war schön eingerichtet. Die Räume waren sehr hoch, die Türen von innen mit Leder gepolstert. Der Geheimdienstpolizist war auffallend freundlich und sehr gebildet. Ich hatte mir die Leute des Geheimdienstes sehr furchteinflößend vorgestellt.
Nach kurzer Unterhaltung legte er mir wieder eine Erklärung zur Unterschrift vor, dass ich nicht mehr beabsichtigte, das Land zu verlassen.

Wegen der besseren Beziehungen zwischen Rumänien und der Bundesrepublik wurden zwischenzeitlich mehr Anträge zur Ausreise in die Bundesrepublik genehmigt. Bis dahin waren es nur einzelne Familien aus Sankt Anna, die wegzogen, nun wurden es immer mehr, die zur sogenannten Familienzusammenführung zu Verwandten ersten Grades (Eltern oder Kinder oder Geschwister) ausreisen durften.

Wir hatten keine nahen Verwandten in Westdeutschland, also stellten wir auch keinen Antrag.
Die Mutter von Burger Hans, meine Tante, hatte einen Bruder in Deutschland. Daher stellte seine Familie auch einen Ausreiseantrag.
Viele im Dorf waren verunsichert, was sie tun sollten. Sie meinten, es ginge ihnen ja jetzt in Rumänien auch nicht schlecht. Warum sollten sie dann in ein anderes Land auswandern, wo doch hier ihr Zuhause sei.

Während meine Eltern in der Kollektivwirtschaft kaum genug zum Überleben verdienten, bereicherten sich die Kolonisten, die immer noch in unseren Häusern lebten, zusehends.

Goina war auf dem Höhepunkt seiner Macht. Er wurde Mitglied des Zentralkomitees der Kommunistischen Partei. Früher fuhr er noch mit dem Fahrrad mittags zum Essen nach Hause. Nach seinem Aufstieg wurde er von einem Fahrer in einer schwarzen Limousine mit zugezogenen Vorhängen zum Mittagessen gefahren.

Auch seinen Kindern, die etwa in meinem Alter waren, ging es materiell sehr gut. Sie waren Studenten und hatten dennoch ihr eigenes Auto.

Bei einer meiner Begegnungen mit dem Sohn, der früher auch bei uns im Haus gewohnt hatte, kam es zu einer Auseinandersetzung.

Als er mit mehreren Studienkollegen zusammen war, hielt er mir eine Moralpredigt, dass es in Rumänien viel besser sei als im Ausland und wieso ich versucht hätte, zu flüchten.

„Für Euch (Bonzen) ist es besser, aber nicht für das einfache Volk" erwiderte ich. Ich schimpfte auf die Kommunisten, die sich auf Kosten anderer bereicherten. Ich erzählte auch, was ich im Gefängnis alles gehört und gesehen hatte.

Er studierte Agronomie und wollte Agraringenieur werden. Er meinte wohl, es ginge immer so weiter, dass die Deutschen die eigenen Felder als abhängige Kollektivarbeiter bearbeiteten und die Herrschenden um Goina sich ein schönes Leben machten.

Aber es gab damals schon kaum noch junge Deutsche, die in die Kollektivwirtschaft arbeiten gingen. Die meisten erlernten einen Beruf und gingen in ein Unternehmen arbeiten. Viele studierten auch in den größeren Städten.

Meine Eltern hatten auch später als Rentner kaum etwas zu erwarten. In der Kollektivwirtschaft gab es wenig Altersvorsorge, im Gegensatz zu den Fabriken.

War es da nicht verständlich, wenn in mir die Wut hoch stieg, wenn mir einer aus der Nomenklatur Vorwürfe machte, warum ich ins Ausland flüchten wollte!?

Goinas Familie ist aus unserem Haus ausgezogen und nahm alles mit. Sogar unser Besteck.

Ich wusste natürlich, wie gefährlich es war, über diese Dinge mit dem Sohn des zur politischen Führungsriege gehörenden Goina zu sprechen.

Im Radio hörte ich den Sender „Freies Europa", der aus München in rumänischer Sprache die Neuigkeiten der Welt verkündete.

Dieser Sender wurde von vielen in Rumänien gehört, obwohl es verboten war.

Die politische Sendung mit Emil Georgescu interessierte mich sehr. Dort wurde sehr genau über Ceausescus Politik berichtet.

In Sankt Anna ging während dessen das geregelte Leben weiter.

Weil man mit dem Tomatenverkauf viel Geld verdienen konnte, pflanzten nun viele im eigenen Garten und Hof Tomaten an. Die Häuser wurden renoviert, obwohl Baumaterial teuer und knapp war.

Meine Eltern wollten dies auch tun. Doch ich entgegnete ihnen, dass ich nicht in Rumänien bleiben und deswegen auch nichts am Haus machen wolle.

Meine Freizeit verbrachte ich lieber im Kino in Arad oder beim Fußball spielen. Mittlerweile hatte ich auch eine Freundin, deren Familie einen Ausreiseantrag gestellt hatte, da sie einen Onkel in der Bundesrepublik hatte. Ich hatte vor, mit ihr auszureisen, wenn die Beziehung ernster werden sollte.

Das große Sankt Anna mit seinen fast zwanzigtausend Einwohnern hatte keine Fußballmannschaft mehr. Die Mannschaft hatte fast jedes Jahr um den Aufstieg gekämpft, wurde aber immer durch Schiedsrichterentscheidungen daran gehindert. Da beschloss die Mannschaftsführung sich aus dem Spielbetrieb zurück zu ziehen.

Nun hatten wir einen schönen Fußballplatz mit Tribüne, aber keine Mannschaft mehr, was ich sehr bedauerte, denn ich spielte leidenschaftlich gern Fußball.

Samstag Abend ging es zum Tanzen. Danach zogen wir Jugendliche oft lautstark durch die Straßen. Einmal hielt uns ein Polizist an und prügelte auch gleich auf meinen Freund ein.

Ich stellte ihn zur Rede und sagte, dass das Gesetz es ihm verbiete, zu schlagen.

„Woher weißt du das?" fragte er mich.

„Ich war im Gefängnis und daher weiß ich es" antwortete ich und weiter, dass wegen der Prügelstrafen auch der Innenminister zurücktreten musste.

Er wurde sehr neugierig und wollte meine Personalien wissen. Er meinte, ich wäre etwas zu schlau.

Im April 1970 erhielt ich eine Einberufung zum Militär.

In zwei Wochen sollte ich eingezogen werden, was mir überhaupt nicht gefiel.

Nach dem Gefängnis hatte ich mich gerade wieder an die Freiheit gewöhnt.

Ich erhielt eine Nachricht, ich solle mich bei der Polizei in Sankt Anna melden.

Als ich das Polizeirevier betrat, warteten schon eine Menge Leute auf mich.

Ich wurde gebeten, an einem Tisch Platz zu nehmen. Dort saßen bereits der Bürgermeister Mayer aus Sankt Anna, der Polizeichef, der Parteisekretär und der Polizeibeamte, mit dem ich nachts aneinander geraten war.

Als erster erhob der Parteisekretär das Wort, indem er sagte, mein Benehmen wäre nicht in Ordnung.

Ich spräche im Allgemeinen viel zu viel über Politik und ich würde auch schlecht über den Kommunismus sprechen und sogar über den Generalsekretär des Landes, Genosse Ceausescu.

Ich bekam es mit der Angst zu tun, denn ich wusste, was diese Worte bedeuteten.

Der Bürgermeister fuhr fort und erzählte, dass ich immer den verbotenen Radiosender „Freies Europa" hören und diese Nachrichten an viele Leute weitergeben würde.

„Provokation - böswillige Unterstellung" fiel ich ihm auf Deutsch ins Wort. Er erwiderte hierauf, ich solle Rumänisch sprechen, ich sei hier nicht in

Deutschland.

Der Parteisekretär sagte, was ich mache, sei staatsfeindliche Hetze und deswegen hätten sie beschlossen, mich anzuklagen.

Da fiel mir meine Einberufung zum Militär ein und ich zog schnell den Einberufungsbefehl aus meiner Tasche und sagte ironisch:

„Naja, dann muss ich ja Gott sei dank nicht zum Militär. Ich wollte mich sowieso davor drücken. Ich gehe lieber ins Gefängnis, da kenne ich mich schon aus."

Wie erstarrt blickten plötzlich alle Augenpaare auf mich, danach sahen sie sich gegenseitig an. Der Parteisekretär bat mich, für eine Weile die Sitzung zu verlassen, damit sie beratschlagen könnten, was zu machen sei.

Ich wartete gespannt eine Weile im Hof, dann wurde ich wieder hereingerufen.

Man habe beschlossen, mir die Chance zu geben, zum Militär zu gehen und dort hoffentlich zur Vernunft zu gelangen.

Ich war ganz erleichtert, dass ich aus der schwierigen Situation wieder herausgekommen war.

Ich feierte noch Abschied von meinen Freunden und von meiner Freundin, danach packte ich meinen Koffer für den Militärdienst.

Beim Militär

Morgens um sieben trafen wir in Arad beim Kommissariat ein.

Außer mir waren noch zwölf andere Deutsche aus Sankt Anna dabei.

Wir kamen in eine Einheit in Kronstadt, die sich *„Tiribau"* nannte und in der Soldaten dienten, die nicht für den Dienst an der Waffe ausgebildet wurden. Diese Einheit war zuständig für den Straßenbau und die Instandhaltung anderer militärischen Einrichtungen.

Alle Einberufenen, denen man aus politischen Gründen die Wahrung von Militärgeheimnissen oder aus intellektuellen Gründen den Dienst an der Waffe nicht zutraute, kamen in diese Einheit. In Kronstadt waren wir 150 Neuankömmlinge aus verschiedenen Regionen. Die meisten waren Analphabeten, Zigeuner, Deutsche oder ehemalige Häftlinge – ein disziplinloser Haufen.

Die Grundausbildung dauerte drei Wochen. In meiner Gruppe waren 14 Deutsche.

Viele Soldaten aus anderen Regionen wussten gar nicht, dass es in Rumänien Deutsche gab. Wir wurden abends oft aufgefordert, deutsche Lieder zu singen und die Soldaten amüsierten sich köstlich darüber.

Als wir schwören mussten, für unser Vaterland zu kämpfen, merkte ich, wie viele Analphabeten es gab.

Ein Offizier las den Schwur von einer Tafel ab und die, die nicht lesen konnten, sprachen ihn einfach nach.

Später mussten wir den Kameraden, die nicht lesen und schreiben konnten, Briefe nach Hause schreiben und wenn sie Post erhielten, die Briefe vorlesen.

Nach der Grundausbildung kamen wir nach Helsdorf. In dieser Gemeinde lebten überwiegend Siebenbürger Sachsen.
Aus unserer Einheit kamen siebzig Soldaten in eine Einheit der Gebirgsjäger.
Unsere Aufgabe bestand darin, Reparaturen und Maurerarbeiten an den Gebäuden zu verrichten, sowie Parkplätze zu betonieren für das militärische Gerät und die Fahrzeuge.

Meine Freundin schrieb mir, dass sie die Ausreisegenehmigung erhalten hätte, dass es aber noch ein bis zwei Monate dauern würde, bis alles erledigt und der Hausverkauf geklärt wäre.
Ich wusste nicht, ob ich mich darüber freuen oder trauern sollte, denn ich hatte noch fünfzehn Monate Militärdienst vor mir und war von der Zivilbevölkerung doch etwas abgeschottet. So freute ich mich, wie auch die anderen, wenn man nach Hause fahren durfte und dort eine Freundin wartete.
In der Einsamkeit der Kasernierung entstehen ähnliche Sehnsüchte wie im Gefängnis.
Unser Offizier übernachtete zuhause und war auch am Wochenende daheim. So gingen wir oft ohne Erlaubnis abends ins Dorf.
Obwohl die Einheit von den Soldaten der Gebirgsjäger überwacht wurde, ließen uns diese Abends gehen. Wir mussten nur unsere Parole „Tiribau" beim Zurückkommen in der Nacht nennen.

An einem Nachmittag, als die meisten Offiziere der Gebirgsjäger schon Feierabend hatten, kam unangekündigter Besuch: der zuständige Minister der Streitkräfte sollte in einer halben Stunde auf dem Militärgelände mit dem Hubschrauber landen.
Es begann ein großes Durcheinander.
Einer der Offiziere überlegte, was man mit den „disziplinlosen Soldaten, den Tiribau" machen sollte. Ein anderer kam auf den Gedanken, uns in die Pferdeställe der Armee einzusperren, damit der Verteidigungsminister uns nicht zu Gesicht bekommen konnte.
Die Gebirgsjäger hatten viele Pferde, mit denen sie das schwere Militärgerät in die Berge zogen.
Wir wurden alle zusammengetrieben und in den Pferdestall gesperrt und ein Offizier der Gebirgsjäger bewachte uns bis abends, bis der Verteidigungsminister wieder weg war.

Ich bekam Post von meiner Freundin, dass es in drei Wochen soweit sei und sie mit ihrer Familie nach Deutschland ausreise.
Ich fragte meinen Offizier um Erlaubnis, nach Hause zu fahren, meine Mutter sei schwer krank. Er erlaubte es mir nicht, denn mit solchen Lügen werde er oft

konfrontiert.

Bei manchen Soldaten sei die Oma schon ein paar Mal gestorben, sagte er und er hätte im Laufe der Jahre schon seine Erfahrungen gesammelt. Das half mir auch nicht weiter, denn ich wollte meine Freundin unbedingt noch einmal sehen und mich von ihr verabschieden.

Es war Ende Juli.

Am kommenden Wochenende, den 27. Juli sollte auch die Kirchweih in Sankt Anna stattfinden.

So plante ich, über das Wochenende einfach abzuhauen, denn unser Offizier war sowieso nicht da und um uns kümmerte sich keiner. Es lief ein Boxkampf.

Ich weihte einen guten Freund aus Arad ein, der sich mit dem Offizier gut verstand und ein hohes Ansehen hatte. Er sagte, ich könnte Samstag Abend gehen und am Montag Morgen vor Arbeitsbeginn wieder da sein.

Die Gefahr bestand nur darin, dass ich keine offizielle Erlaubnis hatte, keinen Erlaubnisschein, mich von der Einheit zu entfernen.

Ich nahm das Risiko in Kauf.

Am Samstag Abend nach der Arbeit fuhr ich mit dem Zug nach Sankt Anna. Es waren etwa 500km und ich musste mehrmals umsteigen, so dass ich erst am Sonntag Morgen gegen acht Uhr zuhause war.

Meine Eltern waren sehr überrascht, als sie mich sahen. Ich sagte, ich hätte die Bewilligung erhalten, über das Wochenende nach Hause zu fahren, müsste aber am Montag Morgen wieder bei meiner Einheit sein.

Ich zog meine Zivilkleider an, frühstückte und ging gleich wieder los.

Es war schon sehr viel los. Viele Bekannte waren aus Deutschland gekommen.

Das Wetter war herrlich. Schon am Morgen war es angenehm warm.

Vor der Kirche traf ich meine Freundin. Wir umarmten uns. Sie war sehr überrascht, mich zu sehen. Ich erzählte ihr das Gleiche wie meinen Eltern, dass mir der Offizier Gelegenheit geben wollte, mich von ihr zu verabschieden.

Sie freute sich und wir verabredeten uns für den Nachmittag und abends für den Kirchweihtanz. Ich traf weitere Freunde.

Der Tag ging schnell vorbei.

Abends ging ich mit meiner Freundin zum Tanz. Als es gerade am schönsten war, hätte ich gehen müssen, um am Montag Morgen pünktlich bei meiner Einheit zu sein. Ich blieb doch bis zum Morgengrauen. Die Zeit verflog und ich musste mich verabschieden. Ich brachte meine Freundin nach Hause. Sie weinte ein wenig. Ich ging nach Hause und zog meine Militäruniform an und verabschiedete mich von meinen Eltern und Geschwistern.

Auf dem Weg zum Bahnhof traf ich zwei Freunde, die gerade vom Tanzen nach Hause gingen.

Es war schon hell und sie begleiteten mich zum Zug. Im Zug schlief ich gleich vor lauter Müdigkeit ein. Als ich nach drei bis vier Stunden wieder erwachte, wurde mir die Situation, in der ich mich befand, erst richtig bewusst.

Auf dem Tanz hatte ich mir keine Sorgen darüber gemacht, aber jetzt, kurz vor der Ankunft bei meiner Einheit überkam mich doch eine große Angst, denn wenn mich zwischenzeitlich jemand als vermisst gemeldet hätte, galt ich als Deserteur. Als solcher würden mich mindestens zwei Jahre Strafbatallion erwarten und anschließend auch der noch ausstehende Militärdienst.

Auf der ganzen restlichen Fahrt, ließ mich die Angst nicht mehr los. Gegen 19h abends kam ich bei meiner Einheit an.

Bereits auf der Straße traf ich meinen Freund, den Boxer und noch zwei andere Kameraden. Ohne ein Wort zu sagen, verpasste er mir einen Fausthieb, so dass ich zu Boden fiel. Mit voller Wucht schlug er auf mich ein.

Ich schüttelte meinen Kopf und blickte benommen nach oben, da reichte er mir die Hand und zog mich hoch.

„Du hat mich in Gefahr gebracht. Du hättest, wie besprochen, heute Morgen schon hier sein sollen. Wenn jemand gemerkt hätte, dass du abwesend bist, wäre ich genauso wie du verurteilt worden. Ich habe eine Menge Ängste ausgestanden, aber wir haben dich nicht als vermisst gemeldet."

Voller Freude fiel ich ihm in die Arme. Eine Zentnerlast fiel von mir ab.

Wir tranken noch einen Schnaps, den ich extra für ihn von zuhause mitgebracht hatte. Dann legte ich mich erleichtert zu Bett und schlief friedlich ein.

Einige aus unserer Einheit wurden zu den Gebirgsjägern nach Mercurea-Ciuc versetzt. Diese Einheit war direkt in den Bergen.

Hier wohnten viele Ungarn. Diese waren viel entschlossener und mutiger als die Deutschen oder Rumänen und ließen sich nicht viel gefallen. Daher war es eine von Ceausescus Strategien, sie zu unterwandern und es wurden viele Rumänen in die ungarischen Gebiete umgesiedelt. Auch gab es dort sichtbar mehr Polizeipräsenz.

Wer dort in einem Laden etwas auf Rumänisch bestellte, musste lange dafür anstehen. Zuerst wurden immer die Ungarn bedient. Das hatte ich bis dahin in Rumänien nie erlebt. Die Ungarn betrachteten die Rumänen immer noch als Eindringlinge, die „ihr" Land wegnehmen würden.

Der Aufstand in Ungarn 1956 prägte auch die Ungarn in Rumänien. Die meisten lehnten den Kommunismus ab. Deswegen war der politische Druck hier größer als anderswo.

Ich bekam wieder Post von meiner Freundin. Sie war nun in Deutschland. Sie schickte die Briefe nach Sankt Anna. Von dort wurden sie mir unfrankiert nachgeschickt.

Sie schrieb mir von ihrem neuen Leben in Deutschland. Sie war ganz begeistert, wie sie empfangen wurde und wie nett die Leute seien, auch auf den Ämtern und bei den Behörden. Das war man in Rumänien nicht gewohnt.

Ich hatte mein kleines Kofferradio mitgenommen und hörte den Radiosender „Freies Europa", aber in den Bergen war der Empfang sehr schlecht, außerdem wurde der Sender laufend gestört.

In dieser Gegend war es viel kälter als bei uns zuhause und der Winter brach früh ein.

Die Bilder vom Kniefall Willy Brandts am Denkmal des Warschauer Ghettos gingen um die Welt und wurde auch im Fernsehen bei uns gezeigt.

Die Entspannungspolitik zwischen Ost und West ging weiter, die Beziehungen zwischen Deutschland und Rumänien wurden immer besser, Ceausescu trieb die Industrialisierung voran und hatte gute Wirtschaftsbeziehungen zur Bundesrepublik.

Er war jetzt auf dem Höhepunkt seiner Macht.

Als Jugendlicher hatte er eine Schusterlehre begonnen. Da sein Meister Kommunist war, schloss er sich auch dieser Bewegung an, die damals im Untergrund und verboten war.

Ceausescu landete im Gefängnis, wo er seinen späteren Förderer Gheorghe Gheorgiu Dej traf. Er freundete sich mit ihm an. An dessen Todestag 1965 wurde er zum Ersten Sekretär des Zentralkomitees ernannt. Nun strebte er die ganze und alleinige Macht an. Zu diesem Zweck vereinigte er immer mehr politische Ämter auf sich.

Es wurde wieder Frühjahr und wärmer.

Ich ging öfter alleine in die Berge, wo ich einen besseren Empfang von „Radio Freies Europa" hatte. Ich musste aufpassen, nicht dabei erwischt zu werden, denn unser politischer Offizier mochte mich überhaupt nicht. Erstens, weil ich Deutscher war, zweitens weil er mitbekommen hatte, dass ich versucht hatte, über die Landesgrenze zu flüchten.

Jede Woche hatten wir eine Stunde politischen Unterricht. Dann erzählte uns der Major oft, wie er den Sieg gegen Hitler-Deutschland als Unteroffizier in der rumänischen Armee erlebt hatte.

Voller Stolz erklärte er, was für eine schlagkräftige und moderne Armee Rumänien hätte, das keinen Feind, weder aus Ost noch aus West fürchten müsse.

Das erzählte er uns alles voller Stolz, obwohl unsere einzigen Waffen Schubkarren, Pickel und Schaufel waren.

Auch diesmal fing die rumänische Geschichte erst mit dem 23. August 1944, mit dem Sieg über Deutschland, an. Das kannte ich schon aus den Schulbüchern.

Auch der Major erwähnte mit keinem Wort, was er vorher gemacht hatte. Wahrscheinlich war er auch zusammen mit der Deutschen Armee in Richtung Russland marschiert.

Das wurde alles verdrängt.

Er sprach Lobeshymnen auf Ceausescu und auf dessen Anerkennung in der ganzen Welt.

So wurde es Mai 1971.

In den Nachrichten im Fernsehen sahen wir den Besuch des Bundespräsidenten Gustav Heinemann.

In Bukarest säumten unzählige Menschen die Straßen als der Konvoi mit dem Bundespräsidenten und Ceausescu vorbei zog. Die Menge skandierte: Ceausescu-

Heinemann! Ceausescu-Heinemann! Es war inzwischen üblich, dass sich Ceausescu bei jeglichen Anlässen feiern ließ.
Auch als er einmal in Arad war, musste die am Straßenrand stehende Menschenmenge seinen Namen rufen. Der Personenkult nahm stetig zu.
Gleichzeitig stieg die Anzahl der politischen Witze über ihn – die einzige Möglichkeit der Bürger sich der Glorifizierung der gesamten Situation entgegen zu stemmen. So wurden zum Beispiel die Jubelrufe „Ceausescu-Heinemann" leicht verändert wiedergegeben durch „Ceausescu – Heine n'am", was übersetzt hieß: „Ceausescu – ich habe keine Kleidung".

Viele Lebensmittel wurden mittlerweile knapp. Eine der vielen Folgen seines Ausbaus des Machtapparates und der Stärkung der Nomenklatur, in der sich nur wenige bereichern konnten.
Zunächst gab es keinen Zucker mehr, danach kein Fleisch, Öl, Mehl usw.

Ich bekam wieder Post aus Deutschland von meiner Freundin und freute mich sehr darüber. Ich hatte nur noch wenige Monate Militärdienst abzuleisten und hoffte sehr und freute mich, dass sie dann auf Besuch käme.

Wieder zuhause – stete Konflikte mit Polizei und Geheimdienst

Die letzten Wochen beim Militär wollten kaum vergehen. Endlos schienen sie dahinzuziehen. Aber dann war es doch endlich so weit.
An einem schönen Herbsttag im September kam ich zuhause an.
Nach einer Woche Erholung zuhause, fing ich meine Arbeit in der Fabrik wieder an.
Aus Deutland bekam ich regelmäßig die Zeitschriften „Kickers" und „Der Spiegel" zugeschickt.
Die Bundesliga und die Deutsche Fußballnationalmannschaft interessierte mich genauso wie alle anderen Deutschen aus Sankt Anna. Da Sankt Anna nur etwa sechzig Kilometer von der ungarischen Grenze entfernt war, konnten wir über den ungarischen Fernsehsender alle Spiele verfolgen.
Die Deutsche Nationalmannschaft verfügte damals über eine junge Mannschaft mit herausragenden Spielern: Franz Beckenbauer, Gerd Müller, Günter Netzer, Paul Breitner, Uli Höneß waren nur einige davon.
In meiner Freizeit spielte ich auch oft Fußball. Leider hatten wir immer noch keinen Fußballverein mehr in Sankt Anna und auf dem schönen Fußballplatzrasen grasten nun Kühe und die Tribüne vermoderte.

Als Kind war ich sehr stolz auf diese Errungenschaft. Die ganze Gemeinde half damals mit, als man die Tribüne baute.

Wir spielten nun oft im Schulhof auf einem Hartplatz und Handballtoren. Unter der Wochen waren wir immer nur wenige Spieler, da die meisten nach der Arbeit noch ihren Hof und Garten besorgen mussten.

Anfang Oktober war ich mal wieder in Arad und traf dort zufällig Ambrusch. Wir gingen zusammen in ein Café. Er war vor einem Jahr aus dem Gefängnis entlassen worden. Er erzählte, er plane wieder eine Flucht.
„Willst du mitmachen?" fragte er.
„Ich bin vor kurzem aus dem Militär entlassen worden, außerdem habe ich eine Freundin in Deutschland. Mal sehen, wie es sich entwickelt..."
„Du willst den leichteren Weg wählen" entgegnete Ambrusch und lächelte dabei. Vor Wintereinbruch wollte er es mit zwei anderen Freunden versuchen. Einige Male hatten sie schon die Gegend ausgekundschaftet an der grünen Grenze zu Jugoslawien. Er sprach sehr leise und sah sich immer wieder ängstlich um. Er wollte versuchen zu fliehen, bevor er die Einberufung zum Militär erhielt.
„Ich habe keine Lust eineinhalb Jahre beim *Tiribau* zu malochen, was mich als ehemaligen politischen Häftling erwartet. Außerdem habe ich keine Lust mehr, in diesem Land unter der kommunistischen Führung zu leben."
Er zeigte versteckt auf einen Tisch, an dem ein Mann in eleganter Kleidung saß und sagte, der sei vom Geheimdienst.
Er erkenne ihn an dem feinen Stoff des maßgeschneiderten Anzugs. Ambrusch hatte nach seiner Entlassung auch noch öfter mit dem Geheimdienst zu tun und hatte auch ein Erklärung unterschreiben müssen, dass er nicht mehr beabsichtige, das Land zu verlassen. Er weigerte sich, diese Erklärung zu unterschreiben und sagte beim Verhör, wenn sich eine günstige Gelegenheit böte, werde er das Land verlassen. Vorbereitung zur Grenzflucht sei kein strafbarer Tatbestand mehr. Dann setzte er noch zu, er sei kein Sklave und niemand hätte daher das Recht, in diesem Land eingesperrt zu bleiben. Er wolle lediglich sein freies Leben führen. Es sei das zwanzigste Jahrhundert und er wolle in Freiheit leben. Lieber möchte er auf dem Weg in die Freiheit an der Grenze erschossen werden als den Kommunisten zu Kreuze zu kriechen.
„Der Geheimdienst sitzt stundenlang hier und auch in anderen Lokalen und lauscht den Gesprächen der Nachbartische, ob er nicht etwas Verdächtiges hört" sagte er noch.
Wir verabschiedeten uns. Ich war sehr beeindruckt über seinen Mut und seine Weitsicht.
Ich kannte niemanden, weder Rumänen noch Deutschen, der so klar seine Meinung vertrat, die jetzige Regierung so verabscheute, ja sogar hasste.

Im Westen kam die Mode auf, die Haare lang zu tragen. Ich sah das auch bei den deutschen Fußballspielern. Also beschloss ich, meine Haare auch lang wachsen zu lassen. Im Betrieb bekam ich oft Ärger hierüber, aber der spornte mich eher an. Die Mode griff auch auf Arad und Temeswar über, da diese beiden Städte im Länderdreieck Jugoslawien-Ungarn-Rumänien lagen. Viele Gastarbeiter aus Jugoslawien verkauften die aus dem Westen mitgebrachte Kleidung auf den

Märkten dieser Städte und trugen ebenfalls diese Haarmode.

Den Parteifunktionären missfiel dies sehr. Über die Betriebe wurde versucht, Druck auf die „Langhaarträger" auszuüben, der aber keinen Erfolg hatte.

Die Anzahl der Familien, die ausreisten nahm stetig zu.
In Deutschland war die wirtschaftliche Lage hervorragend. Alle, die ausreisten fanden gleich Arbeit und Wohnung. In Rumänien hingegen verschlechterte sie sich zusehends. Die Versorgungsknappheit wurde immer gravierender. Vieles bekam man nur noch über Beziehungen.

Mein Vater arbeitete sehr schwer in der Kollektivwirtschaft und zuhause, bis er an die Grenze seiner körperlichen Leistungsfähigkeit geriet. Dennoch reichte es nur zum Überleben.
Meine Eltern waren nie im Urlaub, gönnten sich nichts außer Arbeit bis zum Umfallen.
Des öfteren mussten Arbeiter der Kollektivwirtschaft Goinas Haus und Garten richten und wurden vom Kollektiv dafür bezahlt.
Mein Vater lästerte öfter darüber, „als sie in unseren Häusern wohnten, hatten sie gar nichts. Früher als wir noch eigenes Feld hatten, hielten wir uns auch Knechte, die aber haben wir bezahlt. Jetzt sind wir die Knechte der Kolonisten, die sich auf unsere Kosten ein schönes Leben machen."

Ich musste mich wieder einmal beim Geheimdienst melden. Dieses mal ließ ich mich jedoch nicht unterkriegen. Ich habe von Ambrusch gelernt.
Der Geheimdienstoffizier wusste davon, dass ich gerade noch einer Anklage wegen staatsfeindlicher Hetze entgangen war, bevor ich zum Militärdienst eingezogen wurde.
Ich solle nicht mehr so viel erzählen, was ich in Radio Freies Europa hören würde, denn dieser Sender sei eigentlich verboten.
„Das glaube ich nicht. Zeigen Sie mir das Gesetz, wo dies drin steht" entgegnete ich. Darauf konnte er nicht antworten.
Ich weigerte mich auch, ein Formular zu unterschreiben, auf dem ich bestätigte, dass ich nicht mehr versuchen wollte, in den Westen zu flüchten.
Leicht verärgert zog der Geheimdienstpolizist seine Jacke aus, so dass die Pistolenhalfter an seiner Hose sichtbar wurden,
Auch wenn es offiziell nicht strafbar sei, Radio Freies Europa zu hören, sollte ich anderen nicht davon erzählen, fing er wieder an, und ich solle mich auch damit zurückhalten, über die herrschende Politik zu lästern, denn das könnte für mich gefährlich werden.

Ich verließ das Geheimdienstgebäude mit Stolz, dass ich nicht nachgegeben hatte.

Es war Frühjahr 1972.
Die deutsche Fußballnationalmannschaft spielte sehr erfolgreich in den

Vorbereitungsspielen zur Europameisterschaft im Sommer in Brüssel.
Ich verfolgte alle Spiele.
Die meisten Jungs aus unserer Gemeinde hatten Spitznamen, damit man sie leichter unterscheiden konnte, denn es gab sehr viele mit Nachnamen Meier, Müller, Schmidt und Kappes.
Mein Spitzname wurde „Netzer", da ich ein glühender Anhänger der Nationalmannschaft war, leidenschaftlich gern Fußball spielte und mittlerweile sehr lange Haare hatte, eben wie Günter Netzer!

Aus Sankt Anna waren in letzter Zeit etliche Jugendliche geflüchtet, wurden jedoch an der Grenze gefasst und eingesperrt.
Einem jedoch gelang die Flucht in den Westen. Diese Kunde verbreitete sich wie ein Lauffeuer in Sankt Anna. Voller Bewunderung sprach man über den Zimmermann, der immer sehr schüchtern und zurückhaltend wirkte und dem niemand das zugetraut hätte.

Viele redeten über Fluchtpläne sogar Samstagabend beim Tanz oder wenn man sich zufällig irgendwo traf.
Grenzflucht wurde zu einem Abenteuer, zu einer Mutprobe. Viele suchten die Herausforderung.

Wir spielten immer noch jeden Sonntag Nachmittag Fußball auf dem Schulhof.

Seit der Zeit, als ich beim Militär war, gab es einen neuen Polizeichef bei uns. Er war sehr arrogant und selbstherrlich und kam aus der Stadt. Man erzählte sich, dass er nicht zimperlich sei und auch hinlangen würde. Er wurde von der Bevölkerung in Sankt Anna sehr gefürchtet.
Als wir gerade einmal Fußball spielten, kam er herbei und sagte, wir sollten damit hier aufhören und uns einen anderen Platz suchen, denn der Lehrer, der auf dem Schulgelände wohnte, würde in seiner Mittagsruhe gestört.

Die meisten Jungs hauten gleich ab, vier von uns blieben jedoch da. Ich sagte, wenn der Lehrer auf dem Schulgelände wohnt, muss er auch mit Lärm rechnen.
Der Polizeichef meinte, ich sei frech und wollte gleich meinen Namen wissen und fragte, wieso ich die Haare lang trüge. Ich solle mich gleich am nächsten Tag auf der Polizeistation melden.

Nach der Arbeit ging ich gleich dorthin. In einem Großraumbüro saßen der Polizeichef und der Polizist, der mich vor meiner Militärzeit kennen gelernt hatte.
Barsch sagte er, indem er mich duzte: „Zeig mir deinen Ausweis!"
Ich gab ihn ihm.
Er zeigte auf mein Foto und sagte, es gäbe keine Ähnlichkeit mehr damit, so, wie ich jetzt aussähe. Das sei nach dem Gesetzbuch strafbar.
Er stand auf, kam zu mir, zog mich an meinen Haaren und schlug mir mit der

Handfläche in den Nacken und sagte: „Was soll das, mit den langen Haaren!"
Ich drehte mich um, packte seine Hand und schob sie beiseite.

„Du hast kein Recht, mich zu schlagen, das Gesetz erlaubt es dir nicht! Wenn das Gesetz es dir erlaubt, mich zu bestrafen, dann setz dich hin und mach es bitte oder leg deine Uniform und deine Offiziersabzeichen ab und dann prügeln wir uns von Mann zu Mann."

Der Polizeichef war total sprachlos. Geschockt stand er vor mir und auf einmal brüllte er los.
„Verlass sofort diesen Raum und warte draußen!"
Ich ging in den Hof und wartete.
Nach etwa zwanzig Minuten wurde ich wieder herein gerufen.
Mit einem Lächeln im Gesicht sagte er:
„Hansi, was denkst du, ich wusste nicht, wer du bist!? Ich habe dich provoziert, um zu sehen, wie du reagierst."
Er hatte sich vermutlich zwischenzeitlich über den anderen Polizisten ein Bild von mir gemacht. Jetzt wollte er gut aus der Affäre heraus kommen und tat so, als ob er alles von vornherein so geplant hätte.

Meine Freunde erwarteten mich schon und hatten prophezeit, dass ich mit kurzen Haaren zurückkommen werde.
Als ich ihnen jedoch den Vorfall erzählte, waren sie sehr überrascht.

Meine Freundin kam auf Besuch aus Deutschland. Endlich sahen wir uns nach zwei Jahren das erste Mal wieder.
Ich nahm Urlaub, solange sie hier war. Wir gingen oft nach Arad aus, ins Kino oder ins Café und am Samstag Abend auf den Tanz.
Wir sprachen auch darüber, dass ich später mal zu ihr nach Deutschland kommen sollte.
Nach zwei Wochen fuhr sie wieder zurück.
Die Europameisterschaft hatte begonnen, Deutschland spielte den schönsten Fußball seiner Geschichte. Das erste Mal gewann das Team im Wembleystadion gegen England und Netzer machte sein bestes Spiel für Deutschland. Es war genial, wie er mit seinen wehenden blonden Haaren über den Platz fegte.
In Sankt Anna waren alle im Fußballfieber.
Wir trafen uns und sahen die Spiele zusammen bei Freunden.
Nachher wurde in den Straßen gefeiert und noch lange über das Spiel geredet.
Deutschland wurde Europameister und spielte herrlich!
Die wirtschaftliche Lage in Rumänien verschlechterte sich zusehends. Engpässe in der Versorgung wurden immer stärker.
Immer mehr Menschen wollten nach Deutschland auswandern.

Eines abends gegen 18.00 Uhr kam ein Polizist zu uns nach Hause. Meine Mutter war immer noch sehr beunruhigt, wenn Polizei zu uns kam, denn alle beobachteten dies ganz genau. Es war nicht oft der Fall, dass Deutsche Besuch von der Polizei bekamen.

Ich sollte sofort mitgehen. Im Polizeirevier würde ein Geheimdienstoffizier auf mich warten.
Ich konnte mir nicht vorstellen, was er von mir wollte.
Im Büro des Polizeichefs stellte er sich als Major der Geheimpolizei vor. Er wollte mit mir unter vier Augen sprechen.
Er bat mich in einen Nebenraum und fing an, dass aus Sankt Anna viele Deutsche ausreisen möchten, ob ich ihm nicht Namen nennen könnte.

„Sie brauchen doch Donnerstag morgens nur zur Ausreisebehörde zu gehen, denn dann ist dort Audienz und dorthin gehen alle, die den Pass bekommen möchten."

„Ich meine nicht die, die förmlich die Ausreise beantragt haben. Ich weiß, dass viele, die planen zu flüchten, dich um Rat fragen."
Der Offizier wollte mich als Spitzel anwerben.
„Wenn Sie meinen, dass ich Leute verraten werde, haben Sie sich leider in mir getäuscht.
Ich habe im Gefängnis in Aiud gelernt, wie abscheulich es ist, andere zu verraten und ich habe gesehen, was mit denen nachher geschehen ist. Ich wünschte mir, hier draußen wäre es genau so."

Er ließ nicht locker und redete über Privilegien, die ich bekommen könnte.
Ich stand auf und sagte, wenn er nichts dagegen habe, würde ich wieder heim gehen, denn meine Eltern wären schon neugierig und wollten wissen, was los wäre.
Ich erzählte ihnen, es sei eine Verwechslung gewesen und die Geheimpolizei hätte einen anderen Kappes sprechen wollen. Diesen gab es tatsächlich und er war vor drei Monaten wegen Fluchtversuchs aus dem Gefängnis entlassen worden.
Meine Eltern gaben sich glücklicherweise damit zufrieden.

Einige meiner Freunde bekamen zuhause Ärger wegen ihrer langen Haare. Die meisten Jungs wollten sich die Haare lang wachsen lassen, aber die Eltern verboten es ihnen. Ich hatte Glück, dass meine Eltern sehr tolerant waren.
Lange Haare galten auch als stummes Zeichen des Protestes gegen die gängige Reglementierung des Alltagslebens.

Ich erfuhr, dass Ambrusch wieder im Gefängnis gelandet war. Er wurde bei einem erneuten Fluchtversuch über die grüne Grenze nach Jugoslawien verhaftet. Er tat mir sehr Leid, denn als Wiederholungstäter konnte er nicht mehr auf milde Strafen hoffen.

Meine Freundin kam wieder auf Besuch aus Deutschland, aber wir bekamen Streit und trennten uns.

Seit sie in Deutschland war, hatte sie sich verändert. Außerdem wurden Mädchen oder Jungs, die nun in Deutschland weilten und durch die man sich Ausreisepapiere erhoffen konnte, von den verbliebenen Jugendlichen stark umworben.

Jeder wollte die Möglichkeit nutzen, auswandern zu können. Viele zahlten hohe Bestechungssummen, um die Ausreisegenehmigung zu erhalten.

Ich fing an, mit anderen Freunden, einen Fluchtplan auszuhecken und auszukundschaften.

Burger Hans wollte nichts mehr davon wissen. Er hatte eine feste Freundin und wollte demnächst heiraten. Es war üblich, dass die Jungs nach dem Militärdienst heiraten und eine Familie gründen. Ich wollte jedoch davon nichts wissen, denn ich wollte nicht in diesem Land leben.

Der Personenkult um Ceausescu nahm mittlerweile groteske Züge an. Das Fernsehen zeigte täglich seine Firmenbesuche und die Direktoren der besuchten Firmen versprachen täglich feierlich, den Fünfjahresplan bereits in vier Jahren zu erfüllen. Die Zeitungen berichteten nur noch über Ceausescu. Es wurden zahlreiche Lyrikbände mit Lobgesängen auf ihn heraus gegeben.

Seine Hofdichter profilierten sich, indem sie ihm die Titel: *„Großer Kommandant", „Titan der Titanen"* oder *„Glorreiche Eiche aus Scornicesti"* verpassten.

Seine Frau Elena mischte sich immer mehr in die Politik ein und häufte auch Ämter auf sich. So wurden politische Gegner oder Kritiker fern von seinem Umfeld gehalten.

Mit der alles überwachenden Geheimpolizei schaltete er die möglichen Kritiker oder Oppositionelle frühzeitig aus.

Ein geheimes Tunnelsystem durchzog mittlerweile die Hauptstadt Bukarest und die wichtigen Städte, damit die Geheimpolizei jederzeit Zugriff auf Oppositionelle hatte.

Radio Freies Europa berichtete häufig über das Vorgehen der Geheimpolizei Securitate.

Ceausescu übernahm auch das Amt des Präsidenten, obwohl dies die rumänische Verfassung eigentlich nicht zuließ.

Die Ehefrau Elena wurde als Wissenschaftlerin präsentiert und häufte Doktor- und Professorentitel an.

Alles kam so, wie es die politischen Häftlinge in Aiud vor Jahren vorausgesagt hatten.

Es wurde sogar noch schlimmer.

Der Geheimdienst Securitate bekam uneingeschränkte Macht.

Die Parteibonzen errichteten in den Städten ihre eigenen Läden, wo alles zu kaufen war, während die Menschen wegen der immer stärker werdenden Versorgungsknappheit nichts kaufen konnten und Hunger litten.

In den Gefängnissen wurde wieder gefoltert und geprügelt. Das machte mir auch Angst, einen erneuten Fluchtversuch zu riskieren.

Ich hatte zwar wieder eine Freundin, der ich aber klipp und klar sagte, dass ich wieder beabsichtigte zu flüchten.

Es war auch schön, für nichts Verantwortung übernehmen zu müssen, da man ja sowieso weg wollte.

Die meisten Deutschen aus Sankt Anna gönnten sich nichts. Nach der Arbeit schufteten sie in Haus und Garten weiter.

Die Rumänen waren anders, gaben das Geld gleich aus, das sie erhielten und kümmerten sich wenig um anderes.

Ich hatte schon gleich nach meiner Entlassung aus dem Gefängnis zu meinem Vater gesagt, dass ich nichts am Haus und im Garten machen werde.

Fußball – meine Welt

Meine Freunde heirateten einer nach dem anderen. Zuerst der Weiss Toni, dann mein Cousin Burger Hans, danach Karl Weiss. Sie gründeten Familien und versuchten ihr Leben zu meistern und etwas zu erreichen.

Meine Mutter hätte es auch gerne gesehen, wenn ich heiratete, aber ich verschwendete keinen einzigen Gedanken daran. So sagte sie des öfteren zu mir: „Du hast nur Flausen im Kopf – nur Fußball und Politik. Da kann der ‚kleine Mann' sowieso nichts daran ändern, auch wenn er sich auf den Kopf stellt."

Ich hatte jedoch Ideale wie Gerechtigkeit und Freiheit und es schien nicht so, als ob diese in diesem Land noch erreichbar wären. So blieb mir nichts anderes übrig, als abzuwarten, ob sich nicht doch irgendwann die Möglichkeit zur Flucht ergäbe.

Ich hatte mittlerweile auch einen schlechten Ruf, weil die Polizei oft zu uns nach Hause kam und weil der Geheimdienst sich ebenfalls nach mir erkundigte. Mittlerweile trug ich auch die auffallend langen Haare, die damals als Protestreaktion in Mode waren. Ich eckte bei Vorgesetzten und Funktionären damit an – und ließ sie aus Protest noch weiter wachsen.

Ich las des öfteren in deutschen Zeitschriften Berichte über mein Fußballidol Günter Netzer, er sei ein Rebell mit seinen langen Haaren und extravagant dazu, da er meist schwarz gekleidet war und dazu noch einen schwarzen Ferrari fuhr.

Ich konnte mir jedoch nie so richtig vorstellen gegen wen oder was er rebellierte. Er hatte einen Traumberuf, verdiente eine Menge Geld, konnte die ganze Welt bereisen und keiner machte ihm Vorschriften, wie er seine Haare tragen sollte. Ich hingegen träumte nur von so einer Welt.

Weil mich die Berichte so fesselten, träumte ich häufiger des nachts, dass ich in München im Olympiastadion war und mir ein Fußballspiel ansah. Wenn ich dann erwachte, war ich sehr enttäuscht, dass die Wirklichkeit mir dies nicht gestattete. Dann sah ich wieder die Realität, dass ich in einem großen Gefängnis lebe. Das ganze Land war ein Gefängnis.

Zum ersten Mal in der Geschichte Rumäniens, sah man den Feind nicht außerhalb der Grenzen sondern innerhalb. Die ganze Bevölkerung war zum Feind abgestempelt und wurde mit Gewehren bewacht.

Rumänien war umgeben von lauter sozialistischen Bruderstaaten, der „Eiserne Vorhang" verlief zwischen Österreich und Ungarn, der „Imperialistische Feind", wie er von den Funktionären genannt wurde, war also sehr weit weg.

Ceausescu, der selbsternannte „Führer" ließ sich immer öfter mit Schärpe und Zepter ins Bild setzen, um seine Macht und seinen Anspruch zu dokumentieren.

Neue Gesetze wurden über Nacht erlassen, von denen die Öffentlichkeit nichts erfuhr, erst als der Einzelne mit dem Gesetz ins Konflikt geriet.

Ceausescus Ehefrau Elena mischte immer öfter in der Politik mit.

Die Hofdichter erließen immer mehr Lobeshymnen über den Diktator. Er sei ein großartiger Führer, er sei ein Genie und ein Titan. So einer käme nur alle paar hundert Jahre auf die Welt. Das Land und die Bevölkerung könnten sich glücklich schätzen, von so einem Präsidenten regiert zu werden. Es sei unsagbar schade, dass ein Held und Patriot dieser Größe, ein so kleines Land und nicht die Welt regieren könne.

Bald nach diesen Lobeshymnen wurde ein Gesetz gegen Abtreibung erlassen und zur Maximierung der Bevölkerungszahl.

Auf Abtreibung standen hohe Gefängnisstrafen für die Frauen und Mädchen im Gesetz.

Auch meine Nachbarin, die Frau meines Arbeitskollegen und Freundes wurde Opfer dieses unmenschlichen Gesetzes.

Ganz müde und verweint kam mein Arbeitskollege eines morgens zur Arbeit mit der Nachricht, seine Frau sei gestorben. Sie war erst zwanzig Jahre alt. Zunächst wollte er nicht über die Hintergründe sprechen, erst viel später erzählte er, was schon als Gerücht kursierte, dass sie bei einer illegalen Abtreibung gestorben sei. Er sagte, sie konnten sich das Kind nicht leisten, weil sie noch keine eigene Wohnung hatten. Verhütungsmittel gab es damals nicht.

Nachdem sie erfahren hatte, dass sie schwanger war, wollte sie das Kind abtreiben lassen, aber kein Arzt erklärte sich bereit, es zu tun, weil auch ihnen die Verurteilung und Gefängnisstrafen drohten. Ärzte durften auch nicht hinzugerufen werden, wenn es Komplikationen oder schwere Blutungen bei den illegalen Abtreibungen gegeben hatte. Und sie halfen auch nicht, denn sie fühlten sich eher dem Gesetz des Diktators verpflichtet als ihrem hippokratischen Eid. Viele junge hilflose Frauen ließen die Abtreibung von Bekannten oder

Verwandten vornehmen, unter primitivsten, unhygienischen Verhältnissen. Dieses Gesetz brachte viele Menschen in Not, denn bei der herrschenden und sich vergrößernden Lebensmittelknappheit war es unvorstellbar immer mehr Kinder großzuziehen. Viele Familien lebten in bitterer Armut.

Meine einzigen Freuden im grauen Alltag waren Fußball spielen und Samstag Abend auf den Tanz gehen.

Jeden Samstag Abend ab zwanzig Uhr war immer noch Tanz bei uns im Saal, manchmal bis sechs Uhr morgens.

Wenn die Gruppe Teichert aus Neu-Arad spielte, war es so voll, dass man kaum mehr Platz im Saal bekam.

Wir fuhren auch oft zu Fußballspielen nach Arad, denn die UTA spielte Jahr für Jahr um die Meisterschaft in Rumänien, obwohl die Konkurrenz aus Bukarest, Steaua Bukarest sehr stark war. Dies war eine Militärmannschaft, die sich die besten Spieler des Landes holen konnten.

Dinamo Bukarest war die Polizeimannschaft, bei der die Spieler nach ihrer sportlichen Karriere eine sichere Existenz hatten. Dennoch schaffte es UTA Arad mehrmals rumänischer Meister zu werden und spielte auch international sehr erfolgreich.

Am schönsten war es im Herbst, wenn ausländische Mannschaften nach Arad kamen und um den Europa-Pokal spielten.

UTA gelang in den letzten Jahren ein großer Erfolg, indem sie den Landesmeister Rotterdam aus dem Wettbewerb warfen.

Für mich kam es immer einem Festtag gleich, zu den Spielen zu gehen.

Wir organisierten auch in Sankt Anna ein Turnier, das jeweils im Sommer stattfand: Minifußball im Schulhof.

Im ersten Jahr waren es sechs Mannschaften und es wurden immer mehr. So war wenigstens Sonntags an den Spieltagen immer viel los.

Ich nahm die besten Spieler in meine Mannschaft und dennoch gewann immer eine junge Mannschaft das Turnier: Rot-Weiß Eselseck.

Da spielte ein begnadeter junger Spieler, den ich schon kannte, als er ein kleiner Junge war: Sepp Kappes. Mittlerweile spielt er in der Jugendmannschaft von UTA Arad. Es kamen jetzt auch einige Rumänische Mannschaften, die mitmachen wollten und sogar die Zigeuner stellten eine Mannschaft. Es war immer sehr viel los und sehr spannend.

Esels-Eck war das Viertel, das neben dem Sportplatz lag. Der Kappes Sepp und seine Freunde wohnten alle in der Nähe des Fußballplatzes. So waren sie schon als Kinder den ganzen Tag auf dem Sportplatz. Spätabends, wenn es schon dunkel war, mussten ihre Eltern sie vom Sportplatz holen. Sie beherrschten das Direkt-Pass-Spiel perfekt. Der Ball lief wie ferngesteuert durch ihre Reihen und das war auf dem kleinen Platz sehr wichtig.

Sie hatten viele Anhänger, die nur ihretwegen das Fußballturnier besuchten. Ein glühender Fan von Rot-Weiß klebte sich immer einen Einhundert-Lei-Schein auf die Stirn, den Sepp Kappes nach dem Spiel immer persönlich abholen musste.

Ansonsten gab es nicht viele Angebote für uns, abgesehen von den Tanzabenden und dem Kino.
Die meisten Jugendlichen kannten sich.

1974

Es wurde Sommer 1974. Die Fußballweltmeisterschaft in Deutschland war in vollem Gange und zog uns in ihren Bann.
Ein paar Jahre zuvor hatte ich fest daran geglaubt, zu dieser Zeit schon in Deutschland zu sein, aber leider hatte sich dieser Wunsch nicht erfüllt.
Das einzige Thema unter den Deutschen in Sankt Anna war jetzt „Fußball."
Auch unser Mini-Fußballturnier, das zur Zeit stattfand war sehr gut besucht.
Mittlerweile waren es schon 14 Mannschaften, die mitmachten. Viele junge Deutsche trugen jetzt auch lange Haare. Auch die rumänischen Fußballmannschaften trugen lange Haare, sogar die UTA-Spieler, was von den Parteifunktionären nicht gerne gesehen wird.
Aber Ceausescu schmückte sich auch gerne mit seinen berühmten Sportlern.
So wurde auch der zur Zeit weltbeste Tennisspieler Ilie Nastase, der für den Tennisclub Steaua Bukarest spielte, von Ceausescu persönlich als „Held der Arbeit" geehrt. Die Ehrung wurde im Fernsehen übertragen. Der Fernsehsprecher sagte, aus Anlass dieses Treffens mit dem rumänischen Präsidenten habe er sich die Haare schneiden lassen. Ich war sehr überrascht, denn Nastase war mit seinen schulterlangen Haaren weltberühmt und sehr reich. Er hatte die Auszeichnung als „Held der Arbeit" nicht nötig. Nur einige Wochen später sah ich ihn wieder bei einem Tennisturnier im Fernsehen mit seinen langen Haaren. Er hatte den Diktator einfach getäuscht und seine langen Haare unter der Offiziersmütze zusammen gebunden, die er damals trug.

Da ich über Fußball sehr gut informiert war, weil ich regelmäßig das Sportmagazin „Kickers" las, versammelten sich immer viele Jugendlichen um mich, um die Neuigkeiten der deutschen Nationalmannschaft zu erfahren. Ich erzählte leidenschaftlich gerne und umso mehr sich um mich versammelten, umso interessanter war es.
Es blieb oft nicht nur beim Fußball. Ich sprach auch gerne über Politik, was ich über Radio Freies Europa erfuhr und lästerte auch oft über Ceausescu.
Am Sonntag, den 27. Juli war das Endspiel Deutschland gegen Holland, Nach der Kirche blieben alle noch sehr lange zum letzten Gespräch vor dem Finale, das nachmittags um 14.00Uhr stattfinden sollte.
Ich ging nur kurz zum Mittagessen heim und traf mich danach sofort wieder mit meinen Freunden, um zusammen das Endspiel anzuschauen.

Die Holländer spielten den bis dahin besten Fußball. Deutschland konnte nicht mehr an die Form von 1972 anknüpfen und mein Lieblingsspieler Günter Netzer war nur Ersatz. An seiner Stelle spielte der Kölner Wolfgang Overath.

Deutschland gewann nach einem schweren Spiel gegen Holland die Weltmeisterschaft durch das Tor von Gerd Müller in der 42. Minute.

Nach dem Spiel ging ich nur kurz nach Hause, um mich umzuziehen. Ich konnte nichts essen.
Nach und nach versammelten sich alle Jugendlichen aus der Gemeinde. Ich hatte ein Poster von Beckenbauer mitgenommen. Wir zogen durch die Straßen und sangen Deutsche Lieder. Der harte Kern traf sich noch spät am Abend im Wirtshaus. Es wurde ein feuchtfröhlicher Abend, denn einige hatten noch einen Krug mit Wein von zuhause mitgenommen, den wir schon unterwegs geleert hatten. Im Wirtshaus tanzten wir auf den Tischen. Einige Rumänen guckten ganz skeptisch, aber sie gönnten uns unsere Freude.

Einige Tage später wurde ich zum Polizeichef zitiert. Zwischen uns war mittlerweile so eine Art Hassliebe entstanden.
Er traute sich nicht, sich mit mir anzulegen und außerdem wusste er nicht recht, ob ich nicht doch vielleicht ein Spitzel vom Geheimdienst geworden war. Daher tat er so, als ob er mein Freund sei.
Er sagte mir in aller Freundschaft, ich solle ein bisschen vorsichtiger sein, denn eine Frau vom Geheimdienst, „Capitan Marinescu", die für Sankt Anna zuständig sei, hätte mich schon des öfteren beobachtet, wie ich in größeren Gruppen viel über Radio Freies Europa und noch anderes erzählte.
Ich wusste bis dahin nicht, dass auch Frauen Offiziere beim Geheimdienst waren und außerdem hatte ich nur auf die fein gekleideten Herren geachtet, die ich mittlerweile sofort erkannte.

Der Polizeichef machte mir aber mit seiner Bemerkung keine Angst. Im Gegenteil, ich freute mich schon, von Frau Marinescu eingeladen zu werden.

In der Möbelfabrik

Die meisten Deutschen stellten nun Ausreiseanträge. Meine Eltern wollten aber davon noch nichts wissen, weil sie sowieso keine Hoffnung hatten, die Ausreisegenehmigung zu erhalten.
Die Moral in den Betrieben war sehr schlecht.
Mittlerweile arbeitete ich in der Möbelfabrik in Arad. Oft gab es keinen Strom, weil die Regierung Sparmaßnahmen eingeleitet hatte.
Manchmal fehlte es an Materiallieferungen und wenn alles da war, kam der berühmte Spruch der Arbeiter:

„Die da oben tun so, als ob sie uns bezahlen würden – und wir tun so, als ob wir arbeiten würden!"
Die meisten trachteten eher danach, etwas aus dem Betrieb mitgehen zu lassen und draußen zu Geld zu machen. Oft tauschte man sich auch mit Sachen aus anderen Betrieben aus, das man gerade zuhause brauchen konnte.
Die Pförtner waren alle bestechlich. Man musste nur vorher mit ihnen abklären, dass man heute was mitnehmen wolle und schon wurde man am Tor nur zum Schein abgetastet.

Bei uns in der Gruppe arbeitete eine Frau, deren Mann Polizist war. Sie brachte uns immer frisch gebratenes Fleisch mit. Ihr Mann war öfters eingeteilt, die Pförtner in der Fabrik zu überwachen, weil dort besonders gerne geklaut wurde, denn mittlerweile ließ Ceausescu alles ins Ausland exportieren, was Devisen bringen könnte und so blieb für die Bevölkerung kaum was übrig.

In der Fleischfabrik gab es mal einen Zwischenfall, denn die Arbeiter ließen sich viele Tricks einfallen, um Fleisch zu klauen, das es mittlerweile in den Läden nur noch selten gab, auch wenn das Ausgangstor zusätzlich von Polizisten kontrolliert wurde. Zwei Arbeiter schnitten das Fleisch in dünne Scheiben und wickelten es wie eine zweite Haus über den Körper. Sie wurden erwischt und von den Polizisten so zusammengeschlagen, dass einer der beiden an den Folgen der Verletzungen starb. Die Polizisten gerieten in Panik und vergruben den Toten im Park von Arad. Weil aber zu viele davon wussten, wurde das Verbrechen aufgedeckt und die Polizisten wurden entlassen, aber nicht inhaftiert.

In der Möbelfabrik arbeiteten viele Ungarn. Die Lage zwischen den Rumänen und den Ungarn war sehr angespannt. Der Diktator schürte bewusst den Hass zwischen den beiden Nationalitäten, um von seiner Unterdrückungspolitik abzulenken, denn die ungarische Regierung machte sich berechtigte Sorgen um die ungarische Minderheit in Rumänien, die immer weniger Rechte bekam.
Ich habe das ja schon im Gefängnis erlebt, wie bei meinem Zellengenossen Joldosch Prozesse konstruiert wurden, die mit der Realität nichts zu tun hatten und dass die Unbequemem „politisch" eingesperrt wurden, um die anderen abzuschrecken. Es wurden „Exempel statuiert."
Wenige Jahre zuvor ging es den Menschen in unserer Region besser als denen in Ungarn, aber nun war es umgekehrt.
In Ungarn begann der sogenannte Gulaschkapitalismus. Die Menschen hatten mehr Freiheit, wirtschaftlich und politisch.
Einigen Menschen war es gestattet mit einem entsprechenden Ausweis als Grenzgänger nach Ungarn zu reisen, die meisten gingen auf die nahe gelegenen Märkte und verkauften einige Sachen aus Rumänien, z.B. Textilien und deckten sich dafür mit Lebensmitteln ein.

Einst galt Rumänien als die Kornkammer Europas, jetzt gab es nichts mehr zum

Essen.

Vereitelte Fluchtpläne 1975

In der Möbelfabrik war es ein offenes Geheimnis unter meinen Arbeitskollegen, dass ich beabsichtigte, nach Deutschland zu flüchten. Ein Arbeitskollege, der bei den Betriebselektrikern arbeitete, nahm mich eines Tages beiseite und sagte, dass sein Bruder, der in Bukarest wohnte, auch flüchten wolle und sie hätten schon einen Fluchthelfer, der sie mit einem Boot über die Donau bringen würde gegen Bezahlung.

Wegen des Geldes solle ich mir keine Sorgen machen, das übernehme alles sein Bruder – 5.000 Lei pro Person und ich dürfte noch jemanden mitnehmen.

Meine Aufgabe bestehe lediglich darin, ein Fluchtfahrzeug zu besorgen, das uns in Jugoslawien aufnehme und weiter bringe.

Die Sache sei total ungefährlich, der Fluchthelfer habe das schon öfter gemacht, er besteche die Grenzer an der Donau.

Ich war total begeistert von der Nachricht und sagte sofort, ohne nachzudenken, zu.

Noch am selben Tag erzählte ich meinem guten Freund Renz Franz davon. Er war zwar verheiratet und hatte auch einen kleinen Sohn, hatte mir aber schon seit längerem zu verstehen gegeben, dass er jederzeit bereit wäre, mit mir zusammen zu flüchten, wenn es eine günstige Gelegenheit gäbe.

Anfang Mai 1975 sagte mir mein Arbeitskollege, es sei soweit, das Treffen mit dem Fluchthelfer sei für den nächsten Tag, 17.00 Uhr in der „Bar der Jugend" in Arad vereinbart. Sein Bruder aus Bukarest würde auch dahin kommen.

Am nächsten Tag traf ich mich zunächst mit meinem Freund Renz und anschließend gingen wir zum vereinbarten Treffpunkt.

Mein Arbeitskollege saß schon mit einem Unbekannten am Tisch, wir setzten uns dazu und stellten uns gegenseitig vor.

Sein Bruder sei verhindert, er könne heute nicht kommen, sagte mein Arbeitskollege, aber das sei weiter nicht schlimm.

Deswegen bleibe er heute bei den Besprechungen hier und richte nachher seinem Bruder alles aus.

Der Fluchthelfer kam gleich zur Sache. Ich sah mich erst einmal neugierig um, ob nicht doch an einem der Nebentische die Securitate saß. Ich sah nichts Verdächtiges.

Der Fluchthelfer kam gleich auf die Bezahlung zu sprechen: 5.000 Lei pro Person. Drei Personen dürften mit und das Geld werde erst bezahlt, wenn wir am anderen Donau-Ufer in Jugoslawien in Sicherheit seien.

Er hatte Papier und Bleistift dabei und zeichnete eine Landkarte des Ortes, wo wir einsteigen sollten. Auf der hingekritzelten Landkarte war für mich ein Fluss, ein Baum und ein Boot zu erkennen. Mein Freund sah mich etwas misstrauisch an, als ob er dem Mann nicht trauen würde.

Ich erklärte ihm auf Deutsch, damit die anderen es nicht verstehen sollten, dass überhaupt kein Risiko bestehe, da wir ja kein Geld im voraus bezahlen müssten, aber der Mann kam auch mir nicht vertrauenswürdig vor.

Da stellte ich ihm die Frage: „Warum kommst du nicht auch gleich mit, wenn wir schon in Jugoslawien sind und das Fluchtauto aus Deutschland da ist!? Da kannst du doch gleich mit und brauchst gar nicht mehr mit deinem Boot zurück nach Rumänien fahren!"

Da kam er ins Stottern, hatte keine Antwort darauf und antwortete zögernd, er hätte auch Herzprobleme.

Darauf antwortete ich spontan: „Aber uns rüberzubringen verursacht dir keine Herzprobleme!!"

Ja, das würde er für Geld machen und für Geld mache er alles.

Wir blieben noch eine Weile sitzen und redeten. Als wir uns verabschiedeten sagte ich, sobald ich ein Fahrzeug hätte, das uns von Jugoslawien weiter bringe, meldete ich mich wieder bei ihm.

Er gab mir seine Adresse und wollte mir unbedingt noch den Plan mitgeben, den er auf das Blatt Papier gekritzelt hatte. Ich lehnte ab und sagte, so viel könne ich mir merken.

Sofort nachdem mein Freund und ich die Bar verlassen hatten, sagte er: „Der wirkt total unglaubwürdig..." Ich antwortete: „Das ist bestimmt ein Spitzel der Securitate."

Wir hakten den Fall ab und hatten keinerlei Interesse, uns weiter mit der Sache zu beschäftigen.

In den nächsten Tagen fragte mein Arbeitskollege des öfteren nach dem Fluchtfahrzeug; ich solle mich darum kümmern.

Ich sagte ihm, ich werde mich bei Gelegenheit darum kümmern. Im Sommer kämen bestimmt wieder viele aus Deutschland zum Kirchweihfest, die ausgereist waren und ihre Bekannten und Verwandten aus diesem Anlass besuchten.

Mein Verwandter Manfred Adelmann, der zwei Jahre jünger war als ich und in Deutschland geboren wurde, da sein Vater nach dem Krieg und der Gefangenschaft nicht mehr nach Sankt Anna einreisen durfte, kam öfter nach Sankt Anna zu Besuch, nicht zuletzt, weil er hier eine Freundin hatte.

So kam er auch zum Kirchweihfest wieder.

Anfang September besuchten mich zwei Geheimdienstoffiziere in der Möbelfabrik und teilten mir mit, ich solle mich am nächsten Tag nach der Arbeit beim Geheimdienst melden. Es werde gegen mich ein Verfahren wegen Vorbereitung zur Flucht vorbereitet.

Ich war sehr überrascht und konnte mir darunter gar nichts vorstellen. Außerdem war ja Vorbereitung zur Flucht gar nicht strafbar. Das Gesetz wurde schon geändert, als ich noch im Gefängnis war.

Ich meldete mich am darauf folgenden Tag gegen 16Uhr im Gebäude der Securitate.
Ein Polizist, der im Vorraum an seinem Tisch saß, fragte, was ich hier eigentlich wolle. Ich sagte ihm, dass zwei Offiziere des Geheimdienstes mich für heute hierher bestellt hätten.
Ich musste meinen Ausweis vorzeigen, den er an sich nahm und damit verschwand.
Ein junger Offizier holte mich ab und nahm mich mit in sein Büro. Er stellte sich als Oberstleutnant der Securitate vor. Sein Name war Miholescu.
Er bat mich, Platz zu nehmen und kam gleich zur Sache.
Ich würde beschuldigt, Vorbereitungen zur Flucht getroffen zu haben. Er werde jetzt alles, was ich dazu sage, zu Protokoll nehmen und dem Staatsanwalt vorlegen.

Er fing gleich an, alles zu notieren.

„Hast du dich am 16. Mai diesen Jahres mit jemandem in der Bar der Jugend in Arad getroffen und habt ihr zusammen die Flucht geplant?"
„Ich weiß nicht, ob es der 16. Mai war, denn es ist schon länger her, aber es stimmt, dass ich mich dort mit jemandem getroffen habe. Aber...."
„Kein Aber!" sagte er „Ich führe hier ein offizielles Verhör und du hast nur darauf zu antworten, was ich dich frage. Verstanden!?"
„Ich habe verstanden" antwortete ich.
„Wer waren die zwei anderen jungen Männer, die außer dem Fluchthelfer noch dabei waren?"
„Einer ist mein Arbeitskollege Namens Russu, der andere mein Freund aus Sankt Anna, Renz Franz."
Es hatte keinen Sinn, etwas zu leugnen, denn wie ich merkte, wusste der Geheimdienstoffizier bestens über alles Bescheid. Also dachte ich mir, dass der sogenannte Fluchthelfer doch ein Spitzel des Geheimdienstes war. Unsere Vermutung war also richtig gewesen.

„Hat dir der Fluchthelfer über den Ort, von dem aus die Flucht stattfinden soll etwas gesagt oder einen Plan gezeigt?"
„Ich weiß es nicht mehr genau" antwortete ich.
„Und auch wenn da was gewesen sein soll, verstehe ich die ganze Aufregung nicht, denn Vorbereitung zur Flucht ist ja nicht strafbar.."
„Woher weißt du das?"
„Das Gesetz wurde geändert zu der Zeit, als ich im Gefängnis war und deshalb weiß ich es ganz genau."
„Gar nichts weißt du! Seit damals sind schon fünf Jahre vergangen und die Gesetze werden in Rumänien je nach Lage, wie es unser Staat und unsere Regierung für richtig hält, geändert und angepasst.
Ja, jetzt staunst du!

Wenn du vor mir sitzt, wirst du auf einmal ganz klein und ruhig.
So seid ihr alle!
Wenn ich in einem Lokal sitze, höre ich lauter Wichtigtuer um mich herum und wenn ich sie hierher in mein Büro hole, werden alle auf einmal ganz klein.
Wenn du in Sankt Anna deine Reden hältst über den deutschen Fußball und Radio Freies Europa, umgeben von vielen Jugendlichen, dann kommst du dir wohl ganz wichtig vor. Aber wir werden dir dein Maul schon noch stopfen!
Außerdem höre ich auch regelmäßig Radio Freies Europa, das gehört zu unserem täglichen Arbeitsprogramm,
Jeden Abend hört ein anderer Offizier diesen lügnerischen Sender und am nächsten Morgen werden die anderen Offiziere darüber informiert, was es gerade so wichtiges gibt.
Und Deutschland ist zwar unser ideologischer Feind, aber eins muss ich sagen: Gute Autos können sie bauen, das muss man ihnen lassen.
Ich fahre selber ein deutsches Auto!"

Nach etwa zwei Stunden Verhör durfte ich gehen und musste mich am nächsten Tag um 16Uhr wieder melden.
Naja, große Angst hatte ich nicht, dass mir deswegen ein Prozess gemacht wird.
Ich hatte mich ja nur ein einziges Mal mit dem sogenannten Fluchthelfer getroffen und seither waren bereits über fünf Monate vergangen.
Niemand würde dem Geheimdienstoffizier abnehmen, dass dies ein ernsthafter Fluchtversuch gewesen sei.
Dennoch war ich überrascht zu hören, dass das Gesetz wohl wieder geändert worden war.
Es sah wieder nach einem Salto rückwärts der Regierung aus. Verstehe das, wer will!
Ich machte mir keine großen Sorgen darüber.
Abends erzählte ich meinen Freunden darüber. Renz Franz konnte ich die Vorkommnisse nicht schildern, denn er war mittlerweile verzogen nach Maneosa. In dem Tourismusort hatte seine Frau eine gute Stelle erhalten.
Er kam nur noch ab und zu nach Sankt Anna, um seine Eltern zu besuchen.

Am nächsten Tag suchte ich gleich meinen Arbeitskollegen Russu auf, um ihm die Nachricht zu überbringen. Er zeigte sich sehr überrascht, dass der Geheimdienst davon Wind bekommen haben sollte, seine größte Sorge war aber, dass sein Bruder nicht mit hineingezogen werden sollte.

Pünktlich um 16Uhr meldete ich mich wieder bei dem Polizisten im Vorraum des Geheimdienstgebäudes. Es begann die gleiche Prozedur. Als ich in das Büro des Geheimdienstoffiziers kam, war ich überrascht, dass auch unser „Fluchthelfer" da war. Er saß auf einem Stuhl, der Nachbarstuhl war für mich reserviert.
„Ihr kennt euch ja bereits!" meinte der Offizier.
Wir beide sahen uns an.

„Ja" antwortete ich

Der Mann neben mir hieß Sirma und wurde ebenso wie ich angeklagt wegen Fluchthilfe.

Alles, was er sagte, wurde zu Protokoll genommen.

Der Offizier fragte ihn, ob er mir einen Fluchtplan vorgelegt hätte.

Sirma antwortete mit ja.

Ich solle den Plan, der mir gezeigt wurde, nachzeichnen.

„Ich kann mich nicht so genau erinnern" erwiderte ich.

„Zeichne halt einfach die Donau, einen Baum und ein Boot" sagte der Offizier.

Ich bemühte mich, aber zeichnen war nicht meine Stärke.

Als der Offizier das Blatt Papier, das er mir vorher hingelegt hatte, begutachtete, sagte er: „Soll das ein Boot sein?"

Nach etwa zwei Stunden durfte ich wieder gehen und am nächsten Tag musste ich um die gleiche Uhrzeit wieder erscheinen.

Ich wunderte mich nur, dass mein Arbeitskollege Russu nicht zu dem Verhör erscheinen musste.

Am nächsten Tag ging ich zur gleichen Zeit nochmals hin.

Diesmal war zu meiner großen Überraschung auch Russu geladen. Er musste einiges zu Protokoll geben. So zum Beispiel, dass er mit uns zusammen in der Bar der Jugend war und wir über Fluchtpläne sprachen und dass er gesehen habe, dass uns der Fluchthelfer einen Plan vorgelegt hätte und dass es um die Summe von 5.000Lei pro Person gegangen wäre.

Er unterzeichnete die Erklärung und durfte daraufhin sofort wieder gehen.

Ich und der Fluchthelfer Sirma mussten noch bleiben.

„Ja" sagte der Geheimdienstoffizier „Jetzt wirst du dich fragen, wieso wir euch überhaupt auf die Schliche gekommen sind."

„Ja" sagte ich „weil dieser Mann dort" ich deutete auf Sirma „Euer Spitzel ist und alles verraten hat."

„Nein" sagte der Offizier. „Wir brauchen keinen Spitzel, wir leisten eben gute Arbeit. Er wurde erwischt, als er aus dem Museum eine Pistole holen wollte und nachdem wir ihn befragten, was er mit der Pistole überhaupt bezwecke, sagte er, er wolle ein paar Leute nach Jugoslawien schleusen und nannte eure Namen."

„Ich habe doch gar nichts mehr von ihm gewollt" erwiderte ich zu meinem Schutz.

„Ja, weil dir der Geheimdienst zuvorgekommen ist" entgegnete der Offizier.

„Du hast eben noch kein Fluchtfahrzeug besorgen können. Wir sind euch zuvorgekommen."

„Das stimmt so aber nicht ganz. Im Juli war mein Verwandter aus Deutschland in Sankt Anna und für mich wäre es überhaupt kein Problem gewesen, ein Fluchtauto zu besorgen, aber ich habe dem Sirma nicht über den Weg getraut" und ich deutete mit dem Finger auf ihn.

Jetzt wurde der Offizier sprachlos und stutzig und wollte alles ganz genau wissen.

Mein Verwandter war alleine mit seinem Auto in Rumänien und er wurde in Sankt Anna im Rathaus registriert. Alle Ausländer mussten sich anmelden, wenn sie kamen und angeben, wie lange sie beabsichtigten zu bleiben.

Es sei also alles im Rathaus registriert, davon könne er sich überzeugen, antwortete ich dem Offizier.

Ziemlich sprachlos entließ er mich mit der Aufforderung, ich solle mich nächste Woche noch einmal bei ihm melden.

Nachdem ich dies auch tat, meinte er gelassen, man würde von einer Anklage beim Staatsanwalt Abstand nehmen und er würde mir alles verzeihen, aber ich solle bitte vorsichtig sein, denn beim nächsten Mal würde er kein Auge mehr zudrücken.

Erleichtert ging ich nach Hause im Bewusstsein, mal wieder Glück gehabt zu haben,

Dennoch verspürte ich einen zunehmenden Hass gegen den Geheimdienst, der versuchte, mit Hilfe seiner Spitzel, Leute unschuldig ins Gefängnis zu bringen.

Die Versorgungslage im Land wurde immer schlimmer. Es gab immer weniger, das man im Laden kaufen konnte, das meiste bekam man nur über Beziehungen, sozusagen „unter dem Ladentisch". Die Leute auf dem Land, die Vieh hielten, mussten quasi als Abgabe dem Staat zum halben Preis des Marktwertes ihr Schwein anbieten.

Als wir eines Tages alle beim Mittagessen zusammen saßen, erzählte meine Mutter, dass am Tag vorher der Parteifunktionär des Rathauses gekommen wäre und sie quasi überredet hätte, ein Schwein für den Staat zu züchten und zu mästen obwohl wir in diesem Jahr gar keine Schweine im Stall hatten.

Er fragte, „wie viele Schweine mästet ihr sonst?"

Sie antwortete: „Für gewöhnlich drei."

„Also" antwortete er „Zwei für euch und eines für den Staat."

Sie ließ sich überreden und unterschrieb einen Vertrag, der uns verpflichtete, ein Schwein dem Staat abzugeben. Mein Vater schimpfte und wetterte über die Dummheit meiner Mutter, aber sie war eben gutgläubig und ängstlich und ließ sich überreden.

Viele Bauern der Umgebung, die in bergigen Regionen wohnten, wo es saftige Wiesen gab, waren bemüht so schnell wie möglich die kleinen Kälber zu schlachten, bevor sie von den Behörden registriert werden konnten, ansonsten hätten sie auch Bullen zum halben Preis mästen müssen.

Die rumänische Regierung war nicht mehr in der Lage, ihre Bevölkerung mit ausreichend Lebensmitteln zu versorgen. Die fähigen Politiker wurden eingesperrt oder aus ihren Staatsämtern gedrängt und nur noch die nahen Verwandten von Ceausescu waren an der Macht. Statt Fähigkeiten waren verwandtschaftliche Beziehungen zum Ceausescu-Clan maßgebend geworden.

Auch in der Möbelfabrik, wo ich arbeitete, lagen teure Maschinen, im Ausland erworben, im Hof und rosteten vor sich hin, weil die Garantie abgelaufen war und die eigenen Arbeiter nicht fähig waren, sie instand zu halten. Devisen für die Instandhaltung wurden nicht zur Verfügung gestellt.

Es war keine zehn Jahre her, dass Ceausescu das erste Mal Sankt Anna besuchte und zu Fuß zusammen mit Goina und den anderen Herren vom Marktplatz zur Kollektivwirtschaft lief.
Damals war ich sechzehn Jahre alt. Ich hatte selber große Hoffnung, dass es in unserem Land aufwärts geht. Und nun hatten wir einen Staat ohne Bürgerrechte, in dem es zusehends schlechter ging. Viele Intellektuelle flüchteten ins Ausland und das Volk wurde immer mehr unterdrückt.
Die anderen Ostblockstaaten waren wesentlich besser dran als wir. Dennoch bildeten sich Oppositionsgruppen von Schriftstellern und Intellektuellen, die leise Kritik am System übten. In Rumänien wurde Ceausescu glorifiziert und gehuldigt. Mittlerweile nahm er sich alles, als ob es sein persönliches Eigentum war. So richtete er auch das ehemalige Königsschloss Peles, das ein Museum war, zu seiner Privatresidenz ein. Am Schwarzen Meer ließ er für sich einen ganzen Strandabschnitt sperren, um im Sommer Urlaub zu machen.
In den Bergen hatte er überall Jagdreviere, wo eigens für ihn Bären angefüttert wurden, die er dann erlegte.

Ich war immer wieder überrascht, wie gut der Sender Freies Europa, den ich immer noch regelmäßig hörte, über alles informiert war. Er fand immer mehr Anhänger, weil er auch gute Musik spielte und der Moderator wurde zu einem Star in Rumänien.

Mittlerweile wurde es Spätherbst. Der Kappes Sepp war schon länger im Kader der UTA-Mannschaft. Nun sagte er mir, der Trainer hätte ihm versprochen, dass er am Samstag sein Debüt geben würde und wahrscheinlich eingewechselt würde. Voller Vorfreude ging ich zu dem Spiel am Samstag Nachmittag. Sie spielten gegen Universitate Craiova und das Spiel war restlos ausverkauft. Ich sah den Sepp schon auf der Bank sitzen. Zur Pause machte er sich mit den anderen Ersatzspielern warm. Zehn Minuten nach der Pause wurde er eingewechselt. Auf dem rot-weißen Trikot trug er die Nummer 14. Als er einlief, liefen mir kalte und warme Schauer über den Rücken. Voller Stolz sah ich, wie einer von uns aus Sankt Anna es schaffte, bis in die erste Mannschaft der UTA zu kommen und mit den glorreichen rumänischen Nationalspielern zusammen zu sein.
Ich hatte schon als Kind mit ihm gespielt, der sieben Jahre jünger war als ich.

Nach dem Spiel gingen wir wie üblich in die Stadt etwas trinken, da traf ich den Renz Franz, der auch beim Fußballspiel war. Er kannte den Kappes Sepp auch sehr gut, denn sie wohnten in der Nachbarschaft. Wir unterhielten uns noch lange über das Spiel, denn UTA hatte gewonnen und das wurde in der ganzen Stadt gefeiert.
Ich kam auch auf unser Treffen im Frühjahr zu sprechen. Er erzählte mir, dass ein

Major des Geheimdienstes auch ihn in Moneasa aufgesucht hatte und er deswegen großen Ärger mit seiner Frau bekommen hätte, denn sie hatte überhaupt nichts davon gewusst, dass er flüchten wollte.

Der Major sagte ihm nur, er müsse notfalls als Zeuge gegen mich aussagen und gegen ihn würde man nichts unternehmen, denn er sei ein unbescholtener Bürger und sei bisher nicht aufgefallen. Er sagte ihm, dass man beabsichtigte mich anzuklagen und womöglich ins Gefängnis zu stecken,
Jetzt wurde ich richtig wütend, denn alle Beteiligten hätten davonkommen sollen, nur mich wollten sie einsperren! Mir wurde klar, dass man mir absichtlich eine Falle stellte, um mich mundtot zu machen. Ein bisschen Stolz mischte sich aber auch in die Wut, denn ich merkte, dass ich „ihnen" wichtig war und das gab mir eine gewisse Zufriedenheit.

Der Zug zurück war total überfüllt, denn heute waren besonders viele aus Sankt Anna zum Fußballspiel nach Arad gekommen.

Immer mehr Deutsche aus Sankt Anna stellten Ausreiseanträge und versuchten mit viel Geld, gewisse Leute zu bestechen, von denen sie glaubten, dass sie Einfluss haben würden.
So kam es, dass ein Ganove sich das zunutze machte. Er kam nach Sankt Anna, sagte, er sei aus Bukarest und habe direkten Einfluss auf die Bewilligung der Ausreise von etwa zehn Familien, darunter meine Nachbarn. Sie alle gaben ihm 25.000 Lei pro Familie. Er nahm sich das Vermögen und verschwand so spurlos, wie er gekommen war.

Auch meine Familie reichte den Antrag zur Ausreise ein. Mein Vater sagte, wenn alle gehen, wollen wir nicht als letzte hier bleiben unter lauter Rumänen.
Meine Schwester war inzwischen schon verheiratet. Sie und ihre Familie wollten noch nicht ausreisen.

Im Sender Freies Europa kamen täglich viele Berichte über die KSZE von Helsinki. 35 Staaten, darunter alle europäischen Länder außer Albanien unterzeichneten die Schlussakte von Helsinki. Die Konferenz zur Sicherheit und Zusammenarbeit in Europa verpflichtete alle Staaten, die den Vertrag unterzeichnet hatten, ihn zu respektieren.

Ziele der KSZE waren unter anderem Frieden und Menschenrechte zu sichern, Recht der Menschen auf Freiheit und Freizügigkeit, Pressefreiheit, Religionsfreiheit – all dies sollte von den Staaten eingehalten werden.
Die Menschen in Rumänien und auch ich machten sich große Hoffnungen, dass der Präsident, Nicolae Ceasescu, der die Schlussakte auch unterschrieben hatte, sich daran halten würde und die Internationale Gemeinschaft sanften Druck auf ihn ausüben würde, damit dies auch geschehe.

Bis jetzt hatte er in all seinen Reden darauf hingewiesen, dass er keine Einmischung in die eigenen Angelegenheiten Rumäniens wünsche, denn Rumänien sei ein souveräner Staat und er dulde kein Einmischen in innere Angelegenheiten.

Das änderte sich ab jetzt und ich hoffte, dass er mehr beobachtet werden würde als bisher und Radio Freies Europa mit Sicherheit noch mehr als bisher über Menschenrechtsverletzungen berichten werde.

Wiedersehen mit Ambrusch

Ein guter Freund von mir hatte seine Ausreisegenehmigung zusammen mit seinen Eltern erhalten. Wir feierten die ganze Nacht den Abschied. Zum ersten Mal ging jemand nach Deutschland, mit dem ich fast jeden Tag zusammen war. Dies nahm mich sehr mit. Ich begleitete ihn zusammen mit einem weiteren Freund auf der letzten Zugfahrt bis Curtici, dem letzten Bahnhof. In Curtici sah ich wieder die Grenzsoldaten den Zug besteigen und nach Versteckten den ganzen Waggon durchsuchen. All die Erinnerungen von meiner Verhaftung wurden wieder wach. Das nahm mich noch mehr mit.

Wir verabschiedeten uns von unserem Freund und mussten mit dem nächsten Zug wieder nach Arad zurück fahren. Mir kamen die Tränen, das ging mir alles sehr nahe.

Im Zug zur Arbeit in Arad sah ich zu meiner Überraschung Ambrusch wieder. Er sah mitgenommen aus.

Er hatte kurze Stoppelhaare und eingefallene Wangen, das deutete darauf hin, dass er erst vor kurzem aus dem Gefängnis entlassen wurde.

Ich verabredete mich mit ihm für den nächsten Tag um die Mittagszeit in einer Cafe-Bar in Arad.

Er hatte mir sehr viel zu erzählen.

Er beklagte sich, wie schlimm es im Gefängnis war. Er war nicht mehr in Aiud gehalten worden, denn Grenzflüchtige gehörten nun zu Allgemeinverbrechern. Es sei der reinste Horror, wie es zur Zeit in den Gefängnissen zugehe, sagte er. Er sei sehr oft geschlagen worden von den Aufsehern, aber sie machten es so geschickt, dass keine Spuren zurück blieben und man sich auch nicht bei der Gefängnisdirektion oder dem Arzt beschweren konnte.

Mit kleinen Säckchen, die mit Sand gefüllt waren, wurde meist auf die inneren Organe geschlagen, das hinterließ überhaupt keine Spuren, fügte einem aber furchtbare Schmerzen zu. Auch heute noch tat ihm alles weh, am meisten seine Nieren, auf die er sehr häufig geschlagen wurde.

„Du kannst im Gefängnis keinem mehr trauen, alles Spitzel" sagte er „die dich an die Wachmänner verraten."

Es waren lauter Kriminelle und Diebe, mit denen er zusammen war. Jeder suchte nur seinen Vorteil und oft wurde er auch von den Häftlingen beklaut. Er musste seine persönlichen Sachen gut verstecken oder bei sich tragen, sonst waren sie weg.

Wir redeten über Politik, er machte sich auch große Hoffnungen, dass man den Diktator jetzt zwingen würde, den Bürgern im Land mehr Rechte zu geben. Er redete nach wie vor sehr entschlossen und auch die lange und schwere Haftzeit hatte nichts von seinem Mut und Entschlossenheit nehmen können. Es kam mir so vor, als ob er noch entschlossener wirkte, sich niemals unterkriegen zu lassen. Wir verabschiedeten uns voneinander mit der Zusage, wenn einer von uns beiden eine gute Fluchtmöglichkeit erkenne, den anderen zu benachrichtigen.

Mittlerweile war es Sommer 1976.

Mein Freund aus Deutschland kam zum ersten Mal auf Besuch. Er fuhr seinen eigenen Audi 100.

Ich nahm Urlaub. Wir fuhren jeden Tag in die Stadt bis spät nachts. Er hatte mir einen Adidas Trainingsanzug und Sportschuhe mitgebracht. Am liebsten wäre ich mit den Sportschuhen auch ins Bett gelegen, so freute ich mich darüber.

Er spielte auch in Deutschland Fußball und wohnte in Ravensburg, in der Nähe des Bodensees.

Als er wieder zurück nach Deutschland fuhr, war es wieder ein schwerer Abschied, aber ich hatte auch Hoffnung, dass ich irgendwie bald nach Deutschland käme; entweder über die legale Ausreise oder indem ich flüchtete. Mittlerweile durften Deutsche aus Rumänien ausreisen, denn der Bundeskanzler Helmuth Schmidt hatte Rumänien besucht und mit Ceausescu auch über dieses Thema gesprochen und ausgemacht, dass künftig die Zahl der Aussiedler auf 15.000 erhöht werden sollte.

Das machte mir auch Hoffnung und gab mir neuen Mut.

Im Radio Freies Europa berichtete man gerade sehr viel über die Eskapaden von Nicu Ceausescu, dem Sohn des Präsidenten. Er achtete kein Gesetz und benahm sich so, als ob das ganze Land seinem Vater gehöre. Es wurde berichtet, dass er junge Mädchen, die ihm gefielen, vom Geheimdienst zu sich bringen ließ und sie vergewaltigte, wenn sie sich seinem Willen widersetzten. Auch in Sankt Anna ereignete sich ein ungewöhnlicher Fall, ohne dass die Justiz eingeschaltet wurde.

Schäfer aus Hermannstadt in Siebenbürgen kamen mit ihren Schafen bis ins Banat und ließen sie wahllos auch auf den angepflanzten Felder grasen. Als sie auch auf die Felder der Kollektivwirtschaft Sankt Anna kamen, sprach Goina persönlich mit ihnen, dies zu unterlassen und sich zu entfernen. Als sie darauf nicht reagierten, setzte er eine Mannschaft von etwa zwanzig Männern auf sie an, sie zu vertreiben, wenn nötig, mit Gewalt. Nachdem die Männer sich Mut angetrunken hatten, fuhren sie mit Stöcken bewaffnet mit einem Traktor zu den Schäfern. Nach längerer Auseinandersetzung kam es zur Schlägerei zwischen den Schäfern und den Männern aus der Kollektivwirtschaft. Einer der Schäfer wurde so schwer verletzt, dass er an Ort und Stelle starb.

Die Polizei wurde informiert, aber unternahm nichts dagegen, weil Goina hinter dem Befehl stand, sie mit allen Mitteln zu vertreiben.

So wurde alles unter den Tisch gekehrt.

Das war die Gerechtigkeit Rumäniens.

Manche, wie mein Freund Vincente wurden als Mörder verhaftet, ohne etwas getan zu haben und andere durften von dem Gesetz unbeachtet als Mörder frei sein.

Auch mich wollte man, ohne Verschulden, ins Gefängnis stecken.

Paradox daran ist nur, wenn man in der Diktatur lebt und aufwächst, denkt man, es gehöre sich alles so und alles hätte so seine Richtigkeit. So hieß auch ein rumänisches Sprichwort bezeichnenderweise:

„Nur schlechter soll es nicht sein!"

Bei Paul Goma und der Charta 77

Wieder einmal schlossen sich Künstler und Intellektuelle, aber auch Arbeiter und Priester in der Tschechoslowakei zusammen, um gegen die Menschenrechtsverletzungen im Land zu protestieren. Wieder die mutigen und tapferen Tschechen, die sich schon 1968 als ich im Gefängnis war, gegen den totalitären Staat erhoben!

Damals waren Studenten dabei, die sich mit ihrem bloßen Körper vor die russischen Panzer stellten.

Ich wünschte, dass auch in Rumänien Künstler und Intellektuelle anfingen zu protestieren.

Am 1. Januar 1977 wurde die Charta 77 mit über 200 Unterzeichnern begründet. Da jedoch im Januar und Februar 1977 eine intensive staatliche Kampagne gegen die Charta einsetzte, war ihre Existenz innerhalb weniger Tage im ganzen Land und auch im Ausland bekannt.

Europäische Zeitungen wie die Times, Le Monde oder die Frankfurter Allgemeine Zeitung berichteten darüber.

Im Radio Freies Europa wurde intensiv und im Detail darüber berichtet. Die maßgeblichen Verfasser der Erklärung und die ersten Sprecher der Bewegung waren Vaclav Havel, der Philosoph Jan Potocka und der Schriftsteller Pavel Kohut.

Noch im Januar 1977 gründete sich ein internationaler Ausschuss zur Unterstützung der Charta 77, dem unter anderem Heinrich Böll, Friedrich Dürrenmatt, Graham Green und Arthur Miller angehörten.

Inhaltlich stellt die Charta Rechte, die in der KSZE-Erklärung und teilweise auch in tschechoslowakischen Gesetzen gewährt wurden, der Realität gegenüber. Sie bezeichnete das Recht auf freie Meinungsäußerung als völlig illusorisch, Hunderttausenden von Bürgern werde die „Freiheit von Furcht" (Präambel des Ersten Paktes) verweigert, das Recht auf Bildung werde verweigert, da Hunderttausende von Jugendlichen wegen ihrer Ansichten oder der Ansichten ihrer Eltern nicht zum Studium zugelassen würden, die Bekenntnisfreiheit werde von machthaberischer Willkür systematisch eingeschränkt, insgesamt sei das Instrument der Einschränkung und häufig auch der völligen Unterdrückung einer Reihe von bürgerlichen Rechten [...] ein System faktischer Unterordnung sämtlicher Institutionen und Organisationen im Staat unter die politischen Direktiven des Apparats der regierenden Partei und unter die Beschlüsse machthaberisch einflussreicher Einzelpersonen. Soweit Forderungen erhoben wurden, bezogen sich diese einzig darauf, dass die tschechoslowakische Regierung die von ihr unterzeichneten Verträge, insbesondere die Schlussakte von Helsinki, einhalte.

Ziel der Bewegung, die von drei jährlich gewählten Sprechern nach außen repräsentiert wurde, war der Dialog mit Vertretern aus Politik und Staat. Sie äußerte sich zu verschiedenen gesellschaftlichen Problemen. Eines der wichtigen Anliegen war ferner die Vervielfältigung verbotener Bücher oder Texte.

Die Charta stieß auf eine positive Resonanz im Westen und auch bei den Dissidenten in Polen, Ungarn und der DDR. Nur bei uns in Rumänien gab es noch nichts dergleichen.

Noch im Januar 1977 war ich positiv überrascht, als zwei Briefe des Schriftstellers Paul Goma an Nicolae Ceausescu bei Radio Freies Europa vorgelesen wurden. Na endlich bewegt sich auch bei uns etwas!

Der mutige Schriftsteller Paul Goma schrieb auch an Pavel Kohut einen Brief, in dem er die Charta 77 unterstützte und sich mit den tschechischen Schriftstellern und Bürgerrechtlern solidarisierte.

In seinem Brief an Nicolae Ceausescu forderte er auch die Einhaltung der Menschenrechte in Rumänien, weil unser Land auch die Schlussakte von Helsinki unterzeichnet hatte, in dem es sich verpflichtete, die Menschenrechte einzuhalten.

Es wurde gleich eine Unterstützerliste für die Aktion von Paul Goma gegründet. Jeden Tag lauschte ich total begeistert den Berichterstattungen bei Radio Freies Europa. Jeden Tag wurden neue Unterzeichner gemeldet, aber es gab auch Berichte, dass es Übergriffe des Geheimdienstes auf die Unterzeichner gab.

Auch in der Möbelfabrik ging die Nachricht wie ein Lauffeuer um. Es entstand so etwas wie eine Aufbruchstimmung. Voller Bewunderung sprach man über den Mut des Schriftstellers Paul Goma. Da wurde mir erst bewusst, wie viele Menschen den Sender Radio Freies Europa regelmäßig hörten.

Nach einigen Wochen traf ich Ambrusch wieder. Wir unterhielten uns sehr lange voller Bewunderung. Er sagte: „Endlich gibt es mal einen echten Rumänen, der

gegen diese Diktatur kämpft.“
Er wollte auch die Unterstützerliste unterschreiben, aber es gelang ihm nicht, an die Telefonnummer von Paul Goma zu gelangen. Keine Minute würde er zögern, diesen mutigen Mann zu unterstützen.
Seine Entschlossenheit und sein Mut überraschte mich ein ums andere Mal. Ich glaubte, die Schläge, die er im Gefängnis bekommen hatte, härteten ihn nur noch mehr ab. Er ließ sich einfach nicht unterkriegen.
Ich selber hätte den Mut nicht aufgebracht, die Unterstützerliste zu unterschreiben. Das sagte ich ihm.
Er erwiderte: „Entweder du kämpfst entschlossen gegen diese Ungerechtigkeit oder du unterstützt die Diktatur.
Nicolae Ceausescu sagt ja klipp und klar: ‚Wer nicht für mich ist, ist gegen mich!' Du kannst es dir ja aussuchen!“
Das machte mich sehr nachdenklich.

Ein Ingenieur aus einem Ort neben Sankt Anna unterzeichnete auch die Liste von Paul Goma. Im Radio wurde über ihn berichtet. Er selbst war gar nicht im Studio des Senders in München. Er erzählte, dass er sofort nach der Unterzeichnung vom Geheimdienst in Arad abgeholt worden war. Man drohte ihm mit Gefängnis, drohte auch seiner Familie, nachdem er sich nach tagelangen Verhören nicht weich klopfen ließ. Dann bat man ihn, das Land zu verlassen. Er bekam einen Besucher-Pass und hat innerhalb kurzer Zeit das Land verlassen.
Nun reizte mich der Gedanke auch.
So war es einfacher über die Grenze zu kommen als durch Flucht.

Anfang März waren auf der Liste von Paul Goma schon 170 Unterzeichner. Ich hätte nie gedacht, dass es so viele mutige Leute in unserem Land gab.
Als Nicolae Ceausescu auf Auslandsreise war, wurde Paul Goma zum Kultusminister gerufen, der ihm ein Angebot zur Zusammenarbeit machte, wenn er die Aktion beendete, denn Goma war aus dem rumänischen Schriftstellerverband ausgeschlossen worden, nachdem er ein kritisches Buch veröffentlicht hatte. Es fiel bei der rumänischen Zensur durch, wurde aber in Deutschland veröffentlicht.
Er wollte nicht einlenken, da wurde der Druck verstärkt.
Vor seiner Haustüre wurde ein Berufsboxer positioniert, der alle, die zu ihm wollten, zusammenschlug.

An einem Samstag Abend gegen Ende März traf ich am Bahnhof in Arad, gerade als ich mit dem Zug zur Spätschicht fahren wollte, Ambrusch, der mich dort abgepasst hatte.
Er fasste mich am Arm und zog mich beiseite. Er holte einen Zettel aus seiner Jackentasche und zeigte ihn mir.
„Das ist die Telefonnummer von Paul Goma. Ich habe zwei schlaflose Nächte hinter mir, in denen ich die ganze Zeit gegrübelt habe, ob ich Goma anrufen soll,

um ihm meine Solidarität zu bekunden.

Ich habe Angst.

Ich mache es nicht. Ich möchte nicht schon wieder Ärger mit dem Geheimdienst bekommen, dafür bin ich noch nicht lange genug aus dem Gefängnis draußen. Ich habe nicht die Nerven dazu, es durchzustehen. Nimm du diesen Zettel mit der Telefonnummer und mach du es."

Ich war sehr überrascht, denn es kam alles so unerwartet.

„Du wohnst in einer Gemeinde, wo es viele Deutsche gibt. Die meisten in Sankt Anna kennen dich und der Geheimdienst wird sich nicht trauen, dir etwas anzutun. Wogegen in meinem Dorf leben nur wenige Einwohner und die meisten interessieren sich nicht für die Aktion von Paul Goma, ja, sie wissen nicht einmal, dass es sie gibt. Da ist es für den Geheimdienst kein Problem, mich verschwinden zu lassen."

Ambrusch wusste auch aus dem Radio Freies Europa, dass einige Unterzeichner in die psychiatrische Klinik eingewiesen wurden.

„Du schreibst einen Brief über deine Aktion und schickst diesen über einen Bekannten nach Deutschland. Für dich wird man sich einsetzen, weil du Deutscher bist."

„Okay, gib mir den Zettel. Ich überlege mir das noch."

„Ja, aber nicht mehr lange, denn die Aktion wird sich bald zerschlagen, denn das Gerücht läuft um, dass Goma in den nächsten Tagen verhaftet wird."

Ich nahm den Zettel und steckte ihn wie einen wertvollen Schatz in meine Tasche.

In der Arbeit überlegte ich noch sehr lange hin und her, bis ich endlich zu dem Entschluss kam, Goma anzurufen.

Um 19Uhr machte ich Feierabend, das hatte ich ohnehin vor, denn ein Freund feierte Geburtstag und da wollte ich auch hin.

Auf einmal war ich ganz begeistert von der Idee. Endlich konnte ich ganz persönlich etwas gegen dieses Unrecht in diesem Land beitragen. Außerdem hegte ich viel Respekt und Sympathie für den Schriftsteller Paul Goma, der sich unerschrocken für die Einhaltung der Menschenrechte in diesem Land einsetzte und ich dachte, er werde sich bestimmt über jeden freuen, der sich in diesem Land mit ihm solidarisiert und seine offene Liste unterstützt.

Als ich um 19Uhr das Werk verließ, ging ich zu Fuß zum Bahnhof, um in Ruhe klare Gedanken zu fassen, denn ich war doch etwas aufgewühlt.

In der Bahnhofshalle vertrieb ich mir die Zeit, denn ich hatte noch eine halbe Stunde, bis der Zug abfuhr. Vor dem Wartesaal der Ersten Klasse hing ein Münztelefon an der Wand.

Ich holte tief Luft und hob den Hörer ab, warf die Münzen ein, wählte seine Nummer.

Es klingelte vier Mal bis sich eine Stimme am anderen Ende meldete.

Mit ruhiger und fester Stimme sagte er. „Hier ist Paul Goma am Apparat. Was möchten Sie?"

„Herr Goma, ich bewundere Sie für Ihren Mut und möchte gerne Ihre Aktion unterstützen."

Er unterbrach mich und sagte: „Überlegen Sie es sich gut, denn Sie werden Schwierigkeiten deswegen bekommen. Unser Telefon wird vom Geheimdienst abgehört!"

„Mir ist das bewusst" antwortete ich. „Ich bin bereit, das alles auf mich zu nehmen, wenn ich Ihnen dabei helfen kann."

„Also, wenn Sie bereit sind, nennen Sie mir bitte Ihren Namen und Ihre Adresse."

Ich machte die Angaben.

„Ich danke Ihnen und wünsche Ihnen viel Mut und Durchhaltevermögen!"

Ich war erleichtert, als das Gespräch zu Ende war und leicht euphorisch und stolz zugleich, dass ich den Mut aufbrachte, diesen Anruf zu tätigen.

Ich nahm den Zug nach Sankt Anna, wo ich gleich auf die Geburtstagsfeier meines Freundes ging. Alle meine Kumpels saßen schon beim Kartenspielen.

Ich gratulierte meinem Freund und berichtete gleichzeitig von meiner Heldentat.

Plötzlich herrschte totale Stille im Raum.

„Du hast das wirklich getan!?" fragte einer.

„Ja" antwortete ich.

„Da kannst du dich auf etwas gefasst machen" sagte ein anderer. „Es wird nicht mehr lange dauern bis die Securitate dich abholt. Aber denk dran, diesmal ist es keine Bagatellsache wie Fluchtversuch oder so. In deiner Haut möchte ich nicht stecken..."

Dann ging das Kartenspiel weiter. Ich blieb noch etwa bis gegen ein Uhr nachts da, dann ging ich heim und legte mich schlafen.

Am Sonntag Morgen nach dem Frühstück ging ich gleich wieder fort. Zuhause sagte ich kein Wort darüber, was ich gemacht hatte.

Meine Eltern würde das nur beunruhigen und verstehen würden sie es sowieso nicht.

Als ich vor der Kirche ankam, wo Sonntag morgens immer viel los war, wussten die meisten schon, dass ich die Liste unterschrieben hatte. Meine Kumpels hatten es schon erzählt.

Bis zum Abend wusste es schon die halbe Gemeinde.

Viele Leute sprachen mir ihre Anerkennung für den Mut, den ich gezeigt hatte, aus. Ich fühlte mich sehr geehrt. Fast den ganzen Tag lang wurde ich von Menschen angesprochen, darunter etliche, die ich gar nicht kannte.

Mittags ging ich nur kurz nach Hause zum Essen und danach gleich wieder weg.

Ich brauchte Leute, mit denen ich reden konnte, denn ich wusste, dass ich am nächsten Tag gleich vom Geheimdienst besucht werden würde. Etwas Angst hatte ich schon davor.

Gleichzeitig war es auch eine Herausforderung.

Am Montagmorgen ging ich zur Frühschicht und erzählte es im Betrieb auch gleich meinem Arbeitskollegen, mit dem ich mich gut verstand.

So gegen zehn Uhr kam mein Vorgesetzter zu mir und nahm mich beiseite.

„Du sollst sofort zum Geheimdienst gehen und dich beim Colonel melden."

Er gab mir einen Zettel mit dem Namen des Geheimdienstoffiziers..

Ich nahm die Straßenbahn und fuhr in die Stadt. Die Anspannung stieg in mir hoch, denn noch nie hatte ich es mit einem so hohen Rangoffizier zu tun gehabt.

Ich meldete mich wie üblich bei dem Polizisten im Vorraum.

Ich solle hier warten, sagte er und meldete mich an.

Nach einer Weile kam ein junger Offizier und stellte sich vor als Capitan Boc. Er brachte mich in ein Büro, in dem der Colonel saß. Dieser würdigte mich keines Blickes sondern las in den Akten, die vor ihm lagen.

Ich blieb im Raum stehen und Capitan Boc begann zögerlich mit der Befragung.

„Was hast du am Samstag so alles gemacht?"

„Ich hatte Spätschicht und ging am Abend zu einem Freund auf den Geburtstag."

„Und unterwegs hast du auch mal telefoniert..."

„Ja."

„Mit wem?"

Ich zögerte ein wenig, da ließ er ein Tonband laufen, wo das Gespräch zwischen mir und Paul Goma zu hören war.

„Bist du das oder hat sich jemand einen bösen Scherz mit dir erlaubt?"

„Ja, das bin ich."

„Ach, das bist tatsächlich du!

Und warum hast du mit Paul Goma telefoniert?"

„Ich habe ihm meine Solidarität bekundet, wie Sie schon gehört haben.."

„Ja, wer ist Paul Goma?"

„Ein rumänischer Schriftsteller" entgegnete ich.

„Wer sagt das?" erwiderte der Colonel „Wie viele Bücher hast du schon von ihm gelesen?"

„Kein einziges."

„Na also. Dann ist er doch kein Schriftsteller."

„Ich habe das bei Radio Freies Europa gehört."

„Radio Freies Europa! Weißt du denn nicht, dass das alles Lügen sind, die dort erzählt werden? Die arbeiten mit feindlichen Agenten zusammen und wollen unserem Land schaden. Genau wie Paul Goma. Auch er arbeitet mit westlichen Agenten aus den USA und Europa zusammen. Er ist ein Spion und es wird nicht mehr lange dauern, dann werden wir ihn verhaften. Du kannst dich in den nächsten Tagen selber davon überzeugen. Seine Telefonnummer hast du ja."

Der Colonel mischte sich nicht weiter in das Gespräch ein sondern las in den

Akten und beobachtete mich ab und zu aus den Augenwinkeln. Wahrscheinlich war ich ihm zu unwichtig. Capitan Boc drohte mir:
„Wenn du mit Paul Goma kollaborierst, werden wir dich wegen Spionage anklagen und dann drohen dir bis zu 15 Jahre Haft. Du kannst es dir ja aussuchen, ob du dich von Goma lossagst oder ins Gefängnis willst."

Er zeigte mir das Gesetzbuch, in dem stand, dass Spione sowie deren Kollaborateure angeklagt und bis zu 15 Jahren Haft verurteilt werden.
Ich bekam es nun wirklich mit der Angst zu tun und wusste mich nicht mehr zu wehren. Mir fiel nichts ein, das ich darauf erwidern konnte.
Capitan Boc merkte das und setzte geschickt nach.

„Also du hast aus Unwissenheit einen Fehler gemacht. Du hast dich von den Lügen in Radio Freies Europa blenden lassen, aber das ist alles kein Problem. Du hast ja die Telefonnummer von dem Agenten Paul Goma. Ruf ihn morgen an und sag ihm, du hast dich in ihm getäuscht. Du möchtest mit ihm nichts mehr zu tun haben. Er solle dich bitte von seiner Liste streichen. Wir hören das Gespräch ja mit. Morgen Abend kommst du noch einmal her und wir reden kurz darüber und fertig."

Ich bekam kein einziges Wort mehr heraus, so sprachlos war ich. Capitan Boc brachte mich noch bis zum Ausgang. Ich verabschiedete mich.
Er sagte leicht ironisch: „Bis morgen!"

Auf der Straße lief ich ganz benommen und abwesend. Ich war enttäuscht und deprimiert. Bis jetzt war es mir nicht bewusst, dass ich im Ernstfall so feige sein konnte und beim ersten Gegenwind gleich kneifen würde.
Als ich mich etwas erholt hatte, war mir klar, was für ein billiger Trick es war, auf den ich hereingefallen war.
Dass bei Geheimdienstverhören gleich mit Spionageverdacht bedroht wird, ist ja nichts Neues. Normalerweise kann man nur Anfänger damit abschrecken. Ich hatte ja schon einiges erlebt und glaubte, stärker zu sein.

Im Bahnhofsrestaurant nahm ich noch einen Drink, bevor ich mit dem Zug nach Hause fuhr.

Ich blieb noch bis spät in die Nacht wach und hörte Radio Freies Europa. Der Reporter sprach gerade über dieses Thema, das ich heute selbst erlebt hatte: dass viele Unterzeichner von Paul Goma vom Geheimdienst bedroht würden mit Spionage aber man solle sich nicht unterkriegen lassen, es gehe um eine gerechte Sache und der Geheimdienst würde sich nicht trauen, eine Anklage gegen Beschuldigte zu erheben, denn Nicolae Ceausescu wünsche sich kein großes Aufsehen im Ausland wegen dieser Angelegenheit.
Das Ausland verfolgte die erste Aktion, die in Rumänien stattfand und mehr

Menschenrechte einforderte, mit großer Aufmerksamkeit,
Ich bekam wieder Lebensmut und mein Kampfgeist kehrte wieder zurück.
Noch hatte ich mich ja nicht losgesagt und ich würde es auch nicht tun! Jetzt war ich umso fester entschlossen.
Ich wusste aus Erfahrung, dass man beim Geheimdienst kein bisschen Angst zeigen durfte, denn die Profis dort erkannten es sofort und nutzten es aus.

Ich legte mich schlafen mit dem festen Entschluss, mich morgen beim Geheimdienst zu melden und ihnen mitzuteilen, dass ich mich nicht lossagen würde und weiterhin Paul Goma unterstützen würde in seinem Kampf um mehr Rechte in unserem Land.

Auf der Arbeit sprach ich noch mit vielen Kollegen, die mich aufmunterten. Mittlerweile hatte es sich im ganzen Betrieb herum gesprochen, dass ein Mitarbeiter der Möbelfabrik die offene Liste von Paul Goma unterzeichnet hatte. Viele kamen auf mich zu und sprachen mir ihre Bewunderung aus. Als ich in der Pause über den Hof lief, standen des öfteren Grüppchen von Mitarbeitern zusammen, die tuschelten, wenn ich vorbei gegangen war und drehten dann den Kopf nach mir um.
Nach der Arbeit ging ich gleich zum Geheimdienst, fest entschlossen, mich nicht unterkriegen zu lassen.
Ich meldete mich wie immer im Vorraum an und Capitan Boc holte mich ab.
Noch während wir unterwegs zu seinem Büro waren, fragte er. „Na, hat das mit dem Anruf heute nicht geklappt? Wir haben noch nichts gehört."
„Nein" sagte ich „und es wird auch nicht klappen."
„Wieso?" fragte er erstaunt.
„Weil ich mir das anders überlegt habe. Ich bleibe dabei, dass ich Paul Goma unterstütze."
Diesmal waren wir beide alleine. Der Colonel war nicht anwesend.
„Na, wenn das so ist, kannst du dich ja auf etwas gefasst machen."
„Mir ist es egal, was Sie mit mir vorhaben. Ich bleibe dabei und fertig!"
„Ja, was willst du eigentlich mit deiner Unterschrift bezwecken?"
„Dass man in Rumänien die Menschenrechte einhält, wie man es auch im Vertrag von Helsinki unterzeichnet hat."
„Was heißt denn Menschenrechte?"
„Das Recht auf Meinungsfreiheit, Pressefreiheit, Reisefreiheit und so weiter" sagte ich,
„Soso, ihr wollt mehr Freiheit! In unserem Land gibt es Freiheit, wenn du willst. Stell einen Antrag! Du darfst ausreisen.
Hast du schon mal einen Reiseantrag in ein anderes Land gestellt im Reisebüro?"
„Nein" sagte ich,
„Wie kannst du dann behaupten, dass es keine Reisefreiheit gibt? Es gibt jederzeit Leute aus unserem Land, die ins westliche Ausland reisen. Wenn das alleine dein Problem ist, dann steh ich dir gerne bei, dass sich das ändert.."

„Nicht das allein ist mein Problem, denn reisen dürfen nur die Privilegierten. Ich habe noch keinen aus dem einfachen Volk gesehen, der ins westliche Ausland reisen konnte."

„Also gut, wenn du so hartnäckig bleibst... Du wirst schon sehen was dir passiert."

„Das ist mir egal. Ich bin fest entschlossen und niemand kann mich umstimmen."

Ich fuhr mit dem Zug wieder nach Hause. Ich wurde immer wieder von Menschen angesprochen, die wissen wollte, wie die Securitate gegen mich vorgehe.

Ich freute mich über so viel Anteilnahme.

Zuhause angekommen, sagte meine Mutter, sie mache sich große Sorgen um mich.

„Das ist sehr gefährlich, was du machst. Hoffentlich wirst du nicht eingesperrt."

Ich beruhigte sie.

„Es wird mir schon nicht passieren."

Ständig waren auch Nachbarn und Bekannte bei uns und wollten Neuigkeiten wissen.

Ich hörte wieder Radio Freies Europa. Da ich einen schlechten Empfang hatte, drehte ich das Radio etwas lauter.

Mein Vater lief ständig aus die Straße und beobachtete, ob nicht ein Fremder an unserem Haus vorbei lief.

„Mach das Radio leiser. Man hört es bis auf die Straße. Du weißt, dass es verboten ist, diesen Sender zu hören."

„Gar nichts ist verboten. Das ist nur dummes Gerede."

Im ganzen Land herrschte Aufbruchstimmung und so etwas wie Euphorie. Paul Goma wurde zum Idol.

Endlich einer, der dem Diktator die Stirn bot.

Es vergingen einige Tage und es überraschte mich, dass die Securitate nichts gegen mich unternahm.

Eines Tages begegnete ich wieder Ambrusch im Zug. Er war begeistert, wie ich das gemacht hatte. Seine Augen leuchteten.

„Halte durch, egal was passiert" sagte er.

„Ich bin ein bisschen enttäuscht, dass ich nicht den Mut hatte, es selber zu machen."

Er meinte, die würden Paul Goma etwas antun, weil er so viel Wirbel machte. Ich hätte nicht gedacht, dass dies so eine Welle in unserem Land auslöst.

Gegen 10Uhr morgens wurde ich ins Büro des Abteilungsleiters gerufen.

An einem langen Tisch saßen alle hohen Herren der Möbelfabrik.

Für mich stand ein Stuhl bereit, direkt gegenüber dem Parteisekretär der Fabrik, Genosse Stan.

Außerdem waren da noch mein Abteilungsleiter, der Parteisekretär meiner

Abteilung, der Personalchef und mein Meister.

Als ich Platz genommen hatte, begann Genosse Stan die Besprechung, zunächst ganz freundlich.

„Du hast einen Fehler gemacht, hast dich da unwissentlich reinziehen lassen. Schreib mal diesem sogenannten Schriftsteller, dass du mit ihm nichts mehr zu tun haben willst oder ruf ihn einfach an. Wir werden dir auch entgegen kommen, wenn du mal unsere Hilfe brauchst."

Ich war ja schon beim Geheimdienst, deswegen sagte ich auch den hohen Herren hier klipp und klar, dass ich das nicht tun werde.

„Ich weiß nicht, was euch das angeht, ich muss mit euch nicht darüber diskutieren."

Nun fingen alle gleichzeitig an, mir eine Moralpredigt zu halten und auf mich einzureden.

Mein Vorgesetzter sagte, ich verdiene ja gut, habe einen guten Arbeitsplatz, womöglich könne man bei dem Gehalt noch etwas machen.

Der Parteisekretär ergriff das Wort und fuchtelte mit einem Lineal in meine Richtung.

„Es ist eine Schande für unsere Firma, ja sogar für die Stadt Arad, dass einer aus unserer Mitte mit diesem Agenten kooperiert."

Er sei schon vom Parteisekretär des Kreises gerügt worden, was für reaktionäre Kräfte in seiner Firma arbeiteten. Er solle dies bitte in den Griff kriegen, sonst drohe ihm Ärger.

Genosse Stan, der Parteisekretär war ein gefürchteter Mann in der Möbelfabrik. Alle mussten nach seiner Pfeife tanzen. Er hatte eine Ausbildung in der Eliteschule der Kaderschmiede Stefan Gheorghiu genossen und war ein sehr guter Redner und Demagoge. Er sagte, dass nur ungefähr 200 Leute aus ganz Rumänien diese Liste unterzeichnet hätten und ausgerechnet aus seinem Betrieb sei einer dabei.

„Es ist eine Schande für unsere Fabrik und wir werden dich schon noch davon überzeugen, davon Abstand zu nehmen."

Ich sagte immer wieder nur den einen Satz: „Das ist allein meine Sache und geht euch gar nichts an."

Zwischendurch läutete ständig das Telefon. Der Parteisekretär der Abteilung ging immer wieder an den Apparat und sprach ganz leise, es dauere noch eine Weile.

Nachdem sie merkten, dass ich überhaupt nicht mit mir reden ließ, sagte der Parteisekretär meiner Abteilung:

„Also wenn du im Guten nicht verstehen willst, dann komm mal mit mir. Du wirst schon sehen, was dann passiert."

„Also drohen lasse ich mir von Ihnen überhaupt nicht!"

Ich folgte ihm dennoch die Treppe hoch in sein Büro, wo schon zwei Herren auf mich warteten. Den einen erkannte ich sofort. Es war Capitan Boc von der Securitate. Der andere stellte sich nicht vor. Er war schon etwas älter und hatte ein paar graue Haare.

„Nimm Platz" Capitan Boc deutete auf einen Stuhl. „Wir haben schon mitbekommen, dass dich die Führung der Möbelfabrik nicht überzeugen konnte, dich zurückzuziehen, dann müssen wir es noch mal versuchen auf eine härtere Tour."
Ich war von der Diskussion schon aufgeregt, denn sie hatte bereits über zwei Stunden gedauert und sagte in einem entschlossenen und lauten Ton:
„Ihr könnt mir keine Angst machen, Ihnen Genosse Capitan habe ich ja bereits klipp und klar gesagt, dass ich dabei bleibe, egal was passiert."
Nun ergriff der andere Herr das Wort.
„Mit solchen Leuten wie dich machen wir unsere Hände überhaupt nicht schmutzig. Wir lassen einen Schwerverbrecher aus dem Gefängnis, der dich, nachdem er dir mit Gewalt eine Flasche Cognac eingeflösst hat, im See von Arad ertränkt und dann wird man dich dort tot auffinden und sagen, dass du betrunken warst und in den See gefallen bist. Du bist nicht der erste, dem es so ergangen ist."

Am Seeufer wurde oft gegrillt und getrunken, der kleine See war eine Attraktion in der Stadt Arad, die zum Picknick einlud.
Wie aus der Pistole geschossen kam meine Antwort. „Wenn ihr vorhabt, mich im See zu ertränken, müsst ihr es heute schon tun, denn wenn ich heute nach Hause gehe, werde ich allen Leuten in Sankt Anna erzählen, dass ihr das gewesen sein werdet, wenn man mich eines Tages tot im See findet. Außerdem wissen es die meisten Leute in Sankt Anna und in der Möbelfabrik auch, dass ich die offene Liste von Paul Goma unterzeichnet habe, Die werden sich schon Sorgen machen, wenn ich verschwinde."
Dann griff ich noch zu einer Notlüge: „Ich habe auch einen Brief verfasst und einem deutschen Staatsbürger mitgegeben, der , falls ich verschwinden sollte, den Brief an Gerd Löwental, den Leiter des Politmagazin, der über solche und ähnliche Fälle auch in der DDR berichtet, übergibt."
Ich war selber überrascht über meine Gewandtheit.

Sichtlich nervös übernahm der Ältere der beiden Securitate-Männer das Wort und sagte:
„In den nächsten Tagen wird sowieso etwas gegen Goma unternommen und dann bekommen auch wir hier in Arad freie Hand, gegen dich vorzugehen, du wirst schon noch sehen, was du erlebst."
Dann sagte er, ich könne nun wieder an meine Arbeit gehen.

Ziemlich aufgeregt aber dennoch erleichtert ging ich wieder an meinen Arbeitsplatz.
Alle meine Arbeitskollegen versammelten sich um mich und ich erzählte alles über die Auseinandersetzung mit der Führung der Möbelfabrik und der Securitate.
Mein Vorgesetzter kam dazu und raunzte mich an, ich solle die Leute nicht von

der Arbeit abhalten und Blödsinn erzählen. Ich solle nicht auch andere Leute aufwiegeln mit blöden Ideen, die ich im Kopf hätte.
Ich entgegnete, dass meine Mitarbeiter von sich aus zu mir gekommen seien. Er schrie mich an und ich brüllte zurück. Wir gerieten aneinander und ich drohte ihm, er solle mich gefälligst in Ruhe lassen.

Nach der Arbeit fuhr ich mit dem Zug nach Hause und erzählte ganz begeistert meine Auseinandersetzung mit dem Geheimdienst, auch, dass sie mir drohten, mich im See zu ertränken.

Dies sprach sich alles in den nächsten Tagen in der Fabrik und auch in Sankt Anna herum.
Das war mir gerade recht, dass sich die Menschen dafür interessierten. Der Polizeichef von Sankt Anna ließ mich zu sich rufen.
Ich solle nicht mehr so viel Quatsch erzählen, dass die Securitate mir gedroht habe, mich im See zu ertränken. So etwas gäbe es nur im Film, das seien alles Erfindungen von mir. Der Geheimdienst ließe ihm ausrichten, er solle mir mitteilen, mit diesem dummen Gerede aufzuhören, ansonsten drohe mir ernsthafter Ärger.
„Das ist die reine Wahrheit und ich lasse mir von niemandem den Mund verbieten!"

Eines morgens gegen 9Uhr sagte mein Vorgesetzter, ich solle nach oben in das Büro gehen, es warteten zwei Herren auf mich.
Als ich das Büro betrat, saß der ältere der beiden Securitate-Offiziere am Schreibtisch und zog ein Messer aus seiner Jackentasche.
„Kennst du das Messer?"
„Ja, das ist mein Messer, das sich in meiner Vespertasche befand."
„Nein, das ist eine Waffe, die wir beschlagnahmt haben, denn im rumänischen Gesetzbuch gilt auch ein Klappmesser als Waffe. Mit diesem Messer bist du nach dem Streit mit deinem Vorgesetzten auf ihn losgegangen und wolltest auf ihn einstechen und nur weil einige der Mitarbeiter dich daran hinderten, ist nichts Schlimmeres passiert. Du wolltest deinen Vorgesetzten umbringen und deswegen beschlagnahmen wir diese Waffe und werden dich anklagen."

„Das ist doch alles erstunken und erlogen und außerdem habt ihr keine Beweise für das, was ihr mir hier erzählt!"
„Was haben wir nicht!?"
Der Offizier nahm das Telefon und wählte eine Nummer. Es dauerte keine fünf Minuten, da klopfte es an der Tür,
„Herein" sagte der Offizier.
Ein Arbeitskollege aus meiner Gruppe trat ein. Es war ein Ungar. Er war groß und kräftig. Ich hielt ihn immer für einen guten Kollegen, verstand mich eigentlich auch gut mit ihm.

Er hatte die blaue Arbeitskleidung an und eine Baskenmütze auf dem Kopf. Er verbeugte sich vor den Securitate - Offizieren und nahm die Mütze ab und grüßte „Hoch sollt ihr leben!"

„Du kannst wieder gehen!" erwiderte der Offizier.
Mit dem gleichen Gruß und einer Verbeugung verabschiedete sich mein Arbeitskollege.

„Na also, wer sagt denn, dass wir keine Zeugen haben?" meinte der Offizier und sagte, ich könne wieder an meine Arbeit gehen.
Anschließend traf ich den Arbeitskollegen wieder, der mich so schwer belastet hatte.
Er sah mir nicht in die Augen und wir sprachen auch nicht darüber, was passiert war.
Ich durfte mich jetzt nicht verzetteln und mich auch noch mit ihm anlegen. Ich wusste, dass er früher Bürgermeister in seiner Gemeinde war und dass es ein Verfahren gegen ihn gegeben hat, in dem es hieß, er hätte sich an Tomaten, die in den Export gingen, persönlich bereichert.
Das Verfahren wurde eingestellt, aber er wurde als Bürgermeister abgesetzt und arbeitete nun als Schlosser in der Möbelfabrik. Ich glaube, die Securitate hat ihn zu dieser Aussage gezwungen.
Wahrscheinlich hatten sie ihm auch mit Gefängnis gedroht. Aber das war mir jetzt egal. Ich konzentrierte mich auf die Auseinandersetzung mit dem Geheimdienst.
Jetzt wurde mir klar, dass die Securitate etwas gegen mich in der Hand hatte und das machte mir Sorgen.

In den USA gab es einen neuen Präsidenten: den ewig lächelnden Jimmy Carter. Den Schwerpunkt seiner Politik setzte er unter anderem auf die Einhaltung der Menschenrechte. Er drohte den Diktatoren, ihnen besonders auf die Finger zu schauen.
Rumänien hatte bislang ein gutes Verhältnis zu den USA und wurde auch im Außenhandel bevorzugt behandelt. Für Rumänien gab es eine neue Klausel der meist favorisierten Nation. Carter drohte Nicolae Ceausescu diese günstige Handelsklausel zu streichen, wenn die Menschenrechte in Rumänien nicht geachtet würden, die ja auch in der Schlussakte von Helsinki unterzeichnet wurden.

Am 4. März 1977 fand in Rumänien ein schweres Erdbeben statt mit mehreren tausend Toten und vielen eingestürzten Hochhäusern, überwiegend in Bukarest.

Nicolae Ceausescu kehrte gerade von einer Auslandsreise zurück und besuchte das Erdbebengebiet. Er versprach den Opfern Hilfe. Aus dem Ausland kam von den Hilfsorganisationen sehr viel Hilfe für die Bedürftigen. Zelte, Decken,

Nahrung.

Nun trat die Euphorie über den Kampf für Freiheit und Menschenrechte in den Hintergrund.

In den Betrieben wurden Spenden für Opfer gesammelt.

Auch ich spendete Geld für die Erdbebenopfer.

Im Fernsehen liefen andauernd Berichte über die Katastrophe. Das ganze Land war in Trauer.

Ich machte mir große Sorgen um Paul Goma.

Ich traute dem Geheimdienst zu, ihn zu ermorden und als Opfer des Erdbebens hinzustellen.

Eines Tages nach der Mittagspause benachrichtigte mich ein Kollege, dass in einer halben Stunde eine Sitzung in unserer Abteilung stattfinde, bei der ich auch unbedingt dabei sein müsse.

Gegen 12.30Uhr versammelten sich alle Mitarbeiter der Abteilung. Die Produktion wurde unterbrochen. Etwa 200 Leute standen im Kreis in der Mitte der Halle.

Der Parteisekretär der Abteilung eröffnete die Sitzung.

„Wie ihr alle wisst, hat in unserem Land eine schwere Naturkatastrophe stattgefunden. Es gab Tausende von Opfern, unter ihnen auch viele Kinder. Viele von uns haben freiwillig Geld gespendet, um das Leid der Opfer zu lindern, aber leider gibt es auch einige in unserem Land, die zusammen mit ausländischen Agenten die Gunst der Stunde nutzten, um unsere Einheit, die durch die Naturkatastrophe geschwächt schien, zu zerstören.

Fremde Mächte aus den USA und Westeuropa drohen die Einheit unseres Volkes zu zerschlagen und darunter befindet sich auch ein Mitarbeiter unserer Abteilung."

Er deutete mit dem Zeigefinger auf mich.

„Genosse Kappes, bitte begeben Sie sich in die Mitte, dass Sie jeder sehen kann. Unsere Mitarbeiter spenden Geld für die Opfer und Sie vereinigen sich mit den westlichen Agenten, um unser Land in einer schwierigen Situation zu schaden. Dies ist eine Schande und dabei erzählt er, er unterstütze einen sogenannten Schriftsteller namens Paul Goma.

Wer von Euch hat jemals von diesem Schriftsteller gehört, den bitte ich, die Hand zu heben."

Keine Hand rührte sich, obwohl noch vor wenigen Tagen die meisten Leute überschwänglich von der Aktion von Paul Goma begeistert waren,

„Wer ist dafür, dass ein Feind unseres Landes, der mit fremden Mächten zusammenarbeitet, um unserem Land zu schaden, nicht mehr unter uns arbeiten soll und somit aus der Fabrik entlassen werden muss – der soll die Hand heben."

Alle Beteiligten hoben ruckartig die Hände hoch.

Ich blickte in hasserfüllte Augen, unter ihnen auch zwei Deutsche aus Sankt

Anna, eine davon war sogar meine Nachbarin.

Der Parteisekretär sagte, zwei Freiwillige sollten mich sofort zum Tor begleiten, ich hätte nichts mehr unter ihnen zu suchen.

Zwei kräftige junge Männer packten mich an beiden Armen und begleiteten mich bis zum Tor.

Wie benommen lief ich die Straße zum Bahnhof entlang.

Ich verfiel in eine tiefe Depression.

Noch vor einigen Tagen hatte ich so ein herrliches Gefühl. Ich hatte überhaupt keine Angst. Ich war entschlossen, gegen den Machtapparat dieses Landes zu kämpfen. In meinem Inneren war ich auch bereit, für Recht und Gerechtigkeit ins Gefängnis zu gehen, wenn es sein muss.

Aber, dass die eigenen Arbeitskollegen beschlossen, mich zu entlassen, das konnte ich mir ganz und gar nicht vorstellen.

Ich ging nach Hause und wusste nicht, wie es nun weiter gehen soll.

Die Tage waren langweilig und ohne Sinn.

Meine Mutter machte sich große Sorgen. Sie meinte, ich solle mir in einem anderen Betrieb eine Arbeit suchen, ich könne doch nicht einfach zuhause rumlungern.

Sie wusste nicht, dass dies zentral gesteuert war und dass mich kein anderer Betrieb einstellen würde.

Mein ehemaliger Meister lud mich zu sich nach Hause ein. Er sagte, ich müsse jetzt die Nerven bewahren und ruhig bleiben, vielleicht würde man mir auch anraten, das Land zu verlassen, denn so könne es nicht weiter gehen.

Das Gespräch mit ihm beruhigte mich wieder etwas.

Ein Polizist besuchte mich zu Hause und sagte mir, ich solle mich am nächsten Tag beim Geheimdienst melden.

Die beiden bekannten Offiziere nahmen mich in Empfang.

Ich erzählte ihnen, dass ich entlassen worden war. Scheinheilig fragten sie, was passiert sei.

Ich erklärte, dass nach einer Rede des Parteisekretärs die Mitarbeiter des Betriebes dagegen waren, dass ich noch weiter dort arbeitete.

„Na siehst du, wir brauchen gar keinen großen Druck auf dich auszuüben, das macht schon die eigene Bevölkerung. Die Leute merken sehr schnell, wer ihr Feind ist" sagte Capitan Boc.

Ob ich jetzt bereit wäre, mich aus der Unterzeichnerliste zurückzuziehen.

„Nein" sagte ich entschlossen, „das werde ich nicht tun."

Der Prozess gegen mich sei am Laufen und Arbeit hätte ich auch keine, mir bliebe ja keine andere Wahl, meinte der Offizier.

Auch Rumänien müsse die Menschenrechte einhalten, entgegnete ich, dafür werde schon der Amerikanische Präsident Jimmy Carter sorgen, der damit drohe, Rumänien die Vergünstigungsklausel im Außenhandel zu entziehen.

„Wieso interessierst du dich für solche Dinge!?"

Ich saß auf einem Stuhl, Capitan Boc saß am Schreibtisch nebenan und der andere Offizier lief wie wild um meinen Stuhl herum und sprach:
„Was der amerikanische Präsident sagt, interessiert uns überhaupt nicht. Rumänien ist ein souveräner Staat mit einer starken Wirtschaft und einer starken Armee. Ceausescu lässt sich von niemandem auf der Welt dreinreden in die inneren Angelegenheiten des Landes und mit solchen Typen wie dir werden wir auch noch fertig. Wieso interessierst ausgerechnet du dich für Politik?
Du hast keine Fakultät, hast nichts gelernt, bist ein einfacher, stinkender Arbeiter."

„Damit jemand etwas von Politik versteht, braucht man keine Fakultät und außerdem habe ich ‚die Fakultät von Aiud' gemacht, da sind mir die Augen aufgegangen, wie ungerecht es in diesem Land zugeht."

Außer sich vor Wut und Rage hatte der Offizier auf einmal ein Stück Holz in der Hand, ich meine ein Stuhlbein, und schlug mir damit zweimal auf den Rücken. Er hatte die Nerven verloren.
Jetzt fühlte ich mich als Sieger! Noch nie habe ich einen Securitate-Offizier so außer Kontrolle gesehen.
Triumphierend sagte ich:
„Wenn Sie alleine nicht mit mir fertig werden, nehmen Sie doch Capitan Boc dazu!!"

Der Offizier war sprachlos und Capitan Boc griff ein und sagte ganz leise und souverän: „Genosse Major, lassen Sie ihn mal in Ruhe. Es wird bestimmt nicht mehr lange dauern, da werden wir ihn verhaften und dann wird er uns erst recht kennen lernen."

Zum ersten Mal erfuhr ich, dass der andere Offizier also Major und damit ranghöher als Capitan Boc war. Daher leitete er die Verhöre. Aber sehr schlau schien er nicht zu sein.
Nachdem er sich wieder beruhigt hatte, durfte ich gehen.
Ich merkte, dass Capitan Boc die Situation sichtlich peinlich war .

Nachdem ich das Securitate-Gebäude verlassen hatte, war ich erleichtert und hatte ein unbeschreibliches Glücksgefühl. Ich war mächtig stolz auf mich und auch gleichzeitig überrascht, wie ich mich gewehrt hatte, ohne mich darauf vorzubereiten oder dies einzuplanen. Ich war überrascht über meine Schlagfertigkeit, meinen Mut mich mit der Securitate anzulegen, sie sogar zu provozieren und das in der „Höhle des Löwen" selbst – im von allen Menschen gefürchteten Securitate-Gebäude!

Ein Satz von Czeslov Milosz über Überlebensstrategien fiel mir nur dazu ein: „Man hat keinen Begriff von den Spitzenleistungen, der Schlauheit und des psychologischen Scharfsinns, deren der Mensch fähig ist, wenn er in die Enge getrieben wird!"

Es ist ein wunderbares Gefühl, ohne ein bisschen Angst, seine Situation zu überstehen. Wenn man an eine gerechte Sache glaubt, bekommt man eine unheimliche Kraft, schwierige Situationen zu überstehen.

Jetzt konnte ich meine Idole wie Vaclav Havel und Paul Goma wirklich verstehen, wie sie die ganze Sache durchstehen.
Es gibt nichts Schöneres auf der Welt, als die Möglichkeit zu haben, aktiv für Recht und Gerechtigkeit zu kämpfen. Da erscheint einem das eigene Leben unwichtig, man muss nur bereit sein, keine Angst zu zeigen, denn sonst ist man gegenüber den Profis der Securitate von vornherein verloren.

Voller Stolz erzählte ich zuhause meinen Freunden die Geschehnisse bei der Securitate, aber das änderte nichts an der Situation, dass ich keine Arbeit hatte.
Dies störte mich doch sehr, denn ich hatte nun auch kein Geld.
Da ich nichts zu tun hatte, ging ich jeden Tag schon mittags ins Wirtshaus und trank mehr als mir gut tat.
Meine Mutter merkte das und hielt mir eine Moralpredigt.
„Andere in deinem Alter haben schon Familie und Kinder und gehen jeden Tag zur Arbeit und arbeiten auch fleißig zu Hause mit und du lungerst zu Hause rum und gehst schon am Nachmittag ins Wirtshaus."

Ich wusste auch nicht, wie es weiter gehen soll.
Ich hatte oft schlaflose Nächte und war immer noch sehr enttäuscht über die Feigheit meiner Arbeitskollegen, die sich nach der geschickten und emotionalen Rede des Parteisekretärs so schnell gegen mich stellten und dafür waren, mich aus der Fabrik zu schmeißen. Es waren immerhin an die zweihundert Leute, denen man nichts hätte anhaben können, wenn sie nicht die Hand erhoben hätten.
Auch diese Blicke voller Hass werde ich nicht vergessen, die mich ansahen, als wäre ich wirklich ein Spion, der dem Land schaden will.
Mir war auch bewusst, dass, wenn man mich verhaftet, ich im Gefängnis kein schönes Leben haben werde. Paul Goma hatte man zwischenzeitlich auch verhaftet.

Die ersten Zweifel plagten mich des nachts, wenn ich wach lag und nicht einschlafen konnte. Vielleicht hatte meine Mutter doch Recht, wenn sie fragte, warum das all die anderen nicht belastete, ob in unserem Land die Menschenrechte eingehalten werden oder nicht.
Manchmal wünschte ich mir, ich würde auch ein ganz normales, angepasstes

Leben führen.

Mittlerweile war ich schon zwei Wochen zuhause und wusste wirklich nicht, was ich anfangen sollte. Vielleicht doch in einem anderen Betrieb Arbeit suchen? Aber der Geheimdienst würde sich darüber totlachen. Die warteten ja nur darauf, dass ich angekrochen kam, aber den Gefallen wollte ich ihnen nicht tun, denn dann würden die Schikanen von vorne losgehen.

Ich traf einen bekannten Tierarzt, der wusste, dass ich aus der Fabrik geschmissen wurde. Er bot mir an, etwa für eine Woche bei ihm zu arbeiten.
Er ging in Sankt Anna von Haus zu Haus, wie in jedem Frühjahr, um die Schweine zu impfen und er brauchte einen Helfer, da meistens nur alte Leute tagsüber zuhause waren. „Du kannst gutes Geld verdienen."
Ich war froh, wieder eine Beschäftigung zu haben und ging jeden Tag mit ihm mit und am Abend wurde ich ausbezahlt.
Eines Tages waren wir in der Siedlung unterwegs, in der Goina wohnte. In diesen Häusern war ich vorher noch nie. Es waren alles neue schöne Häuser, in denen die Herren der Kollektivwirtschaft wohnten, die früher die Häuser der Deutschen besetzt hatten, als sie nach dem Krieg nach Sankt Anna kamen. Die meisten hatten eine gepflasterte oder betonierte Hofeinfahrt, um besser mit dem Auto einfahren zu können,
In meinem ganzen Viertel gab es keinen einzigen, der ein Auto besaß, aber hier fast jeder.

Eine Hausfrau war gerade dabei, Mittagessen zu kochen. Sie bat uns, Platz zu nehmen. Sie kannte den Tierarzt sehr gut. Unter einer Traubenlaube stand ein Tisch und Bänke. Als wir Platz nahmen, brachte sie uns panierte Schnitzel und Pommes frites. Es war ein ganz normaler Werktag. So gutes Essen gab es bei uns daheim nicht einmal am Sonntag, denn Fleisch war teuer und Mangelware.
Anschließend brachte sie noch für jeden eine kühle Flasche Bier. Auch Bier gab es immer seltener. Sobald es bei uns im Wirtshaus Bier gab, sprach es sich schnell herum und die meisten Leute eilten ins Wirtshaus, so dass das Bier schnell aus war.
Alles wurde nur an Leute „mit Beziehungen" verkauft.

Die Frau schien den Tierarzt näher zu kennen. Sie fragte, wer ich sei und wo ich arbeitete.
Der Tierarzt antwortete, dass ich in der Möbelfabrik gearbeitet hätte und zur Zeit keine Arbeit hätte. Ich sei entlassen worden, weil ich ein Unterzeichner von Paul Goma gewesen sei.

„Naja, der ist endlich verhaftet worden" sagte sie. „Was mischt der sich auch in die inneren Angelegenheiten unseres Landes ein."
Ich konnte die Frau sogar verstehen, denn ihr und ihresgleichen ging es ja gut,

dafür sorgte auch Goina, der hier in der Nachbarschaft wohnte.

Die Falle

Ich wurde wieder benachrichtigt, mich beim Geheimdienst zu melden. Die beiden Herren warteten schon auf mich.
Ob ich mir schon überlegt hätte, mich aus der offenen Liste zurückzuziehen?
„Nein, Sie kennen meine Meinung. Daran hat sich nichts geändert."
Wie ich denn ohne Arbeit weiter leben wolle, fragte Capitan Boc.
„Ich habe keine Ahnung, wie es weiter gehen soll."

„Ich mache dir einen interessanten Vorschlag" sagte Capitan Boc.
„Du kannst deine Arbeitsstelle wieder zurückerhalten und dafür schreibst du einen Brief an Goma, dass du mit ihm nichts zu tun haben willst, denn anrufen kannst du ihn nun nicht mehr. Wie du weißt, ist er im Gefängnis."

„Kommt überhaupt nicht in Frage, denn früher oder später muss ich Arbeit bekommen."
Capitan Boc kam zu mir und legte mir die Hand auf die Schulter.
„Ich mache dir ein Angebot, dass du gar nicht ablehnen kannst. Wir lassen die Anklage gegen dich fallen und du bekommst einen Besucherpass für das westliche Ausland und kannst aus Rumänien fort, das war doch seit eh und je dein Ziel. Die Menschrechte interessieren dich wirklich nur nebensächlich, oder!?"

„Nein, so ist das ganz und gar nicht, das mich das nicht interessiert, ansonsten wäre ich doch gar nicht bereit gewesen, so viel zu riskieren."
Aber das Angebot war sehr verlockend.
„Wann würde ich denn den Pass bekommen?"
„Wegen des Erdbebens ist jetzt alles eingestellt. Es wird noch eine Weile dauern und sobald die öffentliche Arbeit im Passamt wieder beginnt, wirst du deinen Pass erhalten."
„Wie wollt ihr mir das garantieren?"
„Ich gebe dir mein Wort" sagte Capitan Boc.
„Also gut, ich bin bereit, meine Unterschrift zurück zu ziehen."
Die beiden Offiziere waren ganz erleichtert, dies war ihnen im Gesicht abzulesen.
Der Major brachte mir ein Blatt Papier und einen Kugelschreiber und sagte:
„So, jetzt schreibst du das, was wir dir sagen."
„Ich schreibe gar nichts. Sie wissen ganz genau, dass ich Paul Goma bewundere und ich werde ihm keinen einzigen Satz schreiben. Ihr könnt das selber machen oder eben nicht."
Die beiden sahen sich ratlos an und berieten miteinander.
Ich sagte: „Ihr könnt das ja auch ohne meine Einwilligung machen. Wer wird das

schon wissen, ob ich den Brief geschrieben habe."

„Ja, richtig" sagte der Major und nahm das Papier und den Kuli.

„Aber nein" erwiderte Capitan Boc, „wenn uns jemand auf die Schliche kommt..."

„Wer soll uns denn auf die Schliche kommen?"

Zum ersten Mal erkannte ich eine Unsicherheit bei den Securitate-Offizieren. Ich hätte das nicht für möglich gehalten, dass ein Securitate-Offizier sich deswegen Sorgen macht. Der Geheimdienst war das höchste Sicherheitsorgan in Rumänien. Wer sollte sie denn kontrollieren, dachte ich.

„Also gut" willigte auch Capitan Boc ein. Der Major schrieb den Brief:

„Verehrter Herr Goma,
ich wusste nicht, dass Sie ein Agent sind und mit ausländischen Kräften zusammen arbeiten.
Ich möchte mich von meiner Unterzeichnung distanzieren.
Es lebe die Rumänische Kommunistische Partei."

Er bat mich, zumindest zu unterschreiben. Nachdem ich mich energisch wehrte, unterschrieb er mit meinem Namen und meiner genauen Adresse.

Ich ging nach Hause und erzählte sofort, das ich eine Zusage zu einer Besuchsreise nach Deutschland erhalten werde und sagte auch, dass ich mich von Paul Goma distanzierte, weil ich Angst hätte, ins Gefängnis zu kommen und auch kein Recht auf Arbeit im Moment hätte und dass ich endlich meinen großen Traum erfüllen könnte, nach Deutschland zu gehen.

Manche unterstützten mich, andere hingegen meinten, es sei feige von mir.

„Naja, entgegnete ich, du hast leicht reden, du hast doch gar nichts gemacht. Ich war sehr enttäuscht, als mich alle Arbeiter aus der Fabrik ekelten. Für wen soll ich das machen, wenn die eigenen Leute nicht hinter mir stehen?"

Ich war schon deprimiert, dass nun Paul Goma diesen Brief mit meiner Zustimmung erhalten werde.

Ich war sehr neugierig, ob er tatsächlich verhaftet wurde oder ob das nur eine Propaganda des Geheimdienstes war.

Ich wählte seine Nummer. Am anderen Ende meldete sich ein Fremder. „Was willst du?"

„Ich möchte mit Paul Goma sprechen. Wo ist er denn?"

„Das geht dich überhaupt nichts an. Woher rufst du denn an?"

„Aus Arad" sagte ich.

„Kümmere dich um wichtigere Sachen und lass solchen Schwachsinn!" Er legte auf.

Ich hätte Paul Goma gerne mitgeteilt, dass mich die Securitate gezwungen hatte, den Brief an ihn zu schreiben, aber ich konnte ihn nun nicht mehr sprechen und auch zu schreiben wäre zwecklos gewesen, da seine gesamte Post abgefangen wurde.

Ich bekam einen Brief von der Möbelfabrik Arad:

„Du fehlst schon seit drei Wochen unentschuldigt.
Was ist los mit dir? Bitte melde dich morgen um 10.00 Uhr in meinem Büro.
Personalchef Bodeo"

Am nächsten Tag pünktlich um zehn Uhr erschien ich im Büro des Personalchefs.
Er begrüßte mich kurz und sagte, dass wir in das Büro des Parteichefs Stan gehen sollen.
Ich hatte noch nie so ein protziges Büro gesehen, ausgestattet mit schweren Ledersesseln und einem schweren marmornen Schreibtisch.

An der Wand hing ein großes Bild von Nicolae Ceausescu in einem schweren Holzrahmen und nebenan die rumänische Fahne, Rot-Gelb-Blau.
„Nimm Platz" sagte er und deutete auf einen Ledersessel.
„Nein danke, ich bleibe lieber stehen."
Ich machte das absichtlich, denn ich wusste, dass es zu Auseinandersetzungen kommen würde, denn Genosse Stan hasste mich, das wusste ich. Im Sessel wäre ich mir ganz klein vorgekommen, denn die beiden Herren saßen hinter dem großen Schreibtisch etwas höher.
Der Parteisekretär ergriff sofort das Wort:
„Was ist los, wieso fehlst du schon seit drei Wochen auf der Arbeit?"
„Ihr könnt mir doch nicht weiß machen, dass ihr nicht wisst, was passiert ist.."
„Was ist denn passiert?"
„Es hat ein Versammlung in der Abteilung gegeben, die vom Parteisekretär Genosse Silodi geleitet wurde."
„Ach so. Und weiter!"
„Er fragte die Arbeiter der Abteilung, wer dafür ist, mich aus dem Betrieb zu entlassen, weil ich angeblich mit fremden Agenten, die unserem Land schaden, zusammenarbeite."
„Soso, siehst du, das ist die öffentliche Meinung über dich. Schon die einfachen Mitarbeiter wollen dich nicht mehr dulden, das hast du davon.
Die Mitarbeiter haben doch nicht das Recht, einen aus dem Betrieb zu entlassen. Das müssen nach wie vor Sie machen, Genosse Personalchef!"
„Ich wusste nichts davon."
„Natürlich kannst du deine Arbeit wieder aufnehmen, aber nur unter einer Bedingung: Du darfst nicht mehr soviel Schwachsinn erzählen.
Alles, was du bei Radio Freies Europa hörst, behalte für dich und wiegele nicht die Leute auf" sagte der Parteisekretär.

„Ich werde nach wie vor meine Meinung sagen, das ist mein gutes Recht und das

kann mir keiner verbieten, ansonsten gehe ich gleich wieder nach Hause"
entgegnete ich und wandte mich in Richtung Tür. Ich war mir sicher, dass sie
mich zurückholen würden.
„Halt! Halt! Bleib mal stehen" sagte Genosse Stan.
„Du bist nach wie vor nicht einsichtig."
Der Personalchef sagte aber, dass ich in eine andere Abteilung als Schlosser
versetzt werden würde und morgen früh gleich anfangen könnte.
Er nannte mir noch den Namen des neuen Vorgesetzten, bei dem ich mich melden
sollte.
Erleichtert ging ich nach Hause und sagte meinen Eltern, dass ich ab morgen
wieder in der Fabrik arbeiten werde. Meine Mutter war darüber sichtlich
erleichtert.

Gleich am nächsten Morgen stellte ich mich bei meinem Vorgesetzten vor, der
mich zunächst zum Abteilungsleiter verwies. Ich kannte ihn, denn seine Frau
stammte aus Sankt Anna, sie war die Tochter eines Lehrers.

Nachdem er mich begrüßt hatte, sagte er: „Mir ist das völlig egal, was du in
deiner Freizeit machst, auch deine politischen Ansichten interessieren mich nicht.
Aber auf der Arbeit hast du nur zu arbeiten und nichts anderes zu tun, damit wir
uns verstehen."
„Ja, natürlich werde ich meine Arbeit machen und nichts anderes."
„Also du kannst gleich an deinen Arbeitsplatz gehen."
Ich nahm meine Arbeit wieder auf und hoffte, dass ich bald meinen Pass
bekommen würde und ausreisen könnte.

Mittlerweile wurde es Mitte Juni und das Passamt hatte seine Arbeit wieder
aufgenommen.
Ich wartete noch einige Wochen und da sich nichts tat, besuchte ich Capitan Boc
um zu fragen, was los sei.

Er empfing mich in seinem Büro und erkundigte sich, wie es mir ginge.
Ich fragte gleich, warum sich mit meinem Besucherpass nichts täte, obwohl er es
versprochen hätte.
Ihm seien die Hände gebunden, das würden jetzt andere Stellen entscheiden in
Bukarest und ich solle Geduld haben, es werde sich bestimmt was tun. Mehr
könne er dazu nicht sagen.
Ich war ziemlich enttäuscht.

Paul Goma war wieder aus seiner Haft entlassen worden, nach zunehmendem
Druck aus dem Ausland, aber die ganze offene Liste gab es nicht mehr.
Niemand drang mehr zu ihm durch, sein Telefon wurde gekappt, an allen Ecken
seiner Straße standen Geheimdienstleute, die alle Passanten überprüften.
Verdächtige Personen wurden gleich eingeschüchtert und weg geschickt.

Im Hauseingang stand ständig ein Geheimdienstoffizier, der alles überwachte.
Die ganze Aktion von Goma wurde zerschlagen.
Dagegen war die Charta 77 in Prag sehr gut organisiert. Aber auch der tschechische Geheimdienst griff streng durch.
Anfang des Jahres wurde einer der Sprecher, der Philosoph Jan Potocka bei einem Verhör so zusammengeschlagen, dass er noch an Ort und Stelle verstarb.

Ein erneuter Fluchtversuch scheitert am „Punkt fix"

Ich traf mich wieder mit Ambrusch und wir unterhielten uns lange.
„Die werden dich nicht fort lassen" sagte er. „Ich kenne die Methoden der Securitate. Sie warten bis Gras darüber gewachsen ist und dann stellen sie dir eine Falle, um dich zu verhaften. Aber ich habe einen guten Plan, um über die Donau nach Jugoslawien zu flüchten.
Ein Bekannter aus dem Gefängnis hat die Donau überquert und ist erst in Jugoslawien festgenommen worden. Er will demnächst mit mir zusammen wieder einen Fluchtversuch unternehmen.
Er ist schon etwas älter, so um die 45 Jahre alt, aber er kennt den Grenzort sehr genau.
Wenn du willst, kannst du auch mitmachen."
„Ja" antwortete ich „Benachrichtige mich, wenn es soweit ist, ich komme auch mit."
„Du kannst noch ein oder zwei Freunde mitbringen" sagte er.

Ich hoffte dennoch, den Besucherpass zu erhalten.

Ich erzählte die Geschichte meinen Freund und Nachbarn, der vor einigen Jahren auch schon mal wegen Fluchtversuchs im Gefängnis war. Er hieß Szekey und war Ungar. Sein Vater war bei der Polizei.
Er war auch einverstanden und wollte mitmachen. Er kannte Ambrusch auch. Wir vereinbarte strengste Geheimhaltung, niemand durfte davon erfahren, denn es gab immer mehr Geheimdienstspitzel und Verräter.

Auch in der Möbelfabrik merkte ich bald, dass alles, was ich erzählte, meinem Vorgesetzten zu Ohren kam und er bat mich, weniger über Politik und Radio Freies Europa zu erzählen und „ich hoffe nicht, dass wir aneinander geraten und du auf mich mit dem Messer losgehst" er lachte dabei, denn er wusste wohl, dass dies nicht der Wahrheit entsprach und nur auf Druck vom Geheimdienst so dargestellt wurde.

Ich traf Ambrusch erneut und wir verabredeten ein Treffen mit dem „Alten".
Es war Sommer, Anfang August und die ideale Zeit über die Donau zu schwimmen.

Zusammen mit Szekey und Ambrusch gingen wir zum Treffpunkt.

Der Alte erläuterte uns seinen Plan.

„Ich kenne jedes Gebüsch in dieser Gegend. Wir schaffen es bestimmt über die Donau nach Jugoslawien zu schwimmen. Ein Fahrzeug wird uns von Arad nach Anino bringen und von dort aus gehen wir zu Fuß, nur nachts, damit uns niemand sieht und damit wir nicht verraten werden, denn sobald dich die Bewohner der Ortschaften hier als Fremden erkennen, werden sie dich verraten, weil sie von den örtlichen Behörden eine Prämie dafür erhalten. Wir müssen uns ganz unauffällig der Grenze nähern.

Wir überqueren bei Bezeasca die Donau, da ist sie sehr breit. Man muss ein guter Schwimmer sein."

Ich sagte nicht, dass ich nicht gerade der beste Schwimmer war, als der Alte danach fragte, denn wir sollten ja auch einen PKW-Innenreifen mitnehmen und eine Luftpumpe, um diesen direkt am Wasser aufzupumpen. Da hinein sollten wir unsere Kleidung legen, die vorher gut in Plastikbeuteln zu verstauen war, damit sie nicht nass wird.

Ich dachte, in größter Gefahr könnte ich mich auch eine Weile an den Reifen klammern.

Wir waren alle von dem Plan begeistert.

Meine alte Abenteuerlust packte mich wieder. Ich konnte es kaum noch erwarten.

Ich wusste, falls wir in Jugoslawien erwischt werden würden, würden sie mich als Deutschen nicht nach Rumänien zurück schicken.

Die Bundesrepublik hatte ein Abkommen mit Jugoslawien, die deutschstämmigen Flüchtlinge in Belgrad zu verhaften, wo sie von der deutschen Botschaft überprüft wurden, ob es sich auch wirklich um Deutsche handelte.

Wenn das der Fall war, wurde ihnen ein deutscher Pass ausgestellt, mit dem sie in die Bundesrepublik ausreisen können, denn zwischen den beiden Ländern bestand keine Visumspflicht.

Ich hegte große Hoffnungen, dass unsere Flucht gelänge. Der Alte hatte mich sehr überzeugt.

Mir war auch klar, was mich im Gefängnis erwartete, sollte man uns erwischen. Daran wollte ich aber keinen Gedanken verschwenden, denn auch wenn ich nichts unternähme, hätte ich in diesem Land keine Chance. Früher oder später würde der Geheimdienst etwas gegen mich unternehmen. Deren Methoden kannte ich mittlerweile viel zu gut. Auch wenn sie sich zur Zeit ruhig mir gegenüber verhielten, so spürte ich doch deren geballte Faust in der Tasche, die nur auf eine günstige Gelegenheit wartete, mir eins auszuwischen.

Ich hatte auch keine Hoffnung mehr, dass es in Rumänien besser wird.

In allen anderen Ostblockstaaten, vor allem in der Tschechoslowakei hielten die Intellektuellen zusammen und leisteten Widerstand, während sich bei uns kein einziger Schriftsteller mit Paul Goma solidarisch erklärte. Genau das Gegenteil war hier der Fall: Die Schriftsteller huldigten nur dem Diktator. Ganze Zeitungen waren voll mit Lobeshymnen.

Auch von der zunehmend schlechter gehenden Wirtschaft die die Versorgungsknappheit verschlimmerte, schien kein positives Signal auszugehen. Das Volk wurde immer stärker unterdrückt.

Ich hatte es ja selbst erlebt, wie leicht die einfache Bevölkerung zu manipulieren war und was für ein leichtes Spiel der allmächtige Geheimdienst hatte.

Ich hatte keine Hoffnung mehr, dass es in Rumänien mehr Freiheit und Gerechtigkeit geben werde, zumindest nicht solange Nicolae Ceausescu an der Macht war und danach würde bestimmt sein Sohn Nicu die Macht übernehmen. Langsam wurden ihm schon etliche hohe politische Ämter in der Partei übertragen.

Die Menschen waren sehr verängstigt und trauten sich immer weniger, etwas zu sagen.

Ein deutscher Ingenieur aus der Möbelfabrik in Arad wollte von mir immer alle Neuigkeiten wissen, wie man gegen mich vorginge. Sobald aber ein Vorgesetzter vorbei kam, lief er häufig weg wie ein kleines Kind, das bei einem Vergehen ertappt wurde.

Mir fiel auf, dass sich einige Bekannte von mir distanzierten.

Immer wenn ich vom Bahnhof am Rathaus entlang nach Hause ging, stand der Polizeichef und andere Mitarbeiter des Rathauses draußen und beobachteten, wer mit mir Gespräche führt.

Einer fiel mir besonders auf.

Früher ging er immer neben mir. Nun ging er kurz vor dem Rathaus entweder schneller oder langsamer, um nicht mit mir gesehen zu werden. Ich fragte ihn einmal danach, warum er das mache.

Er antwortete überraschend: „Ich handele mit Antiquitäten und habe in meinem Keller Antiquitäten im Wert von 300.000Lei versteckt. Das ist ein Vermögen. Ich habe Angst, wenn ich öfter in deiner Nähe gesehen werde, dass man mich verdächtigt und eine Razzia bei mir zuhause macht, denn es ist verboten mit Antiquitäten zu handeln."

Fast jeder machte nebenbei etwas anderes, Inoffizielles, um seine wirtschaftliche Situation zu verbessern. Umso mehr gelang es daher dem Geheimdienst, die Menschen unter Druck zu setzen, wenn er es brauchte. Er suchte nach der Schwachstelle und übte Druck aus, in seinem Sinne Aussagen zu manipulieren, wie in meinem Fall.

Die Betroffenen machten es nicht in erster Linie, um dem anderen zu schaden, sondern um die eigene Haut zu retten.

Als ich eines Tages in Arad unterwegs war, traf ich den Kappes Sepp, der gerade aus dem Fußballtraining kam.

Wir gingen zusammen einen Kaffee trinken. Viele Passanten erkannten ihn und drehten sich nach ihm um. Mittlerweile hatte er es geschafft. Er spielte regelmäßig in der ersten UTA-Mannschaft.

Er erzählte mir, dass er im Herbst das erste Mal mit der Mannschaft ins Ausland, nach Italien, fahren würde, zu einem Freundschaftsspiel.

„Ich bin hin- und hergerissen und weiß nicht, wie ich mich verhalten soll. Ich würde mich gerne von der Mannschaft absetzen und im Westen bleiben, andrerseits habe ich hier auch ein schönes Leben als Fußballprofi."

In Rumänien gab es damals keine Fußballprofis. Alle Spieler der UTA hatten einen Arbeitsplatz bei dem gleichnamigen Betrieb UTA, eine große Textilfabrik in Arad, aber alle waren nur für den Fußball freigestellt. Oftmals wurde auch zwei Mal am Tag trainiert.

„Ich bin zwar erst 21 Jahre alt, aber ich weiß nicht, ob ich es in Deutschland schaffe, mich im Fußball durchzusetzen. Aber da jetzt viele Deutsche ausreisen wollen, möchte ich so eine Gelegenheit nicht verpassen.

Wenn alle Deutschen irgendwann weg sind, möchte ich auch nicht hier bleiben."

„Ich weiß nicht, was ich dir raten soll, Sepp" entgegnete ich.

„Meine Einstellung kennst du ja. Ich will auch in etwa zwei Wochen versuchen zu flüchten." Ihm konnte ich dies anvertrauen, denn es war Verlass auf ihn.

Ich verabschiedete mich von ihm und er wünschte mir alles Gute, falls wir uns bis dahin nicht mehr sehen sollten.

Auf dem Schwarzmarkt besorgte ich mir jugoslawische Dinar, denn wir wollten versuchen, mit dem Zug bis Österreich zu gelangen.

Mein Vorschlag, ein Fahrzeug zu besorgen, das uns von Jugoslawien aus weiter bringen könnte, war dem Alten zu gefährlich. Mittlerweile war diese Vorgehensweise in Jugoslawien bekannt und da das Fahrzeug längere Zeit im grenznahen Bereich stehen musste, lauerten die Grenzer so lange, bis die Flüchtlinge ankamen und schlugen dann zu.

Die Flucht wurde für den 20.August geplant. In der letzten Nacht davor, die ich zuhause verbrachte, dachte ich viel nach, wie sehr meine Eltern und besonders meine Mutter darunter zu leiden hätten, wenn ich wieder mehrere Tage nicht nach Hause käme. Mutter hatte sich niemals darüber beklagt, aber ich wusste, dass sie litt, denn oft lästerten die Nachbarn über mich, wenn mal wieder die Polizei bei uns zu Hause war oder ich zum Geheimdienst gerufen wurde. Das, was ich machte, bringe sowieso nichts außer Ärger, meinten sie. Es wäre vernünftiger, mich um wichtigere Dinge im Leben zu kümmern.

Als ich mich unbeobachtet fühlte, richtete ich mir noch ein frisches Hemd und Unterwäsche und packte alles in eine Plastiktüte und legte mich schlafen.

Ich dachte noch eine Weile nach. Meine Freundin hatte vor einiger Zeit Schluss gemacht mit mir. Ihre Eltern hatten sie dazu gedrängt, weil ich es offensichtlich nicht ernst mit ihr meinte.

Einerseits war ich darüber erleichtert, denn ich brauchte so niemandem Rechenschaft abzulegen über mein Handeln.

Seit meinem ersten Fluchtversuch waren schon neun Jahre vergangen. Damals war ich jung, naiv und unbekümmert. Es war eher ein Spiel Räuber und Gendarm. Nun war mir schon bewusst, wie gefährlich das für mich sein könnte. Viele Flüchtlinge waren schon in der Donau ertrunken oder von den Grenzsoldaten zu Krüppeln geschlagen worden.

Aber ich wollte in Freiheit und Würde leben und das war in diesem Land nicht möglich. Es gab so gut wie keine Bürgerrechte in Rumänien und ich wollte frei sein. Freiheit war meine Triebfeder, das war meine Kraft und Zuversicht.

Ich freute mich schon auf den nächsten Tag.

Nach dem Aufstehen machte ich mich fertig. Meine Mutter war auch schon auf und dachte, ich ginge zur Arbeit.

Vor dem Haus wartete schon mein Nachbar Szekey. Mit dem Zug fuhren wir nach Arad. Um zehn Uhr trafen wir uns mit Ambrusch und dem Alten.

Er sagte, es sei etwas dazwischen gekommen. Das Fahrzeug, das uns bis nach Anina bringen sollte, hatte eine Panne und so gehe es erst morgen weiter.

Da auch sie schon das ganze Gepäck dabei hatten, beschlossen wir, nicht nach Hause zu gehen. Wir übernachteten alle in Arad.

Wir sollten uns gegen 19Uhr im Parkhotel treffen und noch einmal alles besprechen.

Dann ging ich mit Szekey noch in die Stadt, wo wir einen Bekannten aus Sankt Anna trafen. Toni. Er war groß und kräftig, hatte blaue Augen und lange blonde Locken. Er sah aus wie ein Wikinger.

„Was macht ihr um die Uhrzeit in der Stadt? Ihr solltet jetzt auf der Arbeit sein."

„Wir gehen zusammen etwas trinken."

Toni war LKW-Fahrer in Arad, er wollte gerade Gold kaufen, um Eheringe anfertigen zu lassen. Er hatte 5.000Lei dabei und zeigte uns den Batzen Geld.

„Ihr führt doch was im Schilde" sagte Toni.

„Bestimmt wollt ihr abhauen, ich sehe es euch in den Augen an.

Zeig mal deine Tüte, was hast du darin."

Er sah die frische Unterwäsche und das Hemd.

„Kann ich auch mitkommen?

Habt ihr überhaupt einen guten Plan?"

„Ich weiß nicht – das können wir nicht alleine entscheiden" sagte ich.

„Komm heute Abend gegen 19Uhr ins Parkhotel, da treffen wir uns mit den anderen"

Ich ging los, um Ambrusch zu suchen und ihn um Rat zu fragen.

Ich traf ihn und den Alten auch und berichtete ihnen von dem Vorfall mit Toni. Ich sagte, er hätte auch 5.000Lei dabei, die könnten wir noch in Dinar umtauschen, dann hätten wir in Jugoslawien zumindest genügend Geld.

„Okay" sagte der Alte. „Er kann mitkommen."

Ich ging wieder zu Toni und Szekey und sagte, es ginge in Ordnung.

Sein LKW war noch mit 700Kilo Tomaten beladen, die er für seine Eltern auf den Markt nach Oradea bringen sollte.

„Ich lasse ihn einfach hier stehen und meine Freundin kann auf die Verlobungsringen auch noch warten – die schicke ich ihr aus Deutschland."
Um 19Uhr trafen wir uns alle wie verabredet im Parkhotel. Wir setzten uns auf die Terrasse am Mareschufer. Wir aßen noch etwas und der Alte erklärte, dass keiner mehr nach Hause dürfe, das sei zu gefährlich.

Szekey sollte bei einem Bekannten übernachten, der Alte, Ambrusch, Toni und ich im Hotel Astoria. Toni und ich nahmen ein Zimmer mit Doppelbett. Er ließ noch eine Flasche Sekt aufs Zimmer kommen, denn wer weiß, was morgen ist. Es war das erste Mal in meinem Leben, dass ich in einem Hotel schlief. Es war alles sehr luxuriös hier.
Wir plauderten noch eine Weile und legten uns dann schlafen.
Am nächsten Tag trafen wir uns, wie verabredet, um 10.00Uhr mit den anderen. Diesmal war auch der Fahrer dabei. Wir kauften noch Proviant für unterwegs und stiegen dann alle hinten im Fahrzeug ein. Es war ein geschlossenes Pannenhilfe-Fahrzeug.

Gegen 13.00Uhr verließen wir Arad in Richtung Anina. Als wir in Anina ankamen, hielt das Fahrzeug am Waldrand und wir warteten, bis niemand in unserer Nähe war, dann stiegen wir aus. Und liefen gleich in den Wald, wo wir uns versteckten und warteten, bis es dunkel wurde.
Als die Dunkelheit anbrach, liefen wir los, der Alte voran und Ambrusch neben ihm. Ich ging eine Weile neben ihnen, um zu sehen, wie gut der Alte den Weg kannte.
Er war sich seiner Sache ganz sicher und bewegte sich auf dem geländigen Weg wie ein Indianer, er schien sich auszukennen und ich ließ mich zurückfallen und lief neben Toni und fragte ihn, wie es ihm gehe.
„Ausgezeichnet! Das ist ja Abenteuer pur, wie im Film."

Ich kannte Toni schon aus der Kindheit, wir haben als Kinder oft zusammen gespielt. Er war schon immer einer der Mutigsten. Ich war froh, dass er dabei war.
Wir gingen bei Dunkelheit. Man gewöhnte sich daran und wir kamen gut voran, obwohl es keinen richtigen Weg gab. Abwechselnd trugen wir das schwere Gepäck mit dem Autoreifen.
Nach drei Stunden machten wir Rast, setzten uns im Kreis zusammen, aßen eine Kleinigkeit und rauchten anschließend eine Zigarette.
„Ab sofort darf uns kein Mensch mehr sehen. Wir müssen sehr vorsichtig sein, vor allem wenn es anfängt zu dämmern" sagte der Alte. „Wenn uns jemand sieht, werden wir sofort verraten. Wenn wir jemanden sehen, müssen wir uns sofort verstecken und ruhig bleiben. Es ist zwar unwahrscheinlich, dass hier Leute vorbei kommen, aber vielleicht ein Jäger oder ein Förster."
Wir liefen weiter durch das Gelände, das jetzt steil nach oben führte. Es wurde langsam hell. Der Nebel legte sich über das Tal. Es war ein schöner Anblick.

„Hier könnte man Urlaub machen," sagte Toni, der immer einen guten Spruch parat hatte.

„Aber damit wir uns einen Urlaub gönnen können, müssen wir erst nach Deutschland durchkommen."

Die Sonne zeigte sich langsam. Es war August und es würde ein schöner warmer Tag werden. Vor einer Waldlichtung machten wir Halt und wollten warten, bis es wieder dunkel werden würde.

„Von hier aus können wir die Gegend gut überblicken, falls jemand hier vorbei kommt, verstecken wir uns im Gebüsch. Wir schlafen eine Weile."

Ich konnte nicht schlafen, denn es war noch richtig kühl. Den ganzen Tag blieben wir an diesem Ort, erzählten viel und machten Witze. Es war wie im Urlaub.

Sobald es dunkel wurde, liefen wir weiter.

Gegen 23Uhr sollten wir im Grenzgebiet ankommen. Die Anspannung stieg. Alle verhielten sich ruhig. Keiner machte mehr Witze.

Ich lief eine Weile neben Toni. Auch ihm war die Anspannung anzumerken, obwohl er versuchte, sie zu verbergen und wieder einen lockeren Spruch preisgab.

Mein Freund Szekey trug das schwere Gepäck und sagte, ich solle es ihm wieder abnehmen. Mit der Zeit wurde es verdammt schwer.

Ich trug das schwere Gepäck und Toni machte sich über mich lustig. „Halte noch eine Weile durch, dann nehme ich es dir ab, du Hänfling!"

Wir gelangten an die Spitze des Berges. Von da aus war die Donau schon zu sehen, aber im Augenblick war es noch zu dunkel.

Der Himmel war leicht bewölkt.

Ab hier ging es abwärts. Das war leichter zu gehen als bergauf.

Die Donau wurde sichtbar.

„Wir dürfen jetzt nicht mehr miteinander reden" sagte der Alte.

Wir machten Halt.

Im Flüsterton sagte unser Führer, dass wir noch einige Stunden das Geschehen beobachten würden und gegen zwei Uhr nachts losgehen werden.

Ich sah das Grenzerboot auf der Donau, das sich flussabwärts bewegte. Mit riesigen Scheinwerfern suchten die Soldaten das Wasser ab, rechts und links. Es fuhr sehr langsam.

Wir versuchten, noch eine Weile zu schlafen, um Kräfte zu sammeln. Die Nacht war sehr kalt. Toni und Szekey lagen neben mir, wir drängten uns aneinander, um uns gegenseitig zu wärmen.

Dann war es soweit. Das Grenzboot war gerade vorbeigefahren. Normalerweise kam es erst in zwei Stunden zurück, aber darauf konnte man sich nicht hundertprozentig verlassen. Manchmal kehrte es auch früher um.

Wir machten uns fertig zum Aufbruch.

Ein bisschen Angst hatte ich schon, hielt mich aber immer in der Nähe des Alten auf. Der schien überhaupt keine Angst zu haben, er strahlte richtig Zuversicht aus, das ermutigte mich auch.

Im Gänsemarsch liefen wir hintereinander her, voran der Alte.

Wir gingen jetzt sehr langsam, es ging nicht mehr so steil bergab. Toni fiel immer mehr zurück, der Alte merkte es und hielt an.

Aus seiner Proviandtasche zog Toni eine Flasche Cognac heraus und wollte gerade einen kräftigen Schluck aus der Flasche nehmen, um seine Angst wegzuspülen.

„Es ist gefährlich, jetzt Alkohol zu trinken" klärte ihn der Alte auf. „Nachher brauchst du deine ganze Kraft und Ausdauer, um die Donau zu durchschwimmen."

Toni trank dennoch einen Schluck und steckte die Flasche wieder zurück.

„Nach etwa zwanzig Metern kommt ein Maisfeld, darin sind Drähte gespannt" flüsterte uns der Alte zu. „Wenn der Draht reißt, geht eine Leuchtrakete hoch, da müssen wir höllisch aufpassen.

Die Donau ist hier verdammt breit und eiskalt."

„Da sollen wir jetzt nachts um zwei Uhr nur mit einer Badehose bekleidet rein" flüsterte mir Toni zu. Ich sah ihm seine Angst an.

Außer ihm waren wir ja alles erfahrene Hasen, Ambrusch und der Alte waren schon zweimal im Gefängnis wegen Grenzfluchtversuchs, Szekey und ich jeweils einmal.

Wir bewegten uns langsam voran. Ich lief geduckt direkt neben dem Alten und Ambrusch. Ich spürte förmlich ihre Entschlossenheit.

In so einem Moment bedarf es keiner großen Worte, man muss sich nicht einmal anschauen, man spürt förmlich, ob jemand Angst hat oder nicht. Bei den beiden war keine Spur von Angst oder Unsicherheit vorhanden.

Meine Augen gewöhnten sich an die Dunkelheit. Deutlich sah ich die Donau und mir wurde auf einmal bewusst, wie nahe ich der Freiheit war. Sie war schon mit den Augen zu erkennen. Auf diesen Augenblick hatte ich schon seit meiner Entlassung aus dem Gefängnis gewartet und davon geträumt.

Hundertmal war ich im Traum schon in Deutschland und dann gab es immer das böse Erwachen.

Ich wollte nur dem Unrechtregime von Ceausescu und seinem Geheimdienst entkommen.

Ich spürte, wie die letzten Reste von Zweifel und Angst aus meinem Körper und meiner Psyche wichen. Der Gedanke an Freiheit beflügelte mich und ich spürte regelrecht, wie Energie in meinen Körper strömte.

Dieses wunderbare Gefühl hatte ich schon einmal: es war im Frühjahr, im Gebäude der Securitate, als ich mich ohne ein bisschen Angst mit den Securitate-Offizieren anlegte. Freiheit ist ein so kostbares Gut, dass es ungeahnte Kräfte in einem weckt.

Ich fühlte mich jetzt so stark. Ich wäre in der Lage, zu Fuß nach Deutschland zu laufen, nur um diesem Unrechtregime zu entkommen.

Ich ließ mich etwas zurückfallen und lief eine Weile neben Toni her.

Verstohlen blickte ich ihn an, um seinen Gemütszustand zu erkennen. Ich wollte, dass auch er meine Entschlossenheit und meinen Mut spürte und dass es ihn ein wenig aufbauen würde.

Er machte einen wesentlicheren entschlosseneren Eindruck als vorhin. Der Alte und Ambrusch hielten an.

Wir waren am Waldrand angelangt.

Ambrusch nahm jetzt das Gepäck des Alten, der einen Bambusstock, so dick wie ein Zeigefinger und etwa 40cm lang, hervorholte.

Vor uns war das Maisfeld. Der Mais war etwa anderthalb Meter hoch. Wir wussten nun, dass in dem Maisfeld auf Kniehöhe Drähte gespannt waren. Wenn einer von uns jetzt den Draht berührte, den wir womöglich übersehen hätten, wäre die ganze Aktion gescheitert, denn die Leuchtraketen, die dann aufsteigen würden, würden unseren Platz verraten. Für die Grenzsoldaten wäre es ein leichtes, uns einzukreisen und einzufangen. Deshalb war jetzt äußerste Vorsicht geboten.

Der Alte nahm den Bambusstab zwischen Daumen und Zeigefinger und hielt ihn wie ein Pendel vor sich und wir setzten uns im Gänsemarsch in Bewegung. Nach etwa 20m hatte er den ersten Draht entdeckt.

Wir hielten alle an. Der Alte legte das schwere Gepäck von Ambrusch über den Draht auf den Boden. Vorsichtig überstieg er dann den Draht. Dann war Ambrusch dran, überstieg den Draht und ging noch etwa drei Schritte weiter. Der Alte zeigte mir jetzt eindeutig den Draht, ich stieg ganz vorsichtig drüber und lief langsam zu Ambrusch, wo ich auch wartete, bis alle anderen über den Draht gestiegen sind. Dann ging wieder alles von vorne los.

Der Alte lief ganz vorsichtig mit seinem Pendel voran und lauerte, bis er den nächsten Draht entdeckte. In etwa 25m Entfernung erblickte er den nächsten.

Unsere Anspannung wuchs ins Unermessliche. Wir machten bei den Bewegungen nicht die geringsten Geräusche, die uns verraten hätten. Wir überstiegen alle ganz vorsichtig den Draht und gingen noch einige Meter.

Bevor das Maisfeld endete, hielten wir noch in dessen Deckung an und pumpten mit der mitgebrachten Luftpumpe den Autoreifen auf, in den wir später unsere Kleidung, verpackt in Plastikbeuteln, anhängen wollte.

Wir hatten alle schon die Badehose an. Fast auf dem Boden kriechend verließen wir das Maisfeld, allen voran der Alte. Wir näherten uns immer mehr der Donau. Ambrusch flüsterte ganz leise: „Anhalten, da stimmt was nicht."

Wir blieben alle dicht beieinander in der Hocke sitzend. Ambrusch deutete auf einen Strauch, der sich etwa 15m vor uns befand.

„Da hat sich etwas bewegt."

Wir waren alle wie versteinert und sahen auf das Gebüsch und erblickten tatsächlich Umrisse, aber es bewegte sich nichts.

„Ich glaube, da sitzt ein Grenzsoldat neben dem Gebüsch."

138

Wir starrten alle auf das Gebüsch. Diese Zeit kam mir wie eine Ewigkeit vor.
Toni flüsterte: „Das werden wir gleich haben" und hielt einen Stein in der Hand, den er aufgelesen hatte.
Voller Wucht warf er den Stein Richtung Gebüsch.
Die Gestalt neben dem Gebüsch richtete sich jetzt auf und schrie ganz laut: „Halt! Stehen bleiben oder ich schieße!"
Einen Augenblick lang war Totenstille.
Szekey, der hinter mir war, drehte sich blitzartig um und fing an Richtung Maisfeld zu laufen und instinktiv machten wir alle das gleiche.
Ich rannte so schnell wie noch nie in meinem Leben. Da ich sehr schlank und vom Fußballspielen gut durchtrainiert war, war ich schnell an erster Stelle.
Ich hatte das Maisfeld noch nicht erreicht, da peitschten auf einmal Schüsse. Ich hörte das Zischen der Kugeln und traute mich nicht, mich umzudrehen und lief einfach weiter. Jetzt rannte ich um mein Leben. Ich hörte auch die anderen hinter mir herrennen.
Ich erreichte das Maisfeld, es ging wieder bergauf. Plötzlich spürte ich ein Hindernis an meinem Oberschenkel, das schnell nachgab. Es zischte und knallte wieder. Leuchtraketen stiegen in die Luft, die alles erhellten.
Für mich glich das alles einem Inferno. Es war eine Extremsituation, die ich so noch nie erlebt hatte.

Wir liefen weiter durch das Maisfeld, als die nächsten Drähte rissen. Dann war wieder dieses Knallen und Zischen. Ich erreichte den Waldrand, verhedderte mich in einer Dornenhecke und kam nur schwer voran.
Die anderen überholten mich. Ich konnte keinen klaren Gedanken mehr fassen.
Alles was ich tat war rein instinktiv. In meinem Gehirn schwirrte alles durcheinander und auf einmal hatte ich keine Angst mehr.
Nun war es nicht mehr der Gedanke an Freiheit, der die Angst verdrängte.
Ich war es ja gewohnt, mit Extremsituationen umzugehen, aber diese stellte alles bisherige in den Schatten.
Auf einmal wurde ich ganz ruhig und entspannt. Ich fühlte etwas warmes auf meinem Oberarm. Mein Hemd war zerrissen. Ich langte mit meiner Hand an den Oberarm und spürte das Blut.
Wahrscheinlich hatte ich mich in der dichten Dornenhecke verletzt. Ich fühlte aber überhaupt keinen Schmerz. Ich hörte die anderen keuchen und schwer atmen.
Außer Atem blieben wir stehen.
Ambrusch, Toni und der Alte standen auf einmal neben mir. Szekey fehlte, aber wir machten uns vorerst keine Gedanken darüber. Erschöpft setzten wir uns erstmals hin und warteten ab.
Unten im Tal waren laute Rufe und Schreie zu hören. Es hatten sich mehrere Soldaten dort versammelt. Auch lautes Hundegebell war zu hören.

Genau vor dieser Situation hatte ich mich immer gefürchtet. Nachts von Soldaten in einer abgelegenen Gegend erwischt zu werden. Nur diesmal spürte ich keine Angst. Die Gelassenheit und Ruhe auch der anderen war unglaublich. Sie saßen seelenruhig neben mir.

Ein LKW fuhr mit aufblendenden Scheinwerfern ins Tal, voll beladen mit Grenzsoldaten und bellenden Schäferhunden.

Ich konnte alles beobachten.

Hastig sprangen die Soldaten aus dem Fahrzeug. Die Schäferhunde zerrten unruhig und nervös an der Leine. Am liebsten wären sie gleich in unsere Richtung losgerannt. Sie witterten uns schon.

Ich wartete ganz entspannt, dass die Soldaten den Berg herauf kämen und uns festnehmen würden. Stumm saßen wir nebeneinander. Keiner von uns sagte ein Wort.

Im Tal wurde es immer ruhiger. Die Soldaten stiegen samt den Hunden wieder in den LKW und fuhren wieder in die gleiche Richtung, aus der sie gekommen waren.

Wir blieben noch eine Weile sitzen und ruhten uns aus. Von Szekey war nach wie vor nichts zu sehen.

Dann sprachen wir leise miteinander.

Ambrusch fragte, wer ihn als letzter gesehen hätte. Keiner konnte sich genau daran erinnern. Ob er vielleicht von einer Kugel des Grenzsoldaten getroffen wurde und irgendwo unten verletzt liegen würde?

Wir beschlossen, den Weg zurück zu gehen, Richtung Heimat.

Unten war nichts mehr zu hören von den Grenzsoldaten.

Zu unserer Überraschung waren sie nicht mit den Hunden den Berg hoch gekommen, obwohl es gar kein Problem gewesen wäre, uns zu suchen und zu finden. Ich verstand das alles nicht, war aber darüber erleichtert, nicht erwischt und verprügelt worden zu sein.

Wir hatten zwar nichts erreicht und mussten einen langen Weg zurück laufen, aber wir waren mit dem Leben davongekommen.

Es dämmerte leicht. Wir liefen weiter. Nach einer Weile setzten wir uns, um zu rasten. Ich war müde, drei Nächte ohne Schlaf.

Als ich davon flüchtete, hatte ich meine Provianttasche weg geworfen und alle anderen auch. Nun hatten wir weder etwas zu essen noch zu trinken.

Ich hatte mehr Durst als Hunger.

Der Alte entdeckte einen Brombeerstrauch voller großer reifer Brombeeren. Wir machten uns alle darüber her.

Nachdem wir uns so gestärkt hatten, redeten wir noch eine Weile.

„Das mit dem Soldaten ist mir ein Rätsel" sagte der Alte. „Vor zwei Jahren bin ich an der gleichen Stelle geflüchtet und habe die Donau durchschwommen und wurde erst weit im Inneren Jugoslawiens festgenommen und nach Rumänien zurückgeschickt. Und vor etwa 14 Tagen war ich auch hier und habe das Gelände ausgekundschaftet, bin bis ans Wasser gegangen. Es war kein Soldat weit und breit zu sehen.

Aus Erzählungen aus dem Gefängnis weiß ich allerdings, dass es einen sogenannten ‚Punkt fix' gibt. Da geht ein Grenzsoldat ins Gelände und versteckt sich an einem beliebigen Platz, den er sich aussucht und bleibt dort vier Stunden, ohne sich zu bewegen. Nach vier Stunden geht er zurück und ein anderer Soldat rückt aus und versteckt sich. Dieser ‚Punkt fix' ist bei einer Flucht immer das Restrisiko."

An der Donau wurden die meisten Flüchtlinge von dem Patrouillenboot erwischt oder vorher schon, wenn man einen Draht durchtrennte und die Leuchtraketen hochstiegen.

Wir liefen weiter, der Frühnebel löste sich langsam auf, die Sonne drückte sich durch. Es würde ein wunderschöner warmer Tag werden.
Die Brombeeren hielten nicht lange an. Der Durst meldete sich wieder. Jetzt würde ich alles für einen Schluck Wasser geben.
Es war mittlerweile gegen zehn Uhr morgens. Wir beschlossen, seitlich in das Tal abzusteigen, weil wir hofften, dort einen Bach zu finden, aus dem wir Wasser trinken könnten. Nach einer Stunde kamen wir tatsächlich an ein rauschendes Bächlein mit glasklarem Wasser. Wir legten uns alle auf den Bauch und tranken aus dem Bach das herrlich frische Wasser.
Ich zog mein Hemd aus und wusch meinen Oberkörper und das verkrustete Blut von meinem Oberarm. Dort hatte ich eine tiefe Wunde und mehrere Kratzer von der Dornenhecke, in die ich voller Panik reingelaufen war.
Alle waren gut gelaunt. Es war idyllisch hier und totenstill, die Sonne schien ganz warm. Es war wie im Urlaub. Wir saßen und erzählten und machten schon wieder Pläne für die nächste Flucht. Wir beschlossen, in den nächsten 14 Tagen, bevor es nachts kalt werden würde hier in den Bergen, nochmal eine Flucht zu wagen.
Alle waren einverstanden.
Wir wollten dann noch vorsichtiger sein und das Gelände länger überwachen, damit uns so etwas wie jetzt nicht wieder passierte.
Wir saßen alle entspannt da und blickten zum Bach.
Auf einmal durchbrach das uns mittlerweile bekannte „Ritsch-Ratsch" die Stille.
Ich zuckte zusammen. Das metallische Geräusch durchbrach die Stille.

„Hände hoch und aufstehen" sagte eine Stimme.
Ich traute nicht, mich umzudrehen, so sehr hatte mich dieses Geräusch erschreckt. Ein Schreck durchfuhr alle meine Glieder. Ich nahm die Hände über den Kopf und stand langsam auf und drehte mich um. Ich blickte in den Lauf einer Kalaschnikow-Maschinenpistole.

„So, jetzt alle schön hintereinander herlaufen und keine Dummheiten machen, sonst drücke ich sofort ab!"

Wir gingen mit erhobenen Händen hintereinander her.

„Geht mal schön ins Wasser" befahl der Soldat „Dann habe ich euch besser im Blick."

„Ihr wolltet doch heute Nacht die Donau durchschwimmen. Ihr werdet doch keine Angst haben vor dem bisschen Wasser!"

Wir gingen nun mitten im Bächlein, das Wasser ging mir gerade bis über den Knöchel.

Nach etwa zehn Metern durchbrach ein lauter Knall die Stille im Tal. Ich zuckte zusammen. Der Soldat hatte einige Schüsse in die Luft abgefeuert, wahrscheinlich um Hilfe anzufordern.

Wir gingen im Gänsemarsch weiter. Ich hörte, wie einige Soldaten angelaufen kamen.

Der eine schrie, als er noch etwa drei Meter von uns entfernt war:

„Da sind die Banditen, die heute Nacht unseren Kameraden mit einem Stein angegriffen haben."

Einer stürzte sich von hinten auf mich. Ich bekam einen Faustschlag auf den Hinterkopf. Als ich mich umdrehte, bekam ich einen Tritt mit dem Stiefel in den Unterleib. Ich nahm meine Hände runter und krümmte mich vor Schmerzen.

Da schrie der Soldat, der das Gewehr auf uns richtete: „Hände hoch oder ich schieße sofort! Wenn noch mal einer die Hände runter nimmt, schieße ich sofort ohne Vorwarnung!"

Die herbeigeeilten Soldaten prügelten auch auf die anderen ein.

Mit quietschenden Reifen kam ein Militärjeep angebraust.

Ein Offizier stieg aus und rief: „Sofort aufhören zu schlagen!"

Die Soldaten ließen von uns ab.

Der Offizier übernahm das Kommando.

„Raus aus dem Wasser und mit erhobenen Händen stehen bleiben!"

Es kam noch ein zweiter Jeep dazu.

Wir wurden aufgefordert, in die Fahrzeuge zu steigen. Kaum saßen wir, brausten sie auch schon davon und brachten uns in eine kleine Militäreinheit der Grenzsoldaten, wo schon einige Offiziere auf uns warteten.

Als ich den Raum betrat, sah ich meinen Freund Szekey auf einer Bank sitzen und die Hände vorne mit einer Schnur gefesselt.

Uns allen anderen wurden auch die Hände gefesselt, dann mussten wir uns auch auf die Bank setzen.

Es herrschte wildes Durcheinander.

Links und rechts des Raumes befand sich jeweils ein Büro, in welchem viele Offiziere ein und aus gingen.

Vor der Tür des Vorraums, in dem wir uns befanden, stand ein Soldat mit einer Maschinenpistole im Anschlag.

Toni saß links neben mir. Ich wandte mich ihm zu und sah in sein Gesicht. Er sah mitgenommen aus und blickte ernst.

Der Alte wurde als erster zum Verhör in das Büro links gerufen. Nach etwa zwanzig Minuten kam er wieder heraus und Ambrusch musste rein. Ich wurde in

das Büro rechts gerufen. Meine Personalien wurden aufgenommen,
Ein Offizier tastete mich von oben bis unten ab, langte mit der Hand in meine
Hosentasche und fand die jugoslawischen Dinar, die ich noch dabei hatte. Er
nahm alles zu Protokoll. Ob ich nicht wüsste, dass es in Rumänien verboten sei,
andere Währungen als Lei zu besitzen.
„Nein, das weiß ich nicht."
„Was wolltest du mit dem Geld anfangen?"
„Ich wollte mir in Jugoslawien Lebensmittel, Essen und Getränke kaufen."
„Aber Gott sei Dank bist du nicht dazu gekommen, weil unsere Grenze sehr gut
bewacht wird von unseren tapferen Soldaten.
Wer ist der Anführer der Truppe?"
„Keiner. Wir haben das alle zusammen geplant."
„Wer hat das Pannenhilfe-Fahrzeug nach Anina gefahren?"
„Ich weiß es nicht. Ich habe mit dem Fahrer kein einziges Wort gesprochen. Ich
bin in Arad hinten in das Fahrzeug eingestiegen und habe den Fahrer nur kurz
vorher gesehen."
Ich durfte wieder gehen und setzte mich wieder auf die Bank.
Der Toni kam nun an die Reihe.
Nach etwa dreißig Minuten kam auch er wieder heraus.
Die Offiziere wurden nervös, weil sie den Namen des Fahrers nicht erfahren
konnten, der uns gefahren hatte.
Ein Offizier sagte uns: „In etwa einer halben Stunde trifft der Kommandant dieser
Einheit ein und er wird schnell herauskriegen, wie der Fahrer heißt. Mit ihm ist
nicht zu spaßen."
Es dauerte eine Weile und es tat sich nichts.
Plötzlich kam ein Soldat angelaufen und rief. „Er kommt! Er kommt!"
Ein großer kräftiger Mann erschien im Raum und prüfte uns mit strengem Blick.
„Wieso dürfen sie sich noch gegenseitig ansehen? Sofort die Augen verbinden."
Mit einer Binde wurden uns die Augen verbunden. Als erstes wurde der Alte zum
Kommandanten gerufen. Ich lauschte neugierig, was passierte. Nach einer Weile
hörte ich Schreie und Schläge. Immer wieder.
Als nächstes war Ambrusch dran, der direkt neben mir saß. Ich hörte wieder
Schläge immer wieder. Ich erkannte Ambrusch an der Stimme, als er laut
losbrüllte:
„Du Feigling, binde mir die Hände los! Du bist bewaffnet und ich gefesselt und
du verprügelst mich."
Die Schläge wurden jetzt noch schlimmer.
„Wenn ich jetzt meine Hände frei hätte, würde ich dir sofort in die Fresse
schlagen, du Feigling! Wer erlaubt es dir überhaupt, mich zu schlagen. Ich weiß,
wie der Fahrer heißt, aber ich sage es dir nicht, auch wenn du mich tot schlägst."

Ich habe Ambrusch noch nie so in Rage erlebt. Er kam wieder heraus und setzte
sich neben mich. Ich konnte ihn nicht sehen, aber ich hörte ihn schnaufen. Er war
auf 180.

Ich wurde aufgerufen.

Im Büro wurde meine Augenbinde abgenommen. Die Frage des Kommandanten lautete klar und deutlich:

„Wie heißt der Fahrer, der euch gefahren hat?"

„Genosse Colonel, ich sage ganz ehrlich, dass ich es wirklich nicht weiß. Ich habe ihn nur kurz gesehen in Arad. Ich habe ihn auch vorher noch nie gesehen und habe nie ein Wort mit ihm gesprochen. Auch wenn sie mich totschlagen, ich kann es ihnen nicht sagen."

Der Kommandant sah mich mit prüfendem Blick an und sagte. „Du kannst wieder gehen."

Ganz erleichtert ging ich wieder hinaus.

Ambrusch flüsterte mir zu: „Du bist aber schnell davongekommen."

„Ja" sagte ich.

Dann wurde der Toni und der Szekey noch aufgerufen und dann passierte eine Weile gar nichts.

Immer wieder fiel mein Kopf nach unten. Ich war todmüde und wollte nur noch schlafen.

Ein Schäferhund schnupperte an meinen Beinen. Ich war sofort hellwach als der Soldat rief: „Hier wird nicht geschlafen!"

Nach einer Weile wurde ich aufgerufen, in das andere Büro, rechts zu kommen.

Meine Augenbinde wurde abgenommen.

Erstaunlicherweise sah ich einen Polizisten vor mir. Ein Soldat war noch dabei, um auf mich aufzupassen.

„Ich habe soeben einen Telefonanruf aus Arad bekommen. Du bist hier der Rädelsführer. Anscheinend hast du in Arad der Polizei und dem Geheimdienst auch viel Ärger bereitet.

Mit dem Bauch auf die Bank legen! Binde ihm die Hände unter der Bank zusammen" befahl er dem Soldaten.

Kaum lag ich so gefesselt da, nahm der Polizist seinen Gummiknüppel und drosch auf mich ein.

Zuerst von oben auf den Rücken, dann bis zum Hintern runter. Es tat furchtbar weh. Er machte eine kleine Pause und legte dann wortlos von vorne los. Ich biss die Zähne zusammen und stöhnte nur leise.

Am Hintern bekam ich den zweiten und dritten Schlag auf die gleiche Stelle. Die Schmerzen waren kaum auszuhalten. Ich spürte die Schläge bis ins Gehirn.

Aber ich tat dem Polizisten den Gefallen nicht, zu betteln oder laut zu schreien, denn das würde ihn noch mehr anspornen.

Ich konnte mich kaum noch auf der Bank halten. Es wurde mir schlecht vor Schmerzen.

Nach etwa 20 bis 25 Schlägen, die er mir von oben bis unten verpasste, hörte er auf zu schlagen.

„Binde ihm die Hände wieder los" befahl er dem Soldaten.

Ich konnte kaum auf den Füßen stehen, ich krümmte mich vor Schmerzen.

„Raus hier!" raunzte der Polizist.

Ich setzte mich wieder auf meinen Platz. Der Soldat begleitete mich, weil meine Augen wieder verbunden waren.

Ich setzte mich auf die harte Bank und verspürte einen höllischen Schmerz. Ich konnte kaum sitzen.

Ambrusch flüsterte mir zu. „Diesmal hast du aber eine ordentliche Tracht Prügel bekommen."

Ich kannte ihn schon so lange und auch wenn ich ihn jetzt nicht sehen konnte, wusste ich, dass er leicht ironisch grinste.

Es war schon später Nachmittag. Ich hatte Hunger und Durst und war hundemüde.

Die Augenbinde wurde mir und allen anderen abgenommen. Toni schaute mich an und lächelte dabei verschmitzt. Er musste das wahrscheinlich auch mitbekommen haben, dass ich ordentlich verprügelt worden war.

Ich konnte nicht lange auf einer Stelle sitzen, sonst wurden die Schmerzen unerträglich.

Wir wurden weggebracht.

Einige hundert Meter liefen wir zu Fuß, bewacht von zwei Soldaten mit Maschinenpistolen. Ich stand jetzt direkt am Ufer der Donau. Es war warm. Die Sonne stand noch hoch. Zwei Fahrzeuge standen bereit, die uns wegbringen sollten.

Ich sah noch mal ans andere Ufer der Donau und mir wurde klar, dass keine hundert Meter entfernt für mich die Freiheit lag.

Bis jetzt hatte ich oft von Freiheit geträumt, aber jetzt sah ich sie.

Vögel und Tiere können ungehindert diese Grenze passieren, nur wir Menschen wurden eingesperrt und durften nicht frei sein.

Ich war frustriert und deprimiert, dass ich verprügelt und gedemütigt wurde und demnächst wieder in ein dreckiges und stinkiges Loch abgeführt werden sollte.

Ich blickte noch einmal zum anderen Ufer nach Jugoslawien, bevor ich das Fahrzeug bestieg.

Nach einer halben Stunde waren wir am Ziel.

Es schien eine Grenzeinheit der Marine zu sein, denn ich sah einige Matrosen.

Wir wurden in Empfang genommen und gleich in eine Zelle gesperrt.

Ich kam mit Szekey und dem Alten zusammen in eine Zelle. Es gab keine Betten. Wir mussten in der Nacht auf dem Fußboden schlafen. Am nächsten Morgen sollte es weiter gehen.

Die Handfesseln wurden uns abgenommen. Wir bekamen etwas zu essen und zu trinken. Anschließend wurden wir wieder gefesselt. Ich bat den Soldaten, meine Hände am Rücken zusammen zu binden, denn ich konnte nur auf dem Bauch liegen. Ich legte mich auf den Bauch, der Soldat band meine Hände so fest am Rücken zusammen, dass sie sich ganz taub anfühlten. Am Schluss trat er mir mit seinen Stiefeln in den Hintern und sagte dabei:

„Wenn euch das rumänische Brot nicht schmeckt, dann geben wir euch eben den rumänischen Stock!"

Ich versuchte zu schlafen, war eigentlich todmüde, konnte aber nicht schlafen. Zu sehr schmerzte mein ganzer Körper und der Soldat hatte meine Hände so fest gefesselt, dass sie taub geworden waren.
Ich schreckte hoch, als ein Soldat an die Tür polterte und zum Wachsoldaten sprach:
„Lass mich da rein, ich schlage alle drei zusammen. Wegen solchen Leuten müssen wir jede Nacht auf Patrouillenfahrt!"
Es war gerade Schichtwechsel. Nun musste die nächste Schicht mit dem Boot die Donau abfahren,
„Schließ die Zelle auf!" brüllte er nochmals.
„Nein, hier kommst du nicht rein. Ich bin verantwortlich für die Gefangenen."
Danach kehrte wieder Ruhe ein. Der Soldat schloss die Zelle auf und kam auf mich zu. „Deine Arme sind schon ganz blau angelaufen, so fest hat der Idiot sie zusammen gebunden." Er lockerte die Schnur etwas und ich spürte, wie meine Hände wieder durchblutet wurden.

Gegen acht Uhr morgens wurde die Zelle wieder aufgeschlossen. Als der Soldat meine Fesseln abnahm, konnte ich mich endlich richtig bewegen. Ich stand auf und lief ein paar Schritte. Mein Rücken schmerzte so stark, dass ich nicht gerade gehen konnte. Wir bekamen Frühstück und wurden in einem Jeep weg gebracht.
An den Ortsschildern konnte ich erkennen, dass es Richtung Temeswar ging.
Wir hielten erneut an und wurden an einem weiteren Grenzkontrollpunkt wieder in eine Zelle eingeschlossen. Hier war es jedoch lockerer.
Der Offizier war sehr höflich zu uns. Anfangs machte er sich jedoch über uns lustig: „Ihr seid ja noch ganz. Vorgestern haben wir hier in Jimbolie drei Flüchtlinge geschnappt, denen ging es viel schlechter als euch. Die sind weg gelaufen und dann haben wir die Schäferhunde auf sie losgelassen. Einem fehlte danach ein ganzes Stück Fleisch aus seinem Hintern."

In der Zelle gab es ein Bett. Ich legte mich sofort darauf.
„Morgen wird ein Fahrzeug aus Arad kommen, dass euch hier abholt" sagte der Offizier und wir erfuhren noch eine erfreuliche Nachricht, nämlich dass Grenzflüchtige nicht mehr eingesperrt werden sondern am Arbeitsplatz überwacht werden.
„Auch Wiederholungstäter?" hakte ich nach.
„Das kann ich nicht genau sagen."
Der einzige, der sich richtig freute, war Toni.
„Na, da kann ich ja nach dem Schreck gleich meine Verlobung nachholen! Meine Leni wird sich freuen, wenn sie mich wieder sieht und ich auch – das muss ich zugeben" sagte Toni überglücklich.

Ich schlief die ganze Nacht durch. Am nächsten Morgen bekamen wir Frühstück und ein Polizist kam in unsere Zelle. Er musterte uns erst einmal und sagte dann.

„Jetzt bringe ich erst einmal die verlorenen Söhne heim nach Arad."

Wir stiegen ins Fahrzeug.

Der Polizist war ganz locker. Zu meiner Überraschung, wurden uns die Hände nicht mehr gefesselt.

Es war Sonntag Vormittag gegen zehn Uhr. Es würde wieder ein warmer Tag werden.

Toni nahm wieder auf dem Beifahrersitz Platz. Es schien mir, als kenne er den Polizisten, denn er fing gleich ein intensives Gespräch mit ihm an, wollte wissen, ob er heute noch nach Hause dürfe.

Er würde sich sehr freuen, seine Verlobte wieder zu sehen.

Der Polizist sprach ihn immer wieder neckisch an, indem er den Nachnamen in „Zifferblatt" verdrehte.

Toni kannte viele Polizisten in Arad und er war mit allen Wassern gewaschen.

Mit seinem LKW unternahm er oft Schwarzfahrten, um sich etwas dazu zu verdienen. Die meisten Polizisten kannten ihn gut, denn er bestach sie regelmäßig.

Der Polizist konnte ihm aber nicht genau sagen, ob er nach Hause könnte.

Ambrusch meinte, wir Wiederholungstäter müssten aber alle mit dem Gefängnis rechnen.

Nach einer guten Stunde erreichten wir Arad und wurden ins Polizeirevier gebracht.

Da es Sonntag war, war nicht viel los, die meisten Polizisten hatten dienstfrei.

Wir warteten in einem Raum, bis ein zuständiger Polizist kam. Dies geschah nach einer halben Stunde. Unsere Personalien wurden wieder aufgenommen.

Auch er erkannte Toni sofort und sagte zu ihm:

„Dass du versuchen würdest aus Rumänien zu flüchten, hätte ich nie geglaubt, Toni.

Weißt du noch, wie oft ich dir schon geholfen habe – und nun das!?"

„Darf ich heute noch heim?" wollte Toni gleich wissen.

„Was heißt heim – in die Arrestzelle wirst du gleich wandern, wie alle anderen auch!" Toni glaubte zunächst an einen schlechten Scherz.

„Hol mal den Friseur!" befahl der Polizist daraufhin.

Der Friseur kam herbeigeeilt.

„So Toni, setz dich mal als erster gleich auf den Stuhl!"

Auch ich glaubte noch an einen Scherz.

Als der Friseur ansetzte, dem Toni eine Glatze zu scheren, hob dieser seine Hände vor den Kopf und sagte:

„Ich möchte doch nächste Woche heiraten. Wie sieht das denn aus als kahlgeschorener Bräutigam!?"

„Wenn du vorhast, demnächst zu heiraten, warum zum Teufel, wolltest du dann über die Grenze flüchten?"

„Auf, verpass ihm sofort eine Glatze!" rief der Polizist dem Friseur zu. Dieser zögerte noch und fuhr Toni durch seine schönen langen Locken, dann setzte er jedoch an.

Auch mir tat es in der Seele weh, denn ich wusste, als nächster komme ich dran. Zunächst musste ich jedoch lachen, als ich Toni mit Glatze sah. Doch danach kamen wir der Reihe nach dran. Nachdem wir alle fertig waren, wurden wir erst einmal in den Keller gebracht, mussten unsere Kleidung ablegen und bekamen Sträflingskleidung.

Als ich meinen Oberkörper entblößte, fragte der Polizist: „Was haben die denn mit dir gemacht? Du hast ja am ganzen Körper blaue Flecken!" Ich antwortete nicht, denn er konnte es sich sicher denken, woher die blauen Flecken kamen.

Ich wurde in eine Zelle gesteckt, in der schon ein Häftling war. Ich hörte noch, dass Szekey und Toni in die Nachbarzelle kamen.

Mein Zellenmithäftling fragte mich sofort, was ich denn verbrochen hätte.

„Über die Grenze flüchten" antwortete ich kurz, denn ich hatte keine Lust zu reden. Ich legte mich aufs Bett und versuchte zu schlafen, um die ganze Sache erst einmal zu vergessen.

Nach einiger Zeit wurde der Mithäftling abgeholt und ich war ganz alleine. Ich wäre lieber mit den anderen zusammen gewesen. Ich lag apathisch am Bett, als sich die Zellentür öffnete und ein Mann hineingeschubst wurde. Er trug noch Zivilkleidung, ein weißes, blutdurchtränktes Nylonhemd. Er war ganz verwirrt und sichtlich betrunken. Er setzte sich aufs Bett und weinte und jammerte.

„Was ist denn passiert?" fragte ich.

„Ich habe vor ein paar Stunden einen Mann erstochen."

Er war zusammen mit Kollegen in der Wirtschaft. Alle tranken viel, es kam zu einer Rauferei und er zog ein Messer und stach zu. „Es tut mir alles so Leid! Ich wollte ihn nicht töten!" stammelte er und legte ich aufs Bett. Kurz danach hörte ich lautes Schnarchen.

Auch ich legte mich hin, wurde mitten in der Nacht wach, denn mein Zellengenosse tobte. Er war mittlerweile aus seinem Rausch aufgewacht und begriff, was er gemacht hatte. Er schlug wie wild um sich, mit allem, was er in die Hände bekam. Ich bekam es mit der Angst zu tun. Ein Polizist holte den Tobenden ab, ich war ganz erleichtert und versuchte erneut, einzuschlafen.

Meine Zelle wurde aufgeschlossen, ich bekam Frühstück: Brot mit Marmelade und eine Tasse Tee. Anschließend legte ich mich wieder hin, weil ich nachts nicht gut geschlafen hatte.

Meine Zelle wurde aufgeschlossen und ich wurde zum Verhör abgeholt.

Ein junger Geheimdienst-Offizier erwartete mich in seinem Büro. Nachdem er meine Personalien aufgenommen hatte, wollte er alles im Detail über unsere Flucht wissen.

Ich solle auf alle Fragen antworten und nicht versuchen, ihn anzulügen, riet er mir.

Er wollte wissen, wer als erster den Plan zur Flucht aussheckte, wie oft und wo wir uns zur Vorbereitung getroffen hatten. Alles wurde protokolliert.

Nach etwa zwei Stunden durfte ich wieder in meine Zelle zurück.

Nach einiger Zeit wurde mein Freund Szekey in meine Zelle gebracht. Ich war froh, nicht mehr alleine zu sein. So hatte ich wenigstens jemanden zum Reden. Szekey hatte das Verhör auch schon hinter sich. Er hatte nachgefragt, ob wir ins Gefängnis müssen, oder ob das neue Gesetz auch für uns Wiederholungstäter gilt, dass die Strafe am Arbeitsplatz abgesessen werden könne.

Der Offizier hatte ihm keine genaue Auskunft darüber gegeben.

Nach dem Abendessen unterhielten wir uns noch eine Weile.

Ich wollte von ihm wissen, wieso er nicht mit uns zusammen weggelaufen war, als der Soldat uns entdeckte.

„Ich habe mich, als die Schüsse fielen, vor Angst auf den Boden gelegt und bin liegen geblieben, als die Leuchtraketen aufstiegen. So haben mich die Soldaten gefunden und gleich verhaftet."

In dieser Nacht schlief ich das erste Mal wieder gut.

Mittlerweile konnte ich schon für kurze Zeit auf dem Rücken liegen. Die Schmerzen waren nicht mehr so schlimm.

Ich wurde wieder zum Verhör abgeholt.

Nun wollte der Geheimdienst wissen, ob ich noch jemanden aus Sankt Anna kennen würde, der auch flüchten wollte.

„Nein, ich kenne keinen" antwortete ich.

Ob ich jemanden kennen würde, der schon mal einen Fluchtversuch unternommen hätte?

„Ja, ich kenne welche, aber die kennt ihr auch, wozu soll ich euch dann noch mal die Namen nennen!?"

Ich solle es dennoch tun.

Ich zählte ihm alle Namen auf, die wegen Fluchtversuchs schon einmal im Gefängnis waren.

Nun wollte er über jeden davon meine persönliche Meinung wissen und ob nicht der ein oder andere doch noch einen Fluchtversuch plane. Ich antwortete ihm, dass ich das nicht wüsste.

Die Tür des Büros öffnete sich und ein ranghöherer Polizist trat herein.

In strengem Ton fragte er den Offizier „Wer ist das?" und zeigte mit dem Finger auf mich.

„Kappes" antwortete der Offizier.

Er schlug die Handflächen so stark zusammen, dass ich erschrak.

„Ist das der Kappes, der uns im Frühjahr so viel Ärger bereitet hat?? Jetzt hätten wir die Gelegenheit gehabt, ihn wie einen Hasen an der Grenze abzuknallen!" und schlug noch mal die Handflächen laut zusammen.

„Kein Hahn würde mehr nach ihm krähen, hätte der Idiot von Grenzsoldat besser gezielt. Unverständlich, aus einer so kurzen Entfernung, mit dem Maschinengewehr nicht zu treffen!"

Der Hass auf mich stand ihm ins Gesicht geschrieben.

„Und jetzt kommt er auch noch ohne Gefängnis davon! So ein Schwachsinn, Grenzflüchtige nicht mehr zu verurteilen und einzusperren! Wo soll das hinführen! Gerade bei uns in der Region von Arad, wo es so viele Deutsche in der

Umgebung gibt. Das gibt nichts als Ärger!" steigerte sich der Ranghöhere hinein. Es könnte der Polizeipräsident von Arad gewesen sein, denn der Offizier traute sich überhaupt nicht mehr zu widersprechen, obwohl es in der Regel anders herum war: Die Geheimpolizei gab den Ton an.

Erleichtert kehrte ich in meine Zelle zurück und erzählte Szekey sofort, was vorgefallen war und dass wir wahrscheinlich nicht mehr ins Gefängnis kommen. Auch er war erleichtert und freute sich darüber, denn als er wegen seines Fluchtversuchs im Gefängnis war, wurde viel geschlagen. Szekeys erster gescheiterter Fluchtversuch lief so ab: In der Textilfabrik Tricot Rosu stiegen sie auf einen mit Ware für den Westen beladenen Laster, der schon vom Zoll abgefertigt, kontrolliert und verplombt war. Sie durchschnitten die Plane, sprangen hinein und nähten die Plane von innen wieder zu. So wollten sie in den Westen gelangen. An der Grenze schlug jedoch ein Suchhund an und sie wurden gefunden, verhaftet und ein Jahr lang im Gefängnis festgehalten.

Ich wurde überraschend wieder zum Verhör gebracht. Als ich in das Büro des Geheimdienst-Offiziers kam, saßen zu meinem Erstaunen zwei Bekannte aus Sankt Anna dort. Beide waren schon wegen Fluchtversuchs im Gefängnis. Sie starrten mich mit großen Augen an. Der Geheimpolizist hielt mir ein Blatt Papier unter die Nase und fragte: „Stimmt das, was du hier ausgesagt und unterschrieben hast?" „Ja" antwortete ich. „Abführen!" befahl er darauf hin. In der Zelle erzählte ich Szekey, was vorgefallen war. „Sie wollen dich als Securitate-Spitzel darstellen. Die zwei sollen dies in Sankt Anna herum erzählen, dass du ein Verräter bist. Das ist eine Masche, die die Geheimpolizei oft anwendet, um dich zu diskreditieren." Wer weiß, was der Securitate-Offizier den zweien alles erzählt hat. Mein Zellengenosse wurde auch zum Verhör abgeholt. Wir hatten unsere Aussagen abgesprochen, denn hinterher wurden diese sowieso miteinander verglichen. Nach dem Abendessen unterhielten wir uns noch eine Weile. Wir konnten es kaum erwarten, hier herauszukommen. Wir hatten keine Ahnung, wie lange wir noch verhört werden sollten. In dieser Nacht schlief ich erneut gut. Ich konnte länger auf dem Rücken liegen, die Schmerzen klangen langsam ab.

Von draußen hörte ich Marschmusik. Heute war der größte Rumänische Nationalfeiertag, der 23. August, der Tag der Befreiung. Das Rathaus war nicht weit entfernt und dort wurde wie jedes Jahr, eine Tribüne aufgebaut, auf der die Parteifunktionäre und Arbeiter standen, während das Militär mit Fahnen und Blasmusik vorbei defilierte. Nach der Militärparade wurde weiter gefeiert und gegrillt. Es war viel los in der Stadt.

So wurde ich auch nicht zum Verhör abgeholt, denn auch die Offiziere hatten Feiertag.

Bis spät in die Nacht war der Straßenlärm zu hören.

Am nächsten Morgen wurde ich nach dem Frühstück wieder abgeholt.

Im Büro wartete der Geheimpolizist schon auf mich. Ich fragte ihn, warum die zwei Kollegen aus Sankt Anna vorgeladen waren.

„Was haben Sie denen alles erzählt?"

„Das geht dich überhaupt nichts an. Kümmere dich um deine Angelegenheiten. Ich möchte dir einen persönlichen Rat geben:

Du hast vorgestern im Gespräch mit dem Polizeioffizier mitbekommen, dass du nicht ins Gefängnis musst. Sei froh darüber. Wenn es nach mir ginge, würdest du einige Jahre im Gefängnis schmoren. Aber leider machen die Leute in Bukarest die Gesetze.

Aber eines verstehe ich nicht. Du hast im Verhör gesagt, dass deine Familie Ausreiseantrag nach Deutschland gestellt hat.."

„Ja" antwortete ich.

„Warum machst du dann so gefährliche Sachen, wie mit Paul Goma. Du bist Deutscher und du möchtest nach Deutschland, auch das ist für mich verständlich. Jedes Jahr dürfen mehr Deutsche offiziell ausreisen. Bevor du an der Grenze erschossen wirst, ist es für dich doch viel einfacher, offiziell auszureisen.

Daher gebe ich dir den Rat, geh doch in den nächsten Wochen, wenn du wieder frei bist, zur Audienz und mach dort, wenn nötig, etwas Druck. Du bist doch sonst auch nicht auf den Mund gefallen. Irgendwann wirst du schon deine Ausreisepapiere bekommen. Und leg dich am besten nicht mehr mit uns an und misch dich nicht mehr in die hohe Politik ein, denn du bist sowieso dafür viel zu klein. Du wirst nur fertig gemacht, bevor du es merkst. Befolge bitte meinen Rat, es ist besser für dich!"

Am Schluss teilte mir der Geheimpolizist noch mit, dass ich wahrscheinlich morgen entlassen werden würde.

Gut gelaunt ging ich wieder in die Zelle zurück, die leer war. Szekey kam nach einer Stunde ebenfalls vom Verhör gut gelaunt zurück und erzählte, dass er wahrscheinlich morgen entlassen werden würde.

Ich konnte es kaum erwarten, dass diese Nacht vorüber ging. Ich wachte oft auf und fand keinen Schlaf. Ich dachte jetzt auch an meine Eltern und Geschwister. Meine Mutter würde wieder sehr darunter leiden, dass ich mit kahlgeschorenem Kopf und blauen Flecken nach Hause kam.

Nach dem Frühstück wurde ich wieder ins Vernehmungszimmer gebracht. Der Offizier teilte mir mit, dass ich, wenn ich meine Sachen gepackt und die Zivilkleidung angezogen hätte, am Tor warten solle.

Ein Offizier Namens Ciulea würde mich am Tor abholen und mich zur Möbelfabrik fahren, um meinem Arbeitgeber alles zu erklären.

„Ich kenne den Offizier nicht" sagte ich.

„Doch, du kennst ihn sehr gut. Warte, er wird dich abholen."

Ich packte alles zusammen und verabschiedete mich von Szekey mit den Worten, dass wir uns heute Nachmittag treffen sollten, wenn ich aus der Fabrik käme. Szekey bereitete sich auch schon für die Entlassung vor.

Ich wartete am Ausgang. Zwei Herren kamen auf mich zu. Ein ganz bekanntes Gesicht. Der Major vom Geheimdienst, der mich im Frühjahr in der Möbelfabrik verhört und verprügelt hatte. Ciulea war also sein Name.

„Wir bringen dich zur Möbelfabrik" sagte er ganz unfreundlich.

Ich ging neben den beiden Männern. Wir nahmen die Straßenbahn, die vor der Möbelfabrik hält. Wortlos stehen die zwei neben mir, als ob es ihnen peinlich wäre, dass ich zu ihnen gehöre.

An der Möbelfabrik stiegen wir aus. Am Haupteingang zeigten beide ihren Ausweis mit den Worten: „Securitate und Staatsanwaltschaft!" Der Pförtner nahm eine militärische Haltung ein und öffnete die Tür sofort.

Wir gingen in das Büro des Personalchefs, der uns verduzt ansah.

Der Staatsanwalt sprach: „Ein neues Gesetz aus Bukarest besagt, dass Grenzflüchtige nicht mehr eingesperrt werden sondern sofort die Arbeit an ihrem alten Arbeitsplatz wieder aufnehmen müssen."

„Wir haben dem Genossen Kappes wegen unentschuldigtem Fehlens fristlos gekündigt..."

„Die Kündigung ist unwirksam. Sie machen, was ich sage. Ab Montag wird der Genosse Kappes wieder hier in der Firma arbeiten. Basta!"

Die beiden Herren verabschiedeten sich und ich blieb beim Personalchef, der mich sehr gut kannte.

„Was glaubst du, wie der Parteichef toben wird, wenn er das erfährt! Wir haben eine Party veranstaltet, als wir dich losgeworden sind. Der Parteisekretär hat extra einen Kasten Bier ausgegeben!

Also, nun bleibt uns nichts anderes übrig. Du hast ja selber gehört, was der Staatsanwalt gesagt hat.

Am Montag kommst du wieder in die Arbeit, aber du musst in eine andere Abteilung."

Er nannte mir die Abteilung. Bald hatte ich in der Möbelfabrik alle Abteilungen durchlaufen.

Audienz

Es war Samstag.

Ich ging noch in die Stadt, wo ich mit Szekey verabredet war. Wir beschlossen, nicht wie sonst mit dem Zug nach Hause zu fahren, wegen der vielen Gaffern. Wenn diese uns so kahlgeschoren sahen, wussten sie sofort, dass wir aus dem Gefängnis kamen, Wir wollten per Anhalter heim fahren.

Vorher gingen wir jedoch noch auf ein Bier und Mici (Cevapcici) in eine Wirtschaft. Dort trafen wir einen Bekannten aus Sankt Anna.

„Jungs, wollt ihr mit mir nach Hause fahren?" fragte er.

„Ja, gerne!" antworteten wir.

Ich dachte, er sei LKW-Fahrer oder wäre mit einem PKW dort. Zu meiner großen Überraschung war es aber ein Traktor, auf den wir zuliefen.

„So Jungs, aufsteigen bitte!"

Ich setzte mich auf den rechten und Szekey auf den linken Kotflügel. So tuckerten wir langsam Richtung Sankt Anna mit 25 Kilometern pro Stunde.

Beim nächsten Bahnübergang war die Bahnschranke unten und ein Zug fuhr vorbei.

Ein Polizist näherte sich dem Traktor.

„Weißt du nicht, dass du keine Anhalter mitnehmen darfst?" schnauzte er den Fahrer an.

Dieser antwortete verlegen. „Die zwei kommen gerade aus dem Gefängnis und haben kein Geld. Daher habe ich sie aus Mitleid mitgenommen."

„Runter vom Traktor und mitkommen" befahl der Polizist.

Vor uns hielt ein Bus, der auch an der Bahnschranke wartete. Der Polizist klopfte an die Vordertür, die der Fahrer dann öffnete.

Der Polizist stieg ein und forderte uns auch auf, einzusteigen. Ganz laut sagte er dem Busfahrer.

„Die zwei Jungs kommen aus dem Gefängnis und haben kein Geld. Nimm sie bis nach Sankt Anna mit."

Alle Leute erhoben sich von ihren Sitzen und gafften uns richtig an.

Dies hatten wir uns ersparen wollen, nun wurden wir sogar vorgeführt!

In Sankt Anna stieg ich aus dem Bus und lief nach Hause. Es war gegen 19Uhr.

Ich traf einige Kollegen, die auf dem Weg zu einer Party und gut gekleidet waren. Ich war in meinen stinkenden Klamotten, die ich schon auf der Flucht anhatte, kahlgeschoren und verprügelt. Ich wollte nur nach Hause und meine Ruhe haben.

Ich war zwar froh, nicht ins Gefängnis zu müssen, aber auch nachdenklich und deprimiert, weil unsere Flucht misslungen war.

Ich hatte keine Ahnung, wie es weiter gehen sollte.

Als ich fast zuhause war, traf ich einen Nachbarn, einen Rumänen, mit dem ich befreundet war. Wir spielten zusammen Fußball und er kam auch regelmäßig zu unseren Tanzveranstaltungen. Er beherrschte sogar unseren schwäbischen Dialekt perfekt. Als er mich sah, musste er zunächst herzhaft lachen.

„Na" sagte er „haben sie deinen Willen gebrochen!? Du wolltest dich doch nicht unterkriegen lassen, aber jetzt siehst du sehr mitgenommen aus!"

Er begleitete mich nach Hause und blieb noch einige Stunden bei mir.

Meine Eltern waren froh, dass ich wieder da war, sie hatten sich große Sorgen um mich gemacht.

„Mir ist nichts passiert und am Montag gehe ich wieder in die Möbelfabrik" sagte ich.

Das beruhigte sie und sie ließen mich mit meinem Freund alleine.

Ich erzählte ihm alles: Wie unser Fluchtversuch verlaufen war und von den Prügeln mit dem Gummiknüppel und zog dabei mein Hemd aus.

„Furchtbar" rief er „Dein Rücken ist jetzt noch blau und grün!"

Es tat gut, das Leid mit jemandem zu teilen.

Danach aß ich noch etwas und brachte uns von unserem selbstgemachten Wein und so redeten wir noch eine Weile.

Todmüde fiel ich ins Bett und schlief erst mal richtig aus.

Am Sonntag ging ich erst spät am Abend aus dem Haus.

Viele meiner Kollegen wussten mittlerweile von den Schlägen, die ich erhalten hatte und ich musste immer wieder meinen Rücken vorzeigen.

Ich ging früh wieder nach Hause, denn am Montag musste ich wieder vor fünf Uhr morgens aufstehen und mit dem Zug nach Arad zur Arbeit fahren.

In der Möbelfabrik stellte ich mich in der neuen Abteilung vor. Die meisten Leute kannten meine Geschichte schon und ich musste wieder viel von meinen Erlebnissen erzählen.

Nach einigen Tagen kam mein Vorgesetzter und bat mich, mich im Büro zu melden, denn ein Geheimpolizist wolle mich sprechen.

Ich wurde schon erwartet.

Ein junger, dunkelhaariger Mann stellte sich mit „Capitan Colinescu von der Securitate" vor.

„Nimm Platz, mach es dir bequem!"

Ich setzte mich auf einen bequemen Ledersessel.

„Möchtest du einen Kaffee trinken?" fragte er höflich.

„Ja gerne."

Er bot mir einen frisch gebrühten Kaffee und dazu amerikanische Kent-Zigaretten an. Diese waren zu der Zeit in Rumänien als Bestechungsmittel und Zahlungsmittel begehrt und sehr teuer.

„Ich habe einen sehr schönen Beruf, der mir sehr viel Spaß macht und den ich deinetwegen nicht verlieren möchte" begann der Geheimpolizist.

Ich verstand zunächst nicht, worauf er hinauswollte.

„Ich habe den Auftrag, auf dich besonders aufzupassen und da muss ich immer wissen, wo du bist und was du machst. Ich möchte nicht, dass es mir so ergeht, wie meinem Vorgänger, der deinetwegen schweren Ärger bekommen hat. Ich muss immer erfahren, ob du morgens um sieben hier im Werk erscheinst oder nicht. Aber in meinem Beruf, kann ich es mir erlauben, länger zu schlafen. Deswegen habe ich mit deinem Vorgesetzten ausgemacht, dass er mich sofort zuhause anrufen soll, wenn du mal nicht um sieben Uhr morgens im Werk erscheinst.

154

Versteh mich gut. Ich möchte mit dir keinen Ärger haben, du kannst jederzeit zu mir ins Büro kommen, einen Kaffee trinken und ein Schwätzchen halten. Ich weiß, dass du einen Ausreiseantrag gestellt hast. Bitte hab etwas Geduld und versuch nicht wieder etwas auf eigene Faust zu unternehmen. Ich kenne deine ganze Geschichte und glaube mir, es wird nicht lange dauern, dann darfst du das Land verlassen. Du musst nur ruhig bleiben und Geduld haben."

Nun war ich etwas zuversichtlicher nach dem Gespräch mit dem Geheimdienstoffizier, der einen ehrlichen und netten Eindruck machte.

Nach einigen Wochen wollte ich wegen meines Ausreiseantrags zur Audienz. Immer donnerstags konnte man den Kommandanten vom Passamt, Colonel Balosch persönlich sprechen.
Ich konnte es kaum erwarten, dass es Donnerstag wurde.
Ich war noch nie vorher dort, um nachzufragen. Viele Deutsche gingen regelmäßig zur Audienz und versuchten die Ausreisegenehmigung zu beschleunigen aber oft wurden sie nicht vorgelassen bis zum Kommandanten.
Ich nahm mir an diesem Tag frei. Mein Freund Szekey wollte auch mitkommen, Ich hatte ihm erzählt, dass mir der junge Geheimdienstoffizier geraten hatte, etwas Druck zu machen.

Das Passamt war im Gebäude der Polizei in Arad untergebracht.
Ein Polizist an der Pforte, fragte jeden, der das Gebäude betrat, wohin er wolle.
Es war sieben Uhr morgens.
Vor dem Passamt standen schon viele Leute, die alle zur Audienz wollten. Es waren überwiegend Deutsche.
Ein Beamter in Zivil schloss die Tür auf und die Wartenden wurden eingelassen.
Ich nahm im überfüllten Warteraum Platz. Es war ein großes Gedränge am Schalter, wo die ersten schon in der Schlange standen. Es tat sich nichts. Alle warteten geduldig. Gegen acht Uhr erschien ein Beamter und verkündete, dass der Kommandant heute verhindert sei, aber nächsten Donnerstag wieder eine Audienz halten werde. Man könne sein Anliegen aber auch am Schalter vor einem anderen Beamten vorbringen.
Ich wartete geduldig vor dem Schalter, bis ich gegen zehn Uhr an die Reihe kam.
Der Beamte im Schalterraum fragte: „Was willst du denn?"
„Ich will mich nach meinem Ausreiseantrag erkundigen."
„Name und Anschrift?"
Danach suchte er in den Ordnern nach meinem Ausreiseantrag bis er ihn gefunden hatte und blätterte ihn durch. Dann wandte er sich an mich und sagte herablassend und arrogant:
„Du hast keine Verwandten 1. Grades. Komm in einem Jahr nochmals vorbei, dann sehen wir weiter."

Entsetzt über die Art, wie er mit mir sprach und der Tatsache, dass ich nur wenig

Hoffnung hegen könnte, schmiss ich meinen Ausweis, den ich noch in der Hand hielt, auf seinen Tisch und rief ihm zu.

„Behalte diesen Ausweis für dich! Da steht drin, dass ich Deutscher bin und ich möchte nach Deutschland und verlange deshalb einen Pass!"

Der Beamte starrte mich mit offenem Mund an und bekam keinen Ton heraus. Nach einigen Schrecksekunden schloss er die Schalteröffnung und rief:

„Für heute ist Schluss!"

Eine seltsame Stille machte sich im Warteraum breit. Auch die Leute waren erschrocken über das, was ich gesagt hatte. Ich setzte mich auch auf den Stuhl neben Szekey und wartete ab.

Nach etwa 45 Minuten kam ein Beamter heraus und sagte: „Kappes soll herein kommen!"

An einem langen Tisch in dem Raum saßen fünf Männer. Ein kleiner, etwa fünfundvierzigjähriger Mann stand auf und kam auf mich zu und stellte sich als „Colonel Balosch" vor.

„Hansi nimm Platz!"

Ganz freundlich wandte er sich mir zu.

„Was machst denn du für Dummheiten da draußen, vor allen Leuten! Du hast das gar nicht nötig! In einer Kommission wurde schon entschieden, dass dein Ausreiseantrag genehmigt wird."

„Wieso weiß ich dann nichts davon?" fragte ich.

„Ich hätte es dir sowieso nächste Woche mitgeteilt. Aber Bedingung ist, dass wir deinen Antrag von dem deiner Familie trennen. Du hast doch wohl nichts dagegen?"

„Überhaupt nicht."

Ich war sehr überrascht, aber ich wusste auch, dass dies nur ein Schachzug war, um mich zu beruhigen.

Ich musste einen Ausreiseantrag unterschreiben, der schon vorbereitet war und getrennt bearbeitet wurde.

Colonel Balosch brachte mich zur Tür und sagte auf eine sehr freundliche Art: „Hansi, verhalte dich ruhig, es wird nur etwa drei bis vier Wochen dauern, bis du deinen Pass bekommst."

Szekey wartete draußen ganz ungeduldig auf mich.

„Was - ist Colonel Balosch nun doch hier!!??" sagte ein Deutscher „da siehst du mal, wie wir angelogen und von Woche zu Woche vertröstet werden."

Ich fuhr mit dem Zug nach Hause und erzählte alles meinen Eltern, auch dass ich in etwa drei bis vier Wochen den Pass erhalten würde.

Ganz erleichtert meinte meine Mutter: „Na, dann hast du ja dein Ziel bald erreicht. Uns macht es nichts aus, wenn wir erst in ein paar Jahren die Genehmigung erhalten."

156

Die Zeit wollte nicht vergehen und ich wartete jeden Tag auf eine Antwort. Es wurde Mitte Oktober. Langsam wurde ich ungeduldig.

Eines Nachts sollte ich mit meinem Vater in unserer Gemeinde Wache halten. Da der Staat kein Geld mehr hatte, mussten die Bürger abwechselnd diesen Dienst für die Gemeinde übernehmen.
Vor einem Geschäft musste ich die ganze Nacht Wache halten. Es wurde ziemlich kalt in der Nacht. Am Morgen ging ich nach Hause und legte mich schlafen. Für die Arbeit hatte ich für diesen Tag eine Entschuldigung.

Kaum lag ich richtig im Bett, klopfte es ganz laut an das Fenster.
„Wer ist da?" rief meine Mutter.
„Polizei! Aufmachen!"
Meine Mutter ging ans Fenster.
„Wo ist der Hans?"
„Im Bett, er schläft, er war heute Nacht auf Wache eingeteilt und ist deswegen heute nicht in die Fabrik zum Arbeiten gegangen."
„Ich habe den Auftrag von der Securitate nach ihm zu suchen! Er soll ans Fenster kommen, damit ich ihn sehe."
Ganz verschlafen ging ich ans Fenster.
„Ich werde es der Securitate weiter geben, dass du im Bett liegst."

Als ich am nächsten Tag wieder in der Fabrik erschien, wurde ich gegen zehn Uhr ins Büro zu Capitan Calinescu gerufen.
Ich unterhielt mich lange mit ihm und erzählte ihm auch das Erlebnis im Passamt und dass Colonel Balosch mir versprochen hätte, in drei bis vier Wochen den Pass zu bekommen,
„Du musst Geduld haben. Du darfst jetzt nichts unternehmen, das dir schadet. Ich kann dir versprechen, laut meinen Kenntnissen hat die Securitate von Arad freie Hand von Bukarest. Man will solche Leute wie dich einfach loswerden, damit die Bürger nicht auch noch angestachelt werden und die Lage sich wieder beruhigt. Die Unruhestifter wie du werden alle einen Pass erhalten und das Land verlassen."
Ich war wieder voller Hoffnung.

Am Sonntag Nachmittag traf ich Kappes Sepp und einige seiner Freunde in der Cafeteria. Er bat mich, an seinen Tisch zu kommen.
Er bat mich um Rat.
Am nächsten Tag sollte er mit der Fußballmannschaft nach Italien und der USA reisen.
„Was soll ich nur machen?"
„Sepp, meine Meinung kennst du ja. Ich würde keine Sekunde mehr in diesem Land bleiben, wenn ich eine Möglichkeit hätte, es zu verlassen."
„Es ist bestimmt auch ein Geheimdienstler dabei. Ich muss sehr vorsichtig sein.

Ich werde heute Nacht darüber schlafen und mich dann entscheiden!"

Eine Woche später verbreitete sich das Gerücht in Sankt Anna und in Arad, dass sich Sepp von der Mannschaft abgesetzt habe und geflüchtet sei. Etwas Genaues wusste keiner.
Capitan Calinescu ließ mich wieder zu sich rufen und unterhielt sich ausschließlich über Kappes Sepp mit mir. Er fragte, was ich darüber wisse.
Ich fragte zurück, ob er tatsächlich abgehauen sei. Das wisse er im Augenblick auch nicht, antwortete er.

Nach einer Woche kehrte die Mannschaft aus Italien ohne Kappes Sepp zurück.
Nun ist es Gewissheit, dass Sepp abgehauen ist.
Sein Bruder erzählte mir, er habe aus Heilbronn angerufen, er sei gut in Deutschland angekommen.
Ich fragte erneut beim Passamt nach meinem Ausreiseantrag nach.
„Jetzt wird in Bukarest entschieden" wurde mir geantwortet. „Ich habe keinen Einfluss mehr, wann und ob du die Ausreisegenehmigung bekommst."

Der Pass

Anfang November war ich sehr deprimiert. Alle hatten mich reingelegt, damit ich ruhig bliebe und meine Ausreisegenehmigung würde ich auch nicht bekommen.
Mittlerweile kannte ich die Spielchen der Securitate.
Das Wetter war schlecht, ich hatte schlechte Laune und wurde zunehmend frustrierter, meine Hoffnung war verflogen, die Ausreisegenehmigung zu erhalten.

Am Samstag verschlief ich und wurde erst gegen 6.30Uhr wach. Am Tag zuvor hatten wir unseren Lohn bekommen und waren wie immer an solchen Tagen mit Kollegen in Arad trinken gegangen, Ich ging ziemlich spät zu Bett.
Ich wusste, dass in spätestens einer Stunde wieder die Polizei bei mir auftauchen würde, um mich zu suchen.
Ich stand auf und fuhr mit dem nächsten Zug nach Arad.
Große Lust, zur Arbeit zu gehen, hatte ich nicht. Am Samstag wurde auch im Passamt gearbeitet, es war jedoch für den Besucherverkehr geschlossen.
Ich entschloss mich dennoch, vorbei zu gehen und Druck zu machen. Der Polizist am Tor fragte, wohin ich wolle.
„Zum Passamt"
„Die haben heute geschlossen."
„Ich bin extra herbestellt worden."
„Also gut, geh und versuch mal dein Glück!"
Ich ging zur Tür und öffnete sie. Es war keiner drin.

Ich rief: „Ist hier jemand?"

Ein großer Mann in Zivil kam heraus und sah mich verdutzt an. „Was willst du hier?"

„Colonel Balosch hat mich für heute herbestellt."

„Wie ist dein Name?"

„Kappes."

Der Mann ging hinein und kam nach einigen Minuten mit Colonel Balosch heraus. Der kam auf mich zu und sah mir in die Augen,

„Hansi, hab ich dich für heute herbestellt?"

„Nein" erwiderte ich „Aber ich gehe auch nicht mehr aus diesem Raum ohne eine Genehmigung zur Ausreise. Ihr wollt mich doch nur hinhalten bis Gras über alles gewachsen ist und dann wollt ihr mich doch nicht ausreisen lassen."

Colonel Balosch sah den anderen Mann an, der wesentlich größer als er war und fragte. „Was machen wir nur mit ihm?"

„Ich weiß es nicht, Genosse Colonel."

Colonel Balosch kam zwei Schritte auf mich zu: „Hast du 120Lei dabei?"

„Ja."

Er schrieb einen Zettel und gab mir die Hand.

„Du bist doch auch bereit, nach Österreich zu gehen? Da brauchst du kein Visum."

„Ja natürlich" antwortete ich verlegen.

„Geh zur Post und bezahl 120Lei und bring die Quittung her. Dann bekommst du von mir einen Besucherpass für Österreich mit dem du natürlich nicht mehr zurück kommst."

Ich traute meinen Ohren nicht. Was ich da zu hören bekam, klang unglaublich. Wie benebelt ging ich zur Post, die nicht weit weg war und zahlte die 120Lei ein. Mit der Quittung ging ich wieder zum Passamt. Ich traute der ganzen Sache nicht so recht. Das klang alles so unglaubwürdig. Ich gab Colonel Balosch die Quittung. Er ging damit in sein Büro und kam nach wenigen Minuten mit einem Pass in der Hand zurück.

Er zeigte mir den Pass mit meinem Foto.

„Jetzt hör mal genau zu: Spätestens morgen Abend verlässt du Rumänien. Ich gebe dir noch einen guten Rat: Geh nicht zu Radio Freies Europa und erzähle deine Geschichte. In einigen Tagen ist alles vergessen, du hast aber noch deine Eltern und Geschwister hier. Ich verspreche dir, wenn du nichts unternimmst, was unserem Land schadet, werde ich deine Familie innerhalb weniger Jahre nachkommen lassen und ansonsten nicht. Wenn du dich ordentlich benimmst, kannst du in zwei Jahren wieder nach Rumänien auf Besuch kommen, vorher nicht, weil du von einer Besucherreise aus dem Ausland nicht mehr zurück kehrst. Danach bist du jederzeit wieder in Rumänien willkommen,

Vergiss aber nie, dass der Arm der Securitate sehr lang ist und auch bis ins Ausland reicht."

Er drückte mir den Pass in die Hand und wünschte mir noch alles Gute.

Ich reichte ihm die Hand und sagte: „Danke, dass Sie das für mich getan haben."

Ich steckte den Pass in meine Jackentasche und ging hinaus.
Das kann doch alles nicht wahr sein, sagte meine innere Stimme. Bestimmt ist das wieder einer meiner Träume, aus dem ich gleich ganz enttäuscht aufwachen werde.
Ich hatte Angst, dass ich gleich aufwachen werde und der schöne Traum vorbei sei.

Es war Samstag Vormittag und die Straße menschenleer. Ich ging an der Mauer des Polizeigebäudes und sah das vergitterte Fenster der Arrestzelle im Keller, wo ich noch vor zwei Monaten eingesperrt und ohne Hoffnung war. Jetzt hatte ich meinen Pass in der Hand, der für mich die lang ersehnte Freiheit bedeutete.
Meine Fingernägel gruben sich in den Putz des Polizeigebäudes bis sie schmerzten. Ich erwachte nicht aus meinem Traum. Ich kratzte stärker am Putz, bis meine Finger bluteten. Auch danach wachte ich nicht auf.

Ich lief weiter Richtung Stadt. Auf dem Boulevard waren viele Menschen. Ich ging in ein Restaurant, um etwas zu trinken. Es waren noch nicht viele Gäste da um diese Uhrzeit. An einem Tisch saß ein Bekannter aus Sankt Anna. Er war Sportlehrer. Ich setzte mich zu ihm.
„Was machst du um diese Uhrzeit hier?" fragte er. Ich erzählte ihm mein Erlebnis von vorhin und zeigte ihm den Pass.
„Unglaublich" sagte er „aber pass auf, vielleicht ist das auch eine Falle der Securitate und sie holen dich in Curtici wieder aus dem Zug und verhaften dich, denen ist alles zuzutrauen. Sieh zu, dass du das Land schnell verlässt, bevor sie dir den Pass wieder abnehmen."

Ich ging sofort zum Reisebüro und löste eine Fahrkarte nach Wien. Colonel Balosch hatte mir geraten, in Österreich gleich politisches Asyl zu beantragen, denn wegen der RAF und der Schleyer-Entführung bräuchte es länger, um ein Einreisevisum in die Bundesrepublik zu erhalten.

Ich fuhr mit dem Zug nach Hause zurück und traf unterwegs viele Bekannte und Freunde, denen ich allen gleich meinen Pass zeigte. Alle waren sehr überrascht und erstaunt darüber.
Ich lud alle meine Freunde zu einer Abschiedsparty am Abend ein,
Als meine Mutter mich sah, sagte sie: „Heute Morgen bist du später zur Arbeit gefahren und kommst nun früher nach Hause! Die Polizei war heute Morgen da und hat nach dir gesucht. Die Securitate hat angerufen, dass du nicht um sieben Uhr an deinem Arbeitsplatz warst."
„Ich war heute nicht bei der Arbeit und werde auch nie wieder hingehen."
Ich holte den Pass hervor und zeigte ihn meiner Mutter.
„Bis spätestens morgen Abend soll ich das Land verlassen."

160

Die Nachricht schien sie zu überfordern.

„Ja, dann müssen wir noch schnell was einkaufen und deine Koffer packen,"

„Ich brauche nicht viel. Unterwäsche, ein paar Hemden und Hosen. Das reicht."

Die Nachricht ging in Sankt Anna wie ein Lauffeuer um.

Viele Verwandte und Freunde kamen am Abend, um sich von mir zu verabschieden, auch Toni und Szekey kamen und wir feierten die ganze Nacht. Ich gab ihnen den Rat, nächste Woche auch zu Colonel Balosch zu gehen und Druck zu machen, denn dieser hatte mir gesagt, dass er ohne Genehmigung von Bukarest Besucherpässe nach Österreich ausstellen durfte für Leute, die sich dem System nicht fügen.

Ich schlief nur wenig. Gegen elf Uhr ging ich wieder aus dem Haus. Die Leute, die sich vor der Kirche versammelt hatten, wussten schon Bescheid, dass ich am Abend das Land verlassen würde. Alle paar Meter hielt mich jemand an und wollte wissen, wie das nun so überraschend und schnell ging. Immer wieder musste ich die Geschichte erzählen.

Gegen 21 Uhr verabschiedete ich mich von meiner Familie. Meine Mutter brach in Tränen aus. Es waren wohl eher Tränen der Erleichterung. Mein Vater, meine Schwester, mein Schwager und einige Freunden beleiteten mich bis nach Arad. Um 23 Uhr verließ der Zug Richtung Budapest-Wien den Bahnhof in Arad.

An der Grenze wurde mein Gepäck durchsucht. Ein Grenzoffizier besah sich meinen Pass misstrauisch, aber der Zug fuhr weiter.

Das war der Augenblick auf den ich schon so lange gewartet hatte. Mir kamen die Tränen, dann schlief ich ein, denn die letzten Tage hatten an meinen Kräften gezehrt. Ich war auch sehr aufgewühlt.

In Österreich

Als der Zug die Grenze zu Österreich passierte, wurde es schon hell. Neugierig blickte ich aus dem Fenster, als die ersten österreichischen Ortschaften erschienen.

An meinem Abteil lief jemand vorbei, den ich erkannte. Es war ein Bekannter aus dem Nachbarort, in dem meine Freundin wohnte und wo ich oft war.

„Mensch, was machst du denn hier!?"

Ich erklärte ihm, dass ich einen Besucherpass nach Österreich erhalten hätte und kurzfristig weg musste und bis Wien eine Fahrkarte hätte.

„Kein Problem, in Wien hält der Zug länger, ich kaufe für dich eine Fahrkarte nach Rosenheim, dort wohne ich und du kommst mit zu mir und bleibst einige Tage bei mir. Dann fährst du nach Nürnberg und lässt dich registrieren und erhältst deutsche Papiere."

Ich war froh, einen Bekannten getroffen zu haben, der mir helfen konnte.

„In Salzburg steigst du aus dem Zug, bis die Kontrolle vorüber ist und dann steigst du wieder ein, bevor der Zug abfährt. Ich bin schon öfter mit dem Zug gefahren. Die Passkontrollen von Österreich nach Deutschland sind nicht so streng."

In Wien löste mein Bekannter eine Fahrkarte für mich nach Rosenheim.
In Salzburg stieg ich aus dem Zug und wartete, bis die Zöllner mein Abteil passiert hatten, dann stieg ich wieder ein. Ein Mann in Zivil stieg direkt hinter mir in den Zug, zeigte mir seinen Ausweis „Zollbeamter" und wollte meinen Pass sehen. Ich zeigte ihn vor.
„Sie haben kein Visum für die Bundesrepublik Deutschland. Bitte steigen Sie aus."
Ich nahm mein Gepäck und folgte dem Mann. Mein hilfsbereiter Bekannter war ganz enttäuscht, dass es nicht geklappt hat. Ich reichte ihm die Hand und verließ den Zug. Ich fragte den Zollbeamten um Rat. Er meinte, ich solle morgen auf das Deutsche Konsulat in Salzburg gehen, die würden mir bestimmt weiter helfen.
Ich übernachtete im Wartesaal in Salzburg und ging früh am Morgen auf das Konsulat. Vor lauter Sorgen, wie es weiter gehen sollte, konnte ich den Sehenswürdigkeiten der Stadt nichts abgewinnen.
Der deutsche Konsul empfing mich.
Ich sagte, dass ich Deutscher aus Rumänien sei und ich nach Deutschland möchte. Ohne Einreisegenehmigung ging es aber nicht.
Er fragte beim Heilbronner Landratsamt nach. Dort hieß es, mein Visum sei in Bearbeitung, aber es dauere noch einige Wochen, bis es fertig sei.
Ich hatte, nachdem meine Familie die Ausreisegenehmigung beantragt hatte, meine Verwandten in Deutschland gebeten, mir ein Einreisevisum zu besorgen.
„Was soll ich jetzt machen?"
Der Konsul zuckte mit den Schultern, er könne mir höchstens mit etwas Geld aushelfen, damit ich mir eine Fahrkarte nach Troiskirchen bei Wien kaufen und dort politisches Asyl beantragen könnte. Bis mein Einreisevisum fertig sei, solle ich dort warten.
Ich fuhr dahin und meldete mich am Tor, dass ich um politisches Asyl bitte.
Mein Pass wurde mir abgenommen und ein Beamter führte mich in einen großen Raum, wo etwa siebzig oder achtzig Personen waren. Der Raum wurde abgeschlossen.
Ich traf einige Flüchtlinge aus Rumänien.

Am nächsten Tag wurde ich von einem UN-Kommissar verhört und erkennungsdienstlich behandelt, fotografiert und meine Fingerabdrücke aufgenommen.
Er fragte, warum ich nicht nach Rumänien zurück wolle.
„Weil ich Deutscher bin und weil ich in Rumänien Ärger habe mit dem Geheimdienst."
„Warum haben Sie Ärger mit der Securitate?"

„Ich war auf der Liste von Paul Goma, der wie die Charta 77 die Einhaltung der Menschenrechte in Rumänien verlangt hat."

„Das ist sehr interessant. Auf dieser Liste waren nur 206 Namen und allein hier in Troiskirchen sind schon 500 Leute, die politisches Asyl beantragen mit der Begründung, dass sie auf dieser Liste standen und ihr Leben in Rumänien gefährdet sei."

Der UN-Kommissar sprach sehr gut Deutsch und auch Rumänisch.

„Glauben Sie denn, dass ich Sie anlüge?"

„Das will ich nicht behaupten, aber es ist doch alles sehr merkwürdig mit Euch Rumänen."

Ich wies ihn nochmals darauf hin, dass ich kein Rumäne sei sondern Deutscher und die Deutschen in Rumänien noch weniger Rechte hätten als die Rumänen selbst, obwohl auch diese unter Ceausescu kaum Rechte hätten.

Nach einigen Tagen in der geschlossenen Abteilung wurde ich auf die offene Abteilung verlegt. Ich ging schwarz arbeiten, um ein bisschen Geld zu verdienen. In der Nähe des Flüchtlingslagers gab es einen Sammelplatz, von dem aus man zum Arbeiten abgeholt wurde.

Nach etwa einer Woche erschien urplötzlich Ambrusch im gleichen Raum wie ich. Wir fielen uns in die Arme.

Er erzählte mir, dass er genau wie ich einen Besucherpass nach Österreich erhalten habe und versuchen wollte, eine Einreisegenehmigung in die USA oder Kanada zu erhalten.

Einige Tage später erschienen auch Mager und Pustei aus Sankt Anna.

Toni war gleich nach Deutschland ausgereist, weil er schon ein Einreisevisum hatte.

Alle, die mit mir gemeinsam flüchten wollten, durften jetzt weg. Ceausecsu wollte kein Aufsehen mehr im Ausland erregen und versuchte so, Unruhe im Land zu vermeiden, indem er die Unzufriedenen ausreisen ließ.

Ich fragte nochmals in Wien beim deutschen Konsulat wegen meiner Einreisegenehmigung nach.

Als ich mit dem Zug zurück nach Troiskirchen fahren wollte, begegnete ich ganz überraschend meinem Freund Szekey am Hauptbahnhof in Wien.

„Seit zwei Tagen lungere ich hier in Wien rum und versuche irgendwie nach Deutschland zu kommen. Weil ich kein Deutscher bin wie du, kann ich nicht mehr nach Deutschland, sobald ich hier in Österreich politisches Asyl beantragt habe. Deswegen muss ich irgendwie über die Grenze kommen und in Deutschland politisches Asyl beantragen."

„Ich kann dich nach Troiskirchen mitnehmen und du kannst in einem freien Bett in meinem Zimmer übernachten und wir versuchen dann in den nächsten Tagen zu Fuß über die Grenze zu gehen."

Endlich in Deutschland

Zusammen mit Szekey und einem anderen Deutschen aus der Nähe von Temeswar setzten wir diesen Plan um. Wir fuhren mit dem Zug nach Salzburg und liefen dort in den Wald und überquerten die Grenze von Österreich nach Deutschland.
Per Anhalter schlugen wir uns durch bis zu meinem Verwandten in der Nähe von Heilbronn. Der war ganz überrascht, als wir plötzlich bei ihm läuteten.
Wir blieben ein paar Tage bei ihm und fuhren dann ins Durchgangslager nach Nürnberg.
Der Kappes Sepp, der in der Nähe von Heilbronn, in Leingarten wohnte erfuhr, dass ich in Nürnberg war und kam mich sofort besuchen.
Er hatte mittlerweile den Führerschein gemacht und sich einen VW Golf gekauft.
Die Freude war groß, als wir uns sahen.
Dann ging alles schnell.

Ich fand Arbeit bei Audi in Neckarsulm, suchte mir eine Wohnung, machte den Führerschein und meldete mich zusammen mit Szekey im Fußballverein von Sieglingen an, wo ich derzeit wohnte. Wir spielten beide in der dortigen Fußballmannschaft. Es war zwar nur ein kleiner Verein aber zu meiner Überraschung hatte der Platz Flutlicht und wir trainierten zwei Mal in der Woche abends je zwei Stunden.
Flutlicht hatte nicht einmal die UTA-Mannschaft in Arad.
Der Kappes Sepp spielte in Heilbronn. Im ersten Jahr bei TV Heilbronn und danach in der Oberliga VfR Heilbronn. Ich ging samstags zu allen Heimspielen des VfR.
Sepp hatte inzwischen eine Freundin, die er auf seiner ersten Besuchsreise nach zwei Jahren in Rumänien kennen lernte.

Ich hatte meine Freunde vom Fußballverein und einige Bekannte in Heilbronn, aber wenn ich alleine zu Hause war, fiel mir die Decke auf den Kopf. Ich fühlte mich einsam und hatte Sehnsucht nach meinen Eltern und Geschwistern und Freunden in Sankt Anna. Sepp erzählte mir, wie schön es wäre, die traute Umgebung wieder zu sehen, in der man aufgewachsen war.
Ich fühlte mich nirgends so geborgen wie in den Straßen von Sankt Anna.
Ich besuchte Sepp oft nach den Heimspielen des VfR Heilbronn und übernachtete dann bei ihm in Heilbronn, wo er mittlerweile wohnte.

Nachdem ich zwei Jahre in Deutschland war, beschlossen wir, an Ostern 1980 gemeinsam nach Rumänien zu fahren.
Wir fuhren den etwas längeren Weg über Jugoslawien, weil die Grenze dort in der Nähe von Temeswar lag und Sepp meinte, dort seien wir nicht so bekannt wie bei der Grenze von Arad.
Ich war skeptisch, ob man mich überhaupt wieder nach Rumänien hineinlassen

würde.

Colonel Balosch hatte zwar behauptete, wenn ich mich ordentlich verhalten würde, könne ich nach zwei Jahren problemlos nach Rumänien einreisen, aber der Securitate traute ich nicht so recht.

Der lange Arm der Securitate

Wir fuhren mit dem Auto. Als es noch etwa siebzig Kilometer bis zur Grenze waren, schliefen wir vor Übermüdung ein. Es war bereits nach zwei Uhr nachts. Als wir erwachten und weiter fuhren, war es schon hell. Es war April und sehr warm für die Jahreszeit. Alles blühte. Ich wurde unruhig, als es noch etwa zwanzig Kilometer bis zur Grenze waren.

Im Gegensatz zur ungarischen Grenze war hier nicht viel los. Vor uns stand noch ein Fahrzeug. Ein Grenzoffizier kam auf uns zu. Gut gelaunt sagte er. „Und ihr wollt über Ostern zu den Verwandten nach Rumänien?" Wir nickten beide.

„Wenn zwei Jahre vorbei sind, dürft ihr wieder einreisen, auch wenn ihr illegal das Land verlassen habt. Gebt mir eure Pässe."

Er ging in das Grenzgebäude.

Mit ernstem Gesicht kam er wieder zurück.

„Wer ist Kappes?"

„Beide" sagten wir gleichzeitig.

„Wer von euch hat in Rumänien Probleme gehabt?"

„Beide" sagte der Kappes Sepp.

„Wer von euch hat politische Probleme gehabt?"

„Ich" sagte ich.

„Also du darfst noch nicht nach Rumänien einreisen."

Er nahm nochmals die beiden Pässe und ging wieder in das Grenzgebäude.

Mit finsterer Miene kam er wieder zurück und zeigte mit dem Finger auf mich.

„Du musst sofort wieder umkehren."

„Wem gehört das Auto?"

„Mir, aber ich gebe es meinem Freund, damit er weiter fahren kann, denn wir haben viele Geschenke auch für meine Eltern und Geschwister."

„Nein, du fährst mit deinem Auto wieder zurück und er kann meinetwegen mit dem Zug weiter fahren."

Ich fuhr Sepp noch bis zum Bahnhof und verabschiedete mich von ihm. Er konnte nicht viele meiner Geschenke mitnehmen, denn er hatte selbst viel Gepäck.

Ich fuhr wieder zurück nach Deutschland.

Nachdem Sepp zurück war, erzählte er, wie sehnsüchtig meine Eltern und Geschwister auf mich gewartet hätten und ganz enttäuscht waren, als sie erfuhren, dass ich nicht einreisen durfte. Eine gute Botschaft brachte er auch mit. Meine Eltern hatten die Erlaubnis zur Ausreise erhalten.

Nach etwa sechs Wochen konnte ich sie in Nürnberg begrüßen. Es war eine große Freude, sie wieder zu sehen,
Nur meine Mutter und mein Vater durften ausreisen, da mein Bruder und meine Schwester mittlerweile verheiratet waren und ihr Ausreiseantrag getrennt von meinen Eltern bearbeitet wurde.
Mein Vater erzählte mir, dass inzwischen alle, die ausreisten, achttausend Deutsche Mark bezahlen mussten, aber er und meine Mutter keinen einzigen Pfennig bezahlt hätten.

Colonel Balosch hatte meinem Vater ein Foto von mir gezeigt.
„Das ist doch Ihr Sohn?"
„Ja" antwortete mein Vater.
„Weil er Wort gehalten hat, dürft ihr nun beide ausreisen."
„Wir waren sehr überrascht, dass man von uns die 8.000DM pro Person nicht verlangt hat" sagte mein Vater.
Mein Vater war 63 Jahre alt und meine Mutter 56 als sie ihr ganzes Hab und Gut, rund dreihundert Kilo Gepäck, in einer Holzkiste nach Deutschland brachten, um hier ein neues Leben anzufangen.

Sie bekamen eine große Dreizimmerwohnung in Heilbronn und ich entschloss mich, zu ihnen zu ziehen, um nicht mehr so weit zur Arbeit fahren zu müssen.
Mein Vater war froh, nicht mehr so hart arbeiten zu müssen. Die Lage in Rumänien wurde immer schlimmer. Mein Vater musste im Kollektiv und zuhause sehr schwer schuften und hatte kaum mehr als das Nötigste zum Überleben.
Er erholte sich zusehends von den Strapazen in Rumänien. Das neue Leben in Deutschland gefiel ihm sehr gut.

In dem Wohnblock in Sontheim, wo wir wohnten, lebte noch eine Familie aus Sankt Anna. Sie fuhr zum Kirchweihfest nach Sankt Anna und meinte, ich solle mit dem Zug nach Rumänien fahren, die Grenzbeamten hätten dort nicht so viel Zeit, die Fahrgäste zu überprüfen.

Ich überlegte nicht lange und fuhr mit dem Zug nach Rumänien. Ich besorgte mir das Einreisevisum problemlos bei der Rumänischen Botschaft in Köln.

Als die Grenzbeamten in Curtuci den Zug bestiegen, wurde ich doch etwas nervös und beobachtete alles ganz genau. In jeden Waggon stieg ein Grenzpolizist. Ich setzte mich wieder auf meinen Platz. Der Grenzoffizier kam und verlangte meinen Reisepass, er schrieb die Daten auf einen Notizblock und ging nach der Kontrolle in das Büro nahe den Bahngleisen. Ich blickte zum Fenster hinaus und sah ihn nach rund zehn Minuten aufgeregt auf einen Kollegen zulaufen.

„Da ist ein Herr Kappes im Zug, den müssen wir sofort heraus holen, der darf nicht nach Rumänien einreisen."

Ich nahm meine Sachen und Koffer und wartete am Ende des Waggons. Als einer der Offiziere den Zug betrat, rief er aufgeregt: „Herr Kappes! Herr Kappes!"

„Ich bin schon hier!"

„Schnell, Sie müssen den Zug verlassen!"

Kaum war ich ausgestiegen, fuhr der Zug weiter Richtung Arad, das etwa zwanzig Kilometer entfernt war.

Der Grenzoffizier nahm mir meinen Reisepass ab und ein Soldat mit der Maschinenpistole im Anschlag stand neben mir. Es war zwei Uhr nachts.

Ich nahm Platz auf einer Bank im Wartesaal. Außer mir war keiner mehr da. Der Grenzoffizier ging in sein Büro. Ich sah die Treppe, die nach oben führte und erinnerte mich. Es war keine fünfzehn Jahre her, dass ich das erste Mal verhaftet wurde. Damals wurde ich auch aus dem Zug geholt, der allerdings nach Westen unterwegs war. Im gleichen Bahnhof blickte ich wieder in die Mündung einer Maschinenpistole und wurde aus dem Zug geholt, der diesmal jedoch Richtung Osten fuhr. Es war grotesk.

Ich legte mich auf die Bank und versuchte, ein wenig zu schlafen.

Nach einer Stunde wachte ich wieder auf, der Soldat zielte mit dem Gewehr im Anschlag immer noch auf mich. Ich ging auf die Toilette, auch dahin folgte er mir mit dem Gewehr im Anschlag. Als wir alleine auf der Toilette waren, sagte mein Bewacher zu mir: „Ich habe den Befehl, nicht mit dir zu sprechen, weil du ein Feind unseres Landes bist. Aber wenn du mir eine Zigarette gibst, will ich das vergessen."

„Wer sagt denn, dass ich ein Feind eures Landes bin?"

„Mein Offizier hat es mir gesagt."

Ich gab ihm drei Zigarettenschachteln Marlboro, die in Rumänien sehr begehrt waren, weil ich Mitleid mit ihm hatte.

Es sind immer noch die gutgläubigen Männer aus der Moldau oder Oltenien, die zur Grenzbewachung herangezogen werden und alles glauben, was man ihnen auftischte. Sie würden ihr Vaterland bis zum Letzten verteidigen.

Ich ging wieder in den Wartesaal zurück und legte mich auf die Bank. Als Dank für die Zigaretten, zielte der Soldat nun nicht mehr mit dem Gewehr auf mich.

Es wurde langsam hell. Die ersten Passagiere, die mit dem Zug zur Arbeit nach Arad fuhren, trafen langsam im Bahnhof ein. Sie warfen neugierige Blicke auf mich und meinen Bewacher.

Kurz bevor mein Zug eintraf, gab mir der Offizier meinen Pass zurück und wartete, bis ich eingestiegen war.

Ich fuhr wieder zurück nach Deutschland.

Meine Eltern hatten sich mittlerweile gut eingelebt. Es ist dennoch ungewohnt, im vierten Stock eines Hochhauses zu leben. Ihr ganzes Leben hatten sie ein großes Haus, Feld und Garten bewirtschaftet, dazu noch Schweine und Hühner aufgezogen. Das ungewohnte Nichtstun fiel ihnen auf Dauer schwer. Mein Vater war rastlos und den ganzen Tag unterwegs. Schließlich fand er eine Halbtagsstelle im Tierheim Heilbronn.

Ich erhielt im Geflügelzuchtverein Böckingen einen schönen Platz am Neckar und konnte mich wieder meiner Leidenschaft, der Taubenzucht widmen. Mein Vater kam oft vorbei und half mir beim Stallbau.
Inzwischen waren auch mein Bruder mit Frau und kleinem Sohn ausgereist und lebte im gleichen Haus in Sontheim. Er fand schnell Arbeit im gleichen Werk wie ich, bei Audi in Neckarsulm.

Mittlerweile gab es noch etwa siebentausend Deutsche in Sankt Anna. Immer mehr reisten aus.
Burger Hans kam mit seinen Eltern nach Heidelberg. Inzwischen lebten immer mehr Familien aus Sankt Anna in der Umgebung.
Der Bruder von Kappes Sepp flüchtete mit einem Freund über die Grenze nach Jugoslawien, wo sie verhaftet wurden und so lange im Gefängnis blieben, bis ihre deutsche Herkunft nachgewiesen war. Dann durften sie nach Deutschland ausreisen.
Mittlerweile flüchteten viele mittels Schleusern, denen sie eine Menge Geld bezahlten und die damit die Grenzposten bestachen, über die Grenze.

Meine Schwester wartete indessen noch mit ihrer Familie auf die Ausreisegenehmigung.

Ich hatte noch Briefkontakt mit meiner Freundin aus Sankt Anna. Leider durfte ich sie nicht besuchen.
Ich war sehr oft bei meinem Bruder und merkte, wie schön das Familienleben war. Ich hatte das Alleinsein satt.

Inzwischen spielten wir jeden Sonntag Fußball an der Fachhochschule von Sontheim.

Ich begann eine Beziehung zu einer geschiedenen Frau mit zwei Kindern aus Oberschlesien, die im gleichen Haus in Sontheim wohnte. Meine Mutter war dagegen. Sie meinte, ich solle mich in Geduld üben. Irgendwann würde man mich auch wieder nach Rumänien einreisen lassen.

Der Schwiegervater meiner Schwester war Metzger und führte in Arad Hausschlachtungen durch. So kam er auch in die Häuser von hohen Offizieren der Polizei und des Militärs. Ein hochrangiger Militäroffizier bekam mit, dass ich verzweifelt versuchte, nach Rumänien einzureisen und immer wieder an der Grenze abgewiesen wurde.

Er versprach, sich für mich in Bukarest einzusetzen, dass mir die Einreiseerlaubnis nicht mehr verweigert werde. Er schrieb sich meine Personalien auf und wollte sich wieder melden.

Meine Schwester teilte mir dies in einem Brief mit und war zuversichtlich, dass ich bald wieder einreisen dürfte.

Ich übernachtete am Wochenende immer bei meiner Freundin aus Oberschlesien. Ich schlief immer schlechter und spürte, dass etwas nicht in Ordnung war. Immer öfter träumte ich, dass sie schwanger sei und war froh, als ich erwachte und sie mir versicherte, dass dies nicht stimme.

Eines Sonntags wollte ich mich wieder für das Fußballspiel fertig machen, da ergriff meine Freundin meine Hand und legte sie auf ihren Bauch. Ich erstarrte und war sprachlos vor Schreck. „Hans, merkst du denn nicht schon länger, dass mit mir etwas anders ist?"

„Nein, ich merke nichts."

„Ich bin schwanger von dir."

Sie merkte, dass ich keine Reaktion zeigte. „Freust du dich denn überhaupt nicht?"

„Doch, doch.." versuchte ich mich herauszureden.

Ich freute mich jedoch ganz und gar nicht, denn sie wusste nichts von meiner Brieffreundin aus Sankt Anna, die bereits einen Heiratsantrag bei den rumänischen Behörden beantragt hatte.

Meine Gefühle spielten verrückt und ich dachte, eine Abtreibung sei kein Problem in der heutigen Zeit.

Wir sprachen nicht mehr viel darüber und ich ging zum Fußball spielen.

Ich erzählte meiner Schwägerin, dass meine Freundin schwanger sei. Diese erzählte es meiner Mutter und die hielt mir eine Moralpredigt und sagte, ich müsse mich jetzt entscheiden.

„Du kannst nicht einer nach Sankt Anna schreiben und am Wochenende zu einer anderen gehen."

Noch war es ja nur Briefverkehr nach Sankt Anna.

Am Wochenende sprach ich mit meiner Freundin und schlug ihr vor, abzutreiben. „Das kommt nicht in Frage! Ich bin streng katholisch erzogen und so etwas ist nicht akzeptabel für mich. Dann ziehe ich das Kind lieber alleine groß." Auch für sie ist die Situation nicht einfach. Sie hat bereits zwei Töchter, zehn und dreizehn Jahre alt.

Bis jetzt hatte sie mir nie Bedingungen gestellt und tat es auch jetzt nicht. Sie sagte nur, dass sie das Kind behalten wolle und alles andere käme nicht in Frage.

Es vergingen einige Monate. Sie war nun im vierten Monat schwanger.
Als ich Samstag Abend zu ihr ging, öffnete die kleine Tochter und sagte, die Mutter sei im Krankenhaus. Ich fuhr hin und traf sie ganz deprimiert und weinend an. Sie sagte, sie hätte eine Fehlgeburt erlitten.
Obwohl ich das Kind nicht wollte, war ich doch sehr traurig und fuhr wieder heim und legte mich schlafen.

Ich war „der Staatsfeind"

Meine Schwester schrieb mir, es sei nun alles vorbereitet, dass ich kommen könne. Der hohe Offizier hätte Wort gehalten und mit einem General aus Bukarest gesprochen, dieser hätte es weitergeleitet an den Grenzübergang bei Oradea. Dort sei der diensthabende Offizier informiert, dass ich käme. Der genaue Ort und die Zeit wurde genannt, wann ich einreisen könnte.
Ich nahm kurzfristig eine Woche Urlaub und fuhr nach Rumänien. Meine Eltern nutzten die Gelegenheit und fuhren auch gleich mit, denn sie hatten noch Geschwister und Verwandte, die sie sehen wollten in Sankt Anna.

Wir übernachteten in Österreich, denn meiner Mutter bekam die lange Fahrt nicht. Nachdem wir eine Pension gefunden hatten, gingen wir zum Abendessen aus.
Es war das erste Mal in meinem Leben, dass ich zusammen mit meinen Eltern zum Essen ausging.

Am nächsten Morgen standen wir sehr früh auf und machten uns auf den Weg. Es war gegen elf Uhr, als wir am genannten Grenzübergang ankamen. Er lag ziemlich abgelegen und es war gar nichts los. Als ich aus dem Auto stieg, erblickte ich meine Schwester und ihren Mann hinter dem Schlagbaum. Ich hatte sie nun bereits sechs Jahre, seitdem ich aus Rumänien weg war, nicht mehr gesehen. Sie winkte mir fröhlich zu und sagte: „Alles ist in Ordnung, du darfst ins Land."
Ein Offizier kam ans Auto und verlangte meinen Reisepass und entfernte sich damit. Nach einigen Minuten kam der Kommandant, reichte mir die Hand und begrüßte mich freundlich. „Guten Tag Herr Kappes. Bitte kommen Sie mit in mein Büro."
Ich folgte ihm.
„Bitte nehmen Sie Platz. Möchten Sie einen Kaffee?"
„Ja, gerne."
Eine junge Frau bereitete den Kaffee vor.
„Es ist soweit alles geklärt. Sie müssen mir nur noch ein paar Fragen beantworten."

Er fragte alles mögliche und die junge Frau protokollierte alles.

Eine der Fragen war: „Meinen Sie, die schlechte wirtschaftliche Lage in unserem Land ist auf die Politik von Genosse Nicolae Ceausescu zurückzuführen?"

„Nein, überhaupt nicht. Im Moment ist die Weltwirtschaftslage sehr schlecht und die zieht auch Rumänien mit hinein. Auch bei uns in Deutschland ist gerade eine leichte Wirtschaftskrise zu spüren."

„Kennen Sie Leute, die in letzter Zeit aus Rumänien geflüchtet sind?"

„Moment mal, ist das ein Verhör?"

„Nein, Herr Kappes, jemand will nur ganz genau ihre persönliche Meinung über unser Land wissen."

Nachdem alles protokolliert war, was ich gesagt hatte, ging die junge Frau zum Telefon und las alles im Flüsterton vor.

Ich musste solange draußen warten.

Nach etwa einer halben Stunde, rief mich der Major wieder herein.

„Nehmen Sie Platz Herr Kappes. Ich muss Ihnen leider eine schlechte Nachricht mitteilen. Sie dürfen nicht nach Rumänien einreisen. Es hat sich zwar ein sehr hochrangiger General für Sie eingesetzt, aber das reicht nicht. Sie sind auf einer Liste als Staatsfeind notiert und da reichen diese Beziehungen nicht."

Er war sehr freundlich und ehrlich zu mir.

„Es tut mir Leid, dass wir Sie hierher bestellt haben, aber das konnten wir auch nicht wissen. Ich könnte Sie ja für ein paar Tage nach Sankt Anna fahren lassen, denn ich bestimme, wer hier ein und aus geht, aber wenn das heraus käme und vielleicht ein Securitate-Offizier aus Arad Sie erkennt, bin ich meinen Arbeitsplatz los. Das Risiko ist mir zu groß.

Sie dürfen aber in das Café, wo Ihre Schwester und Ihr Schwager warten, gehen und eine Stunde mit ihnen sprechen.

Wenn Ihre Eltern weiter fahren wollen, dürfen sie dies selbstverständlich tun, auch das Gepäck können Sie in das Auto Ihrer Schwester umladen. Sie könnten dann so lange in Ungarn warten, bis Ihre Eltern wieder hier sind und Sie dann von hier aus nach Deutschland mitnehmen."

Als ich meine Schwester umarmte, war die Wiedersehensfreude getrübt.

„Was ist los?" fragte sie.

„Ich darf nicht nach Rumänien einreisen."

„Das darf doch nicht wahr sein!"

Wir tranken noch einen Kaffee zusammen und luden das Gepäck der Eltern um. Ich fuhr nach Ungarn zurück, wo ich drei Tage auf meine Eltern warten wollte.

Ich suchte mir in Ungarn ein Hotel in der Nähe der Grenze. Nach drei Tagen holte ich die Eltern am Grenzübergang ab und wir fuhren zusammen wieder zurück nach Deutschland.

Nun wurde mir klar, dass ich, solange dieser furchtbare Diktator Nicolae

Ceausescu das Land regieren würde, niemals meine alte Heimat wiedersehen könnte. Diese Diktatur würde ewig halten und danach käme sein Sohn Nicu, der das Land weiter terrorisieren würde. Mittlerweile bestand die ganze Regierung aus Verwandten des Diktators.

Meine Eltern erzählten, dass die Versorgungslage ganz schlecht sei. Die Deutschen aus Sankt Anna wollten alle weg.
Mutter meinte: „Als du das erste Mal 1968 flüchten wolltest, habe ich dies gar nicht verstanden, warum du überhaupt weg willst. Damals ging es uns doch gut. Aber jetzt, wo wir die Armut und Trostlosigkeit sehen, sind wir froh, dass wir nicht mehr in Rumänien wohnen müssen."

Es ging das Gerücht um, Ceausescu wolle einen Palast in Bukarest bauen und die Männer bis zu 45 Jahren zum Militärdienst verpflichten, um sein Vorhaben zu realisieren.

Ich wusste nun, dass ich nicht mehr nach Rumänien kann. In die Trauer mischte sich aber auch Stolz, dass ich die Kommunisten und den Geheimdienst so geärgert habe, dass sie mich nicht von der schwarzen Liste streichen wollten und ich immer noch ein „Staatsfeind" war. Wovor fürchteten die sich eigentlich?

Ich bekam Post von meiner Brieffreundin. Sie schlug mir vor, nun endlich den Heiratsantrag einzureichen, da ich nicht mehr nach Rumänien einreisen dürfte. Ich erledigte die Formalitäten.

Meine Schwester erhielt mit ihrer Familie die Ausreisegenehmigung. Sie kamen auch nach Heilbronn. Nun war unsere Familie wieder vereint.

Die wirtschaftliche Lage in Rumänien verschlechterte sich zunehmend.
Ceausescu wurde zunehmend isoliert.
Die Vergünstigungsklausel im Außenhandel wurde von Jimmy Carter gestrichen, weil die Menschenrechte in Rumänien nicht eingehalten wurden. Die Sowjetunion lieferten keinen billigen Stahl mehr, das Nachbarland Ungarn sorgte sich um die ungarische Minderheit, die Beziehungen zu Rumänien waren sehr gespannt.
Es schien, Ceausesscu hätte nur noch einen guten Freund im Nahen Osten: den PLO-Chef Arafat. Diesen besuchte er häufig.
Immer mehr Menschen versuchten, das Land zu verlassen.

Wir beschlossen, zusammen mit meinen Eltern und meiner Schwester ein Haus zu bauen.

Wir kauften ein Grundstück auf dem Land, wo die Grundstückspreise günstiger waren als in Heilbronn. Wir bauten alles in Eigenleistung. Mein Schwager war

Maurer von Beruf und viele Landsleute aus Sankt Anna halfen beim Hausbau mit. Wir arbeiteten meistens nur am Wochenende, denn nach Feierabend unter der Woche lohnte es sich nicht.

Am Wochenende wohnte ich weiterhin bei meiner Freundin in Sontheim. Meistens gab es Auseinandersetzungen, weil ich samstags, wenn ich vom Bau kam, meistens zuviel getrunken hatte.

Sie sagte auch, dass sie die Beziehung beenden würde, wenn ich in das neue Haus ziehen würde. Ich hätte die Wahl, entweder mit ihr zusammen zu bleiben oder aufs Land zu ziehen.

In dieser Zeit verstarb Leonid Breschnew, der die Sowjetunion mit harter Hand regiert hatte und nach einem weiteren Jahr kam Mihael Gorbatschow an die Macht. Er schlug neue politische Wege ein und näherte sich dem Westen und der USA an. Die Beziehungen zu Rumänien und Ceausescu blieben kühl.

Ceausescu hatte mit dem Bau seines Palastes begonnen und viele Bürger wurden zum Militär-Ersatzdienst einberufen, um daran zu bauen. Auch aus Sankt Anna mussten hauptsächlich Maurer einrücken.

In Deutschland streikte die IG Metall für eine 35-Stunden-Woche. Wir bei Audi waren ausgesperrt. Da bot es sich an, auf dem Bau zu arbeiten. Der Rohbau war fast fertig, nun begann der Innenausbau.

Hatte ich vorher nur am Wochenende am Bau getrunken, trank ich nun jeden Tag.

Auf dem Rückweg nach Heilbronn geriet ich in eine Polizeikontrolle und der Führerschein wurde mir abgenommen.

Auf der Arbeit fehlte ich öfter und der Personalreferent warf mir „falschen Lebenswandel" vor.

Wenn ich weiter wegen Krankheit ausfallen würde, drohe mir der Verlust des Arbeitsplatzes.

Nach einem Jahr war der Hausbau beendet und wir zogen von Heilbronn aufs Land.

Ich baute am Haus auch eine Voliere für meine geliebte Taubenzucht.

Ich trennte mich von meiner Freundin, mit der ich über mehrere Jahre eine Wochenendbeziehung hatte.

Ohne Führerschein fühlte ich mich nun auf dem Land sehr einsam. Zur Arbeit fuhr ich mit einer Nachbarin, die auch bei Audi arbeitete.

Ich trank immer mehr. Eine Personalreferentin erkannte mein Problem und schlug mir eine sechsmonatige Entziehungskur vor. Zunächst wollte ich davon nichts wissen, ließ mich aber dann doch überzeugen.

Ich ging auf Kur. Auf der Station waren viele junge Leute. Wir machten viel Sport und spielten abends Fußball.

In der Zeit spielte Boris Becker sein erstes großes Turnier in Wimbledon und siegte sich von Runde zu Runde. Mit seinen 17 Jahren eroberte er Wimbledon und gewann das Turnier.

In der Kuranlage gab es auch einen Tennisplatz und wir probierten unsere ersten Schläge aus.

Früher habe ich die Tennisspiele nur im Fernsehen gerne verfolgt, wenn Ion Tiriac und Ilie Nastase ihre großen Erfolge feierten. Ion Tiriac war nun der Trainer von Boris Becker.

Boris Becker hatte einen Tennisboom ausgelöst, der uns in der Kur einholte.

Ich erholte mich schnell. Abends spielten wir nun Fußball oder Tennis.

Ich bekam weiterhin regelmäßig Post von meiner Freundin aus Rumänien. Sie hatte alle Papiere von mir, die sie brauchte, um den Heiratsantrag einzureichen. Ich verschwieg, dass ich auf Entziehungskur war. Man galt als Außenseiter mit Alkoholproblemen und sprach nicht offen darüber.

Man merkte auch schnell, dass die meisten dachten, man sei selbst Schuld, wenn man Alkoholprobleme hätte und etliche sogenannter Freunde wandten sich ab.

Das wichtigste war, dass meine Familie zu mir stand.

Sepp kam mich regelmäßig besuchen und munterte mich immer wieder auf. Inzwischen war er verheiratet und seine Frau war aus Sankt Anna zu ihm nach Heilbronn gezogen. Er hatte in Sankt Anna eine große Hochzeit gefeiert. Ich war auch eingeladen, durfte aber nicht dabei sein.

Sepp riet mir auch, zusätzlich zu dem Sport in der Therapie noch abends zu joggen, das sei gut für die Psyche. Er spielte immer noch aktiv Fußball beim VfR Heilbronn.

Nach sechs Monaten wurde ich entlassen und nahm meine Arbeit bei Audi wieder auf.

Adidas und Computer

Überall im Osten entstanden Bürgerbewegungen. In der DDR waren auch viele Geistliche darunter, in Polen gab es schon seit einigen Jahren die Gewerkschaft Solidarnosz mit ihrem Führer Lech Walesa, in der Tschechoslowakei war die Charta 77 immer noch aktiv, nur in Rumänien gab es nichts davon. Alle Aktivitäten in diese Richtung wurden vom Geheimdienst Securitate schon im Keim erstickt und zerschlagen.

Seit Gorbatschow in der Sowjetunion an die Macht kam, wurde die Lage dort auch besser. Er stellte sein neues Programm „Perestroika" und „Glasnost" vor: Umwandlung und Offenheit. Mit Offenheit war vor allem die Durchsichtigkeit der Maßnahmen der Regierung, der Gesetzgebung und der Verwaltung gemeint. Das Volk sollte an diesen Vorgängen teilnehmen können.

Mit Umwandlung meinte er vor allem die Abschaffung der Alleinherrschaft der Kommunistischen Partei und die Einführung demokratischer Reformen. Seit der Oktoberrevolution beherrschte die Kommunistische Partei alle Lebensbereiche der Sowjetbürger. Die Planwirtschaft hatte nicht, wie versprochen, eine Verbesserung der Lebensverhältnisse sondern eine Verschlechterung gebracht. Presse, Funk und Fernsehen unterlagen der Zensur. Kritik an Staat und Partei durfte nicht geäußert werden. Kritiker wurden eingesperrt.

Der Zustand des Kalten Krieges herrschte weiterhin, Durch den eisernen Vorhang wurde die Welt in zwei unversöhnliche Blöcke geteilt. Das Verhältnis der Weltmächte USA und Sowjetunion war von Misstrauen bestimmt. Das führte zum Wettrüsten, das einen rieseigen Anteil der Staatseinnahmen verschlang. Mihail Gorbatschow strebte eine neue Richtung an: Die Alleinherrschaft der Kommunistischen Partei sollte aufgehoben werden zugunsten der Gründung Demokratischer Parteien, Wahlen sollten stattfinden, die frei und geheim durchgeführt werden sollten. Die Aufhebung der Medienzensur sollte wieder Kritik an den Zuständen in der UdSSR zulassen und die starre sozialistische Planwirtschaft sollte abgeschafft werden, wohingegen die Eigeninitiative gefördert wurde. Religionsgemeinschaften erhielten Freiraum für ihre Betätigung.

Außenpolitisch galt es das Misstrauen zugunsten eines Vertrauensverhältnisses der beiden Weltmächte USA und UdSSR abzubauen, statt Wettrüsten wurde das Thema Abrüsten vorgegeben.

Mihail Gorbatschow fand viel Zuspruch bei der Bevölkerung und in der westlichen Welt für seine Programme.

Etlichen Regenten des Ostblocks missfielen diese neuen Ansätze. Honecker versuchte sich mit wachsendem Starrsinn gegen die Reformbewegungen abzuschotten und Ceausescu entließ alle reformwilligen Politiker aus der Regierung und ließ sie verhaften. Sein wichtigstes Projekt wurde der Bau des Palastes, für den er unzählige historische Bauten abreißen ließ.

Die wirtschaftliche Lage verschlimmerte sich zunehmend. Die wenigen Dissidenten wurden isoliert und bekamen Hausarrest.

Es gab kein Fleisch mehr zu kaufen, nur manchmal Schweinsfüße und Schweinsköpfe. Die Bevölkerung entwickelte Galgenhumor und benannte die Schweinsfüße „Adidas" und die Schweinsköpfe „Computer".

Die Heiratsgenehmigung

Meine Freundin schrieb mir regelmäßig.

Es sei bald soweit, dass die Heiratsgenehmigung kommen würde und falls ich nicht nach Rumänien ausreisen dürfe, würde man sie ohne weiteres zu mir nach Deutschland einreisen lassen.

Ich baute die Dachwohnung in unserem Haus für uns aus und freute mich schon darauf.

Ich bekam wieder Post aus Sankt Anna. Meine Freundin hatte eine gute Nachricht. Vom Ministerium aus Bukarest hatten wir die Heiratsgenehmigung erhalten. Sie teilte dem Beamten in Arad mit, dass ich nicht nach Rumänien einreisen dürfte. Der Beamte meinte, ich solle es versuchen, vielleicht würde es ja jetzt, nachdem ich die Heiratsgenehmigung erhalten hätte, klappen. Wenn nicht, könne meine Freundin ausreisen, aber versuchen müsse ich es auf alle Fälle.

Da mein Bruder und meine Schwägerin gerade nach Rumänien fahren wollten, bot es sich an, mitzufahren.
In Ungarn erkannte man schon die Veränderungen: die Einreise klappte schnell und problemlos und nicht wie früher erst nach stundenlangem Warten auf ein Durchreisevisum.
Bei der Ankunft am rumänischen Grenzübergang war jedoch eine lange Schlange. Die Anspannung in mir stieg, denn ich hatte wenig Hoffnung, einreisen zu dürfen, nachdem ich letztes Mal erfahren hatte, dass ich auf der schwarzen Liste stand und als Staatsfeind galt.
Es ging nur langsam voran. Die Abfertigung eines Autos dauerte eine Stunde. Ich ging nach vorne und fragte nach, wie lange die Fahrer warteten. Bei manchen waren es bereits über 15 Stunden. Wir mussten uns auch darauf einstellen. Es war, als ob wir in eine andere Welt kämen, in der die Zeit stehen geblieben war.
In Zeitlupentempo bewegten sich die Zöllner, durchsuchten jedes einzelne Gepäckstück, ließen unzählige Formulare ausfüllen, wohin man fahre, wen man besuche, wie lange man bleibe usw.
Nach dreizehn Stunden Wartezeit waren auch wir an der Reihe. Ich musste meinen Pass vorzeigen, Die Nervosität stieg. Ich lebte nun seit zehn Jahren in Freiheit und dennoch nahm mich diese Prozedur immer noch sehr mit. Hier am Grenzübergang herrschte reine Willkür, dennoch wurden die Zollbeamten bestochen, damit sie den Einreisenden, die paar Geschenke für ihre Verwandten und Bekannten nicht abnahmen.
In Sankt Anna lebten noch rund fünftausend Deutsche, die sich über die Mitbringsel freuten, denn in Rumänien gab es kaum noch etwas zu kaufen.
Der Offizier kam mit meinem Pass zurück und forderte mich auf, mitzukommen, „Du darfst nicht nach Rumänien einreisen und musst sofort umkehren."
Ich holte ein Schriftstück aus meiner Tasche und sagte: „Ich habe vom Ministerium die Heiratserlaubnis bekommen und meine Freundin wartet auf mich, damit wir heiraten,"
„Was du vom Ministerium bekommen hast, interessiert mich überhaupt nicht" sagte er zornig „und deine Freundin kann lange warten. Ich habe einen klaren Befehl bekommen: Du darfst dieses Land nicht betreten und damit Basta! Ich gebe dir fünf Minuten Zeit, deine Sachen aus dem Auto zu holen. Wache antreten!"

Er rief zwei bewaffnete Soldaten: „Ihr bewacht diesen Mann bis zur ungarischen Grenze und übergebt ihn dort den ungarischen Grenzoffizieren. Verstanden!" „Jawohl" kam die prompte Antwort.

Die Soldaten begleiteten mich zum Auto, wo ich schnell mein Gepäck nahm und mich von meinem Bruder und meiner Schwägerin verabschiedete, die ganz entsetzt verfolgten, wie ich von den beiden Soldaten mit dem Gewehr im Anschlag abgeführt wurde.

Wir liefen an der langen Schlange der wartenden Autos vorbei, aus denen die Menschen die Köpfe herausstreckten als sie mich in Begleitung der bewaffneten Soldaten in Richtung Ungarn gehen sahen.

Eine Familie aus Sankt Anna erkannte mich und fragte, was los sei und warum ich wieder zurück musste. Ich hatte keine Lust, es ihnen zu erklären und lief einfach weiter. Die Situation war mir sehr peinlich.

Bei den ungarischen Grenzposten angekommen, übergaben die Soldaten meinen Pass an einen ungarischen Offizier und gingen wieder zurück.

Ich bekam meinen Pass ausgehändigt und wartete noch eine Weile auf eine Mitfahrgelegenheit. Ein rumänischer LKW-Fahrer nahm mich schließlich nach Deutschland mit.

Ich war sehr aufgewühlt nach der langen Wartezeit an der Grenze. Der Diktator und seine Geheimdienstpolizei Securitate hatten auch jetzt noch, nach zehn Jahren, Macht über mich und führten mich der Bevölkerung vor, wie das Schaulaufen entlang der wartenden Autos gezeigt hatte. Ich hatte alle Hoffnung verloren, meine Heimat noch einmal zu sehen, denn solange diese Diktatur herrschen würde, würde ich keinen weiteren Versuch unternehmen, nach Rumänien einzureisen. Ich glaubte nicht daran, dass sich an den Verhältnissen in Rumänien etwas ändern würde, so wie in den anderen Ostblockstaaten.

Der LKW-Fahrer hielt auf der Fahrt durch Ungarn immer wieder an und tauschte aus Rumänien mitgebrachte Sachen gegen andere, die es in Rumänien nicht gab. Als er vor einer Apotheke hielt und mit einem kleinen Päckchen zurück kam, fragte ich ihn, was darin sei. „Medikamente für die kranke Mutter." In Rumänien bekam man kaum noch Medikamente in Apotheken und wenn, dann nur über Beziehungen. Obwohl er noch zu den Privilegierten in Rumänien gehörte, schimpfte er über die Diktatur.

Seine Mutter kam ins Krankenhaus und wurde operiert, aber nur, weil er den Arzt bestochen hatte, wer kein Geld oder andere Wertsachen wie Kaffee oder Zigaretten zahlen konnte, wurde nicht behandelt, geschweige denn operiert. Jeder kümmerte sich nur noch um die eigenen Vorteile. Alle waren korrupt.

Ich fuhr bis Stuttgart mit. Von dort fuhr ich mit dem Zug nach Hause.

Der Radu

Aus den Nachrichten erfuhr ich, dass der Auslands-Geheimdienstchef übergelaufen sei. Das war ein schwerer Schlag für Ceausescu, der ab nun die Geheimdienstoffiziere sich gegenseitig überwachen ließ.

Alle Spione aus dem Ausland wurden zurückbeordert, da der Überläufer sie alle benannt und preisgegeben hatte.

Viele mussten schwarz über die Grenze, weil sie vom westlichen Geheimdienst schon zur Fahndung ausgeschrieben waren.

Ion Pocepu veröffentlichte in den USA das Buch „Roter Horizont", das ich mir auch gleich bestellte und aufmerksam las. Ich erfuhr einiges, das ich noch nicht wusste: Die Telefonüberwachung war in Rumänien einzigartig. Jedes Telefon wurde unter einem Vorwand zur Reparatur eingezogen und mit speziellen Wanzen bespickt, mit denen man jeden Raum abhören und bei verdächtigen Gesprächen sofort eingreifen konnte.

Der Geheimdienst Securitate war mit den besten technischen Mitteln ausgerüstet. Man scheute keine Kosten und keinen Aufwand, wenn es um die Überwachung der eigenen Bevölkerung ging.

Auch das ausschweifende Leben des Sohnes von Nicolae Ceausescu, Nicu, wurde ausführlich beschrieben. Am meisten entsetzte mich, wie man mit politischen Gegnern umging.

Es gab ein Kapitel, in dem erläutert wurde, wie man mit politischen Gegnern umging, die sich im Gefängnis nicht fügten.

Dann kam der Befehl: „Bringt ihm den Radu in die Zelle!"

Beim Lesen dachte ich zunächst, „der Radu" sei ein Schläger, der den politisch Gefangenen zusammenschlagen oder vergewaltigen soll. Aber mit Entsetzen las ich und mir stockte der Atem und eine ungeheure Wut packte mich – „Radu" war ein radioaktives Gerät, mit dem der Gefangene bestrahlt wurde und zwar so stark, dass er innerhalb kurzer Zeit an Krebs erkrankte und daran starb.

Der Gefängnisarzt stellte dann die Diagnose „Krebs" und der Verstorbene wurde seinen Angehörigen übergeben, die keinen Verdacht schöpften, dass er ermordet wurde.

Voller Entsetzen schrieb ich sofort einen Brief an Amnesty International, dass man die Lage in den rumänischen Gefängnissen überprüfen solle, denn die Methode der Folterung seien nicht mehr hinzunehmen. Um seine Macht zu erhalten, schreckte der Diktator vor nichts mehr zurück. Die Entspannungspolitik in den anderen Staaten interessierte ihn nicht. Er litt unter Realitätsverlust. Noch nie in der Geschichte wurde das eigene Volk so unterdrückt und beschattet.

Der amerikanische Präsident, Ronald Reagen besuchte Deutschland und in seiner historischen Rede vor dem Brandenburger Tor rief er den berühmten Satz. „Mister Gorbatschow öffnen Sie dieses Tor! Reißen Sie diese Mauer nieder!"

Ich bekam erfreuliche Post von meiner Freundin. Sie schrieb, dass das Ministerium in Bukarest ihr die Bewilligung zur Ausreise für die Heirat geschickt hätte.

Ich baute die Dachwohnung in unserem Haus vollends aus und freute mich sehr darauf, dass sie bald da sei.

Bald darauf hatte sie die Ausreisepapiere beisammen und ich erwartete sie in Nürnberg, wo sie einige Tage bleiben musste, bis die Formalitäten geklärt waren. Es war sehr ungewöhnlich für mich. Wir kannten uns nur vom Sehen und Briefe schreiben. Es folgen erste Gespräche mit ihr. Sie hatte nun keine Verpflichtungen mehr mir gegenüber. Die formelle Heiratsgenehmigung war nur vom rumänischen Staat ausgestellt worden.

Ich war sehr reserviert ihr gegenüber.

Am Abend waren wir bei einem meiner Freunde in Nürnberg eingeladen. Wir blieben noch bis in die Nacht hinein dort, aßen und tranken. Als ich mit meinem Freund kurz alleine war, erzählte er mir, dass meine Freundin in Rumänien einen anderen Freund hätte und dass sie mich nur ausgenutzt habe, um aus Rumänien fort zu können.

Ich wusste nicht mehr, wie ich mich ihr gegenüber verhalten sollte.

Da es spät war, übernachteten wir bei meinem Freund. Uns wurde das Gästezimmer mit Doppelbett zurecht gemacht.

Meine Annäherungsversuche wies meine Freundin zurück. Es war verständlich, da wir den ersten Abend zusammen waren.

Bis dahin hatte ich alle meine Freundinnen beim Tanzen kennen gelernt, aber jetzt war es anders. Sie war mir auch noch sehr fremd.

Als sie meine Annäherungsversuche zurück wies, fielen mir die Worte meines Freundes wieder ein. Ich wurde ganz unsicher.

Am Frühstückstisch warf sie mir vor, am Abend zuviel getrunken zu haben. Wir bekamen handfesten Streit und da mein Vertrauen in sie gestört war, schlug ich ihr vor, uns zumindest vorübergehend zu trennen.

Ich fuhr alleine nach Hause.

Meine Eltern und Geschwister waren ratlos. Sie wussten nicht, was vorgefallen war. Aus Enttäuschung zog ich mich in meine Dachwohnung zurück und sprach mit niemandem darüber.

Ich betrank mich einige Tage lang aus lauter Frust, ließ mich krankschreiben und ging nicht zur Arbeit.

Ich fiel in ein tiefes seelisches Loch.

Ich hatte soviel Hoffnung in sie gesetzt. Ich träumte von einer Familie und Kindern und nun war mein Traum zerplatzt wie eine Seifenblase.

Ich konnte nachts nicht mehr schlafen und trank daher am Abend umso mehr. Ich hatte Albträume und Ängste, die ich in dieser Dimension vorher noch nie gehabt hatte.

Ich verlor meinen Lebensmut, fühlte mich hilflos und willenlos, wie nie zuvor in meinem Leben, hegte sogar Selbstmordgedanken.

Früher, als ich noch mit Geheimdienst und der Diktatur kämpfte, konnte ich mich in solchen ausweglosen Situationen zusammen reißen, denn ich hatte einen Gegner. Jetzt war ich nur mein eigener Gegner.

Am Abgrund

Ich machte mir Sorgen um meinen Arbeitsplatz. Ich hatte keine Kontrolle mehr über mein Trinkverhalten. Ich stand am Abgrund und hatte Angst, ins Bodenlose zu fallen. Nachts, wenn ich wach war und viel grübelte, sagte ich mir, dass es so nicht weiter gehen könne. Ich schämte mich auch vor meinen Eltern, Geschwistern und Freunden.

Ich erinnerte mich an die Worte von Sepp Kappes, viel Sport zu machen, das vertreibe negative Gedanken. Ich las das Buch von Dr. Müller-Wohlfahrt, dem Arzt der deutschen Fußballnationalmannschaft. Er schrieb „im Leben darf man auch mal hinfallen, aber man muss wieder aufstehen" und dass viel Bewegung die Sucht lindern, ja sogar heilen könne.

Ich versuchte jeden Tag, ein wenig zu joggen, aber nach einigen Tagen konnte ich mich nicht mehr dazu überwinden. Ich überlegte, mir einen Hund anzuschaffen, damit ich gezwungen wurde, täglich raus zu gehen,

Von einem Bauernhof in der Nähe holte ich einen Mischlingswelpen. Es war ein süßer kleiner Hund mit wuscheligem schwarzen Fell, eine Mischung aus ungarischem Hirtenhund und einer anderen unbekannten Rasse. Ich nannte ihn Rex. Rex wurde mein täglicher Begleiter.

Nun ging ich jeden Tag aufs Feld, joggte und machte Liegestützen. Schon nach wenigen Wochen merkte ich, wie sich mein körperlicher aber auch mein geistiger Zustand verbesserte.

Ich trainierte bei jedem Wetter. Es machte mir unheimlichen Spaß, mit meinem Hund aufs Feld zu gehen. Er wartete jeden Tag schon sehnsüchtig, bis ich von der Arbeit nach Hause kam.

Meine Lebensfreude kehrte zurück.

Ich fuhr mit einem Freund an den Plattensee nach Ungarn in Urlaub.

Dort war auch ein großer Tennisboom und wir spielten mit.

Ich fand Gefallen an dieser Sportart.

Als ich aus dem Urlaub zurück kam, meldete ich mich in unserem Tennisclub an. Nun trainierte ich noch mehr, um richtig fit zu sein.

Es dauerte nicht lange und ich spielte auch in der Mannschaft. Es machte mir unheimlich Spass.

Im Urlaub am Plattensee hatte ich auch eine Freundin aus der Tschechoslowakei kennen gelernt, Wir schrieben uns regelmäßig und über Weihnachten besuchte ich sie in Prag, wo sie wohnte.

Wir gingen in der Innenstadt von Prag spazieren und ich erfuhr, dass Vaclaw

Hawel, mein großes Idol, in der Nähe wohnte.

Im „Spiegel" hatte ich schon gelesen, dass seine Wohnung bewacht würde, aber manchmal Journalisten oder Besucher zu ihm vorgelassen würden.

Ich wollte ihn gerne besuchen, aber als meine Freundin dies erfuhr, brach sie in Panik aus, sie könne dadurch Schwierigkeiten bekommen und wahrscheinlich würde sie sowieso vom tschechischen Geheimdienst beobachtet werden, weil sie mit einem Ausländer zusammen sei.

Ich war sehr überrascht, dass auch in der Tschechoslowakei das Gespenst des Geheimdienstes genauso wie in Rumänien herumgeisterte. Überall in Osteuropa versuchten die kommunistischen Machthaber Druck auf die Bürger auszuüben, um die Macht weiter zu erhalten.

Auch die Touristen aus der DDR, die ich im Sommer in Ungarn kennen gelernt hatte, trauten sich nicht, offen zu reden, weil sie Angst hatten, sogar in Ungarn vom Geheimdienst bespitzelt zu werden.

Es wurde 1989.

Mittlerweile hatte ich meinen Führerschein zurück bekommen. Mit meinem Hund ging ich jeden Tag raus laufen. Ich merkte, je mehr ich lief, umso weniger Verlangen nach Alkohol hatte ich.

Mit einem Freund fuhr ich nach Südfrankreich zum Surfen. Er war leidenschaftlicher Windsurfer und brachte es mir ebenfalls bei. Ich fand großen Gefallen daran. Wir spielten auch viel Tennis dort und abends joggte ich barfuss am Atlantik-Strand. Ein herrliches Gefühl.

Meiner Freundin aus Prag schrieb ich regelmäßig und wir verabredeten uns, im Sommer gemeinsam Urlaub am Plattensee zu machen. Sie verbrachte schon einige Jahre ihren Urlaub dort. Ungarn war für viele Bürger der Ostblockstaaten ein sehr beliebtes Reiseziel. Man merkte auch, dass sich dort auf politischer und wirtschaftlicher Ebene viel verändert hatte.

Nur in Rumänien war von Aufbruchstimmung immer noch nichts zu spüren. Ich sprach mit vielen Bekannten, die auf Besuch in Rumänien waren, darüber. Die wirtschaftliche Lage war katastrophal. Viele Bürger versuchten zu flüchten, um diesem Regime zu entkommen. Mittlerweile herrschte dort so was wie Endzeitstimmung. Man bestach Grenzer, um über die Grenze zu flüchten. Viele flüchteten nach Ungarn. Dort wurde ein Auffanglager eingerichtet für Flüchtlinge aus Rumänien. Sie wurden nicht mehr zurückgeschickt wie früher. Die Beziehungen der beiden Staaten waren noch immer angespannt.

Ceausescu verstärkte seine Propaganda gegen die ungarische Regierung und warf ihr vor, Unruhe zu stiften unter der ungarischen Minderheit.

Ich fuhr in den Urlaub nach Ungarn und traf mich mit meiner Freundin am Plattensee. Die Wiedersehensfreude war groß. Ich spielte wieder viel Tennis und surfte auch, obwohl hier der Wind nicht die Stärke hatte, wie am Atlantik.

In diesem Jahr waren wieder viele Urlauber aus der DDR am Plattensee. Sie

waren noch ruhiger als sonst und misstrauisch, denn schon im Frühjahr hatte Ungarn begonnen, die Grenze zu lockern und die unmenschlichen Grenzbefestigungen zwischen Österreich und Ungarn zu entfernen.
Das war die erste Lücke im Eisernen Vorhang, durch die Tausende von DDR-Bürgern, die in Ungarn Urlaub machten, nach Österreich flüchten konnten. Die Regierung der DDR war zu keinen Reformen bereit, so versuchten viele DDR-Bürger zur Zeit in den deutschen Botschaften von Warschau, Prag und insbesondere Budapest Zuflucht zu nehmen. Viele ließen ihre Autos in Ungarn einfach stehen. Auch in dem Haus, in dem wir wohnten, stand ein herrenloser Trabi und die Besitzer waren vermutlich in die Deutsche Botschaft in Budapest geflüchtet.
Nach drei Wochen Urlaub fuhr ich wieder nach Hause. Man spürte förmlich, wie sich die politische Lage in einigen Ländern Osteuropas veränderte. Die Kirchen in der DDR hatten den Oppositionsgruppen schon seit Jahren Schutz geboten, in den Kirchenräumen konnten sie ihre Versammlungen abhalten. In der Nikolai-Kirche versammelten sie sich jeden Montag Abend, 18Uhr zum Gebet,

Im September reiste der damalige Außenminister Genscher nach Prag, um den Botschaftsflüchtlingen mitzuteilen, dass sie in den Westen ausreisen dürfen. Seine Worte wurden von den Jubelstürmen der Menschen unterbrochen. Ich sah die Freude in den Augen der Menschen und merkte erneut, welche Euphorie das Streben nach Freiheit auslösen kann. In der Tschechoslowakei wurde Alexander Dubcek aus seinem Hausarrest entlassen. Er hatte bis dahin bewacht vom Geheimdienst als Waldarbeiter gearbeitet. Vaclav Havel stand seit Frühjahr auch nicht mehr unter Hausarrest. Nur in Rumänien tat sich immer noch nichts.
Ceausescu gab ein Interview für das ZDF. Der Reporter fragte ihn, ob in Rumänien auch Reformen bevorstünden. Er antwortete, Rumänien brauche keine Reformen. Auf die Frage, ob er sich keine Sorgen mache wegen den politischen Umwälzungen in Osteuropa antwortete er mit „Nein" und erzählte etwas von Rotation in der großen Nationalversammlung. Damit meinte er, dass auf den Vorschlag seiner Ehefrau Elena Abgeordnete in die große Nationalversammlung einberufen wurden, die überhaupt keinen Einfluss und keine Macht hatten und wenn sie nicht konform gingen, wurden sie ausgewechselt. Im Zentralkomitee waren nur noch Verwandte von Ceausescu. Daher musste er sich keine Gedanken machen, gestürzt zu werden. Außerdem arbeitete noch der Geheimdienst Securitate für ihn.

In der DDR nahmen die Montagsdemonstrationen stetig zu. Zu Tausenden marschierten die Menschen nach dem Gottesdienst in der Nikolai-Kirche durch die Stadt und forderten mehr Freiheit. Die Vorbereitung auf den 40. Parteitag der SED war im Gange und der Staat rüstete ein gewaltiges Aufgebot auf, um für Ruhe zu sorgen,
Anfang Oktober war die große Feier. Auch Gorbatschow war dabei und verhielt sich Honecker gegenüber sehr reserviert. Hier fiel sein legendärer Satz. „Wer zu

spät kommt, den bestraft das Leben!"

Honecker indes ließ die Militärparade vorbei ziehen und sprach Sätze wie. „Den Sozialismus in seinem Lauf hält weder Ochs noch Esel auf" oder „Die Mauer wird auch in einhundert Jahren noch stehen." Genau wie Ceausescu will auch Honecker die Veränderungen nicht erkennen und meint, das Volk weiterhin unterdrücken zu können. Aber das Volk lässt dies nicht mehr zu und die DDR konnte sich nicht mehr darauf verlassen, dass wie 1953 das russische Militär zu Hilfe käme, um einen eventuellen Aufstand zu zerschlagen. Wie sich die Zeiten doch geändert haben.

Es ist gerade mal zwanzig Jahre her, dass ich im Gefängnis war und die Tschechoslowakei nach Reformen strebte und von den russischen Befehlshabern in Schach gehalten wurde. Damals unterstützte Ceausescu die Reformen der Tschechen gegen den Willen der UdSSR. Nun war es genau umgekehrt: Gorbatschow fing mit den Reformen an und Ceausescu und Honecker waren gegen die Veränderungen.

Die Flüchtlinge aus der Prager Botschaft wurden mit einem Sonderzug, der durch das Gebiet der DDR an bewachten Bahngleisen entlang fuhr, nach Deutschland gebracht.

Es sickerte durch, dass die Wahlen in der DDR gefälscht wurden. Daraufhin gingen noch mehr Menschen auf die Straße und forderten die Aberkennung der Wahlen und Neuwahlen.

Auf Druck der Bürger hin wurde Erich Honecker als Parteisekretär entmachtet und Egon Krentz sein Nachfolger,

Die Demonstrationen ließen sich nicht mehr aufhalten, es wurden immer mehr, mittlerweile nicht nur in Leipzig sondern auch in Dresden und Berlin.

Die Montagsdemonstration am 9.Oktober brachte siebzigtausend Menschen auf die Straße. War die Polizei zwei Tage zuvor noch bei der Staatsfeier mit brutaler Gewalt gegen die Demonstranten vorgegangen, so blieben die Demonstrationen nun friedlich. Von nun an lief die SED der Volksbewegung hinterher. Bereits seit September gab es neue politische Gruppierungen wie das Neue Forum. Das neue Reisegesetz brachte jedoch nicht die erhoffte Reisefreiheit und die freie Ausreise.

Am Abend des 9. November hatte der SED-Politiker Günther Schabowski auf einer Pressekonferenz die Öffnung der Grenzen angekündigt. Die Grenztruppen waren dem Ansturm nicht mehr gewachsen. Ein Hauptmann gab den Befehl, die Schlagbäume zu öffnen. Tausende stürmten nach Westberlin und wurden überwältigend empfangen. Es spielten sich bewegende Szenen ab.

Ich verfolgte alles sehr interessiert, denn ich konnte verstehen, wie es ist, wenn man nach Freiheit strebt.

Wildfremde Menschen lagen sich in den Armen. Die meisten konnten noch gar nicht fassen, was sie gerade erlebten. Ich konnte gut mitfühlen, denn ich kannte dieses Gefühl aus eigener Erfahrung. Es war nun mittlerweile zwölf Jahre her, dass auch ich dies erlebte, aber in meinem Gedächtnis war es noch ganz frisch eingespeichert. So ein Erlebnis vergisst man ein Leben lang nicht.

In diesem Herbst wurden alle Regierungen der Ostblockstaaten vom eigenen Volk abgesetzt. Der einzige der verblieb war Nicolae Ceausescu. Ich hoffte so sehr, dass auch in Rumänien die Demonstrationen beginnen würden.

Ich ging jeden Tag mit meinem Hund Rex aufs Feld und fühlte mich physisch und psychisch sehr gut. Es schien, als ob ich die schwere Krise überwunden hätte, in der mir meine ganze Familie so gut beigestanden hatte. Vor allem meine Schwester baute mich immer wieder auf, wenn es mir mal wieder schlechter ging. Ich hatte immer noch regelmäßigen Briefkontakt mit meiner Freundin aus Prag, die sich auch über ihre neue Freiheit im eigenen Land freute. Hatte sie vorher noch überlegt, nach Deutschland zu ziehen, wollte sie dies nun nicht mehr, da es auch in der Tschechoslowakei bergauf ging nach der Entmachtung der Kommunisten.

Auch die wirtschaftliche Lage hatte sich genauso verbessert wie in Polen und Ungarn.

Die Grenze von Rumänien nach Ungarn wurde nun verstärkt bewacht, da viele versuchten nach Ungarn zu flüchten, nachdem dieses die Grenze zu Österreich geöffnet hatte.

Die Grenzer machten auch von ihren Schusswaffen Gebrauch. Auch ein Deutscher aus Sankt Anna wurde vermutlich deren Opfer. Nachdem er aus Sankt Anna verschwunden war, tauchte er im Westen niemals auf. Vermutlich wurde er erschossen und irgendwo verscharrt. Es gab zwar keinen direkten Schießbefehl, aber falls ein Flüchtender aus Versehen erschossen oder totgeprügelt wurde, versuchte man dies geheim zu halten und versteckte den Toten. Es war nie etwas zu beweisen.

Der Umsturz

Ceausescu war gerade auf einem Staatsbesuch im Iran, als ich überraschenderweise im Fernsehen sah, dass es auch in Rumänien zu Demonstrationen gekommen war.

In Temeswar predigte seit längerem der ungarische Priester Laszlo Tökesz gegen die Diktatur in Rumänien. Die Kirche war überfüllt. Immer mehr Leute gingen hin, um die Predigten zu hören. Der Geheimdienst versuchte das zu unterbinden, indem sie ihn anderswohin versetzen wollten, aber die Menschen schützten ihren mutigen Priester und als die Securitate den Priester mitnahm, liefen die Menschen geschlossen aus der Kirche und forderten zunächst nur Freiheit für den Priester Tökesz. Es schlossen sich immer mehr Demonstranten an und marschierten Richtung Zentrum. Es war der 16. Dezember. Es wurden auch Parolen gerufen wie „Freiheit für alle Bürger Rumäniens" und „Nieder mit Ceaussescu".

Die Demonstration bekam eine Eigendynamik. Die Demonstranten waren schnell von einem Großaufgebot an Sicherheitskräften umstellt. Auch das Militär stellte

sich gegen die Demonstranten, aber diese ließen sich nicht mehr einschüchtern.
Ein Regierungsvertreter kam und versuchte mit den Demonstranten zu
verhandeln und sie zur Aufgabe zu bewegen.
Am Abend löste sich die Demonstration auf und am nächsten Morgen ging es
wieder von vorne los. Die Demonstranten riefen: „Heute in Temeswar und
morgen im ganzen Land!"
Die Revolution in Rumänien zog mich in ihren Bann. Am liebsten wäre ich auch
selbst dabei gewesen.
Ceausescu beendete den Besuch in Teheran und reiste nach Hause.

Von Temeswar sprang die Demonstration auch auf andere große Städte über, wie
Arad und schließlich Bukarest.
Es waren viele Todesopfer zu beklagen, da wahllos in die Menge geschossen
wurde.
Ceausescu versuchte auf die altbewährte Art den Sündenbock wieder in der
ungarischen Regierung zu suchen, die die ungarische Minorität im grenznahen
Gebiet um Temeswar und Arad angestachelt habe, sich zu erheben. Für den Tod
der Demonstranten machte er Terroristen verantwortlich, die auf Menschen
schießen würden.
Die Armee weigerte sich zunehmend, auf Demonstranten zu schießen. Die
Demonstranten riefen ihnen zu. „Ihr seid unsere Brüder und Söhne!" Schließlich
schlug sich die Armee auf die Seite der Demonstranten.
Ceausescu organisierte Gegendemonstrationen gegen die „Verbrecher", wie er
die friedlichen Demonstranten nannte.
In Bukarest versammelten sich mehrere tausend Menschen zur angekündigten
Gegendemonstration vor Ceausescus Residenz. Als dieser auf dem Balkon
erschien, wetterte er gegen die Demonstranten und wurde anfangs noch von
leichtem Jubel und den gewohnten: „Lang lebe Ceausescu" Parolen begleitet.
Bald jedoch setzte es Buh-Rufe mitten in seine Rede. Er stockte und konnte seine
Rede nicht weiter abhalten. Unten auf dem Platz wurde es lauter und die Proteste
unüberhörbar.
Die Menge fing an, sich in Richtung Regierungszentrale zu bewegen. Ceausescu
wurde von seinen Sicherheitsbeamten in das Gebäude hineingedrängt.
Unten auf dem Platz wurde es totenstill, als man die Rotoren des
Regierungshubschraubers vernahm, dann wurden Rufe laut: „Wir sind frei!"
Der Schriftsteller Mircea Dinescu, der unter Hausarrest stand, wurde daheim
abgeholt und rief ins Mikrofon. „Wir sind frei!" „Wir sind frei!" Wir haben
gesiegt!" „Der Diktator ist geflohen!"
Ein tosender Applaus folgte, unterbrochen von den Jubelrufen: „Wir haben
gesiegt!" „Wir haben gesiegt!"

Ich hatte mitgefiebert und mitgezittert und freute mich riesig, dass die Ceausescu-
Diktatur nun zu Ende war. Dass es schließlich so schnell gehen würde, hätte ich
nicht für möglich gehalten.

Die Nachrichten aus Rumänien ließen mich nicht mehr los.
Die Suche nach Ceausescu begann. Man wusste nicht, wie sich das Militär und der Geheimdienst verhalten würde.
Die Front für die Nationale Rettung wurde gegründet, die die Macht übernehmen sollte.
Das Fernsehen berichtete pausenlos über Rumänien und das Schicksal des unterdrückten Volkes wurde in der ganzen Welt bekannt, ebenso der krasse Gegensatzes des prunkvollen Lebens des Ehepaares Ceausescu. Die Grausamkeiten des Geheimdienstes Securitate offenbarten die erschütterten Bilder von toten Gefangenen, die nackt und mit Stacheldraht gefesselt, auf kahlen Betontischen lagen, übersät mit blauen Flecken. Erst jetzt erkannte ich, wozu dieser schreckliche Geheimdienst fähig war, wenn es ernst wurde.
Ich hoffte, dass er nun entmachtet und zur Verantwortung gezogen wurde, für das, was dem Volk angetan wurde.
Kurz darauf, kam die erlösende Nachricht, dass Ceausescu und seine Frau in einem Panzer gefangen genommen wurden. Er stieg durch die Luke, ein Soldat half ihm dabei. Er wurde ärztlich untersucht und schien bei bester Gesundheit zu sein.

Der Hubschrauber mit dem Ehepaar Ceausescu an Bord landete zunächst in einer weiteren Residenz des Diktators. Dort versuchte er vergebens, mit der Kommandozentrale der Armee und der Securitate Kontakt aufzunehmen. Der Hubschrauber brachte sie schließlich zur Nationalstraße Nr. 7, wo sie später von der Polizei festgenommen wurden und in die Militäreinheit von Tirgoviste gebracht wurden.
Am 24. Dezember beschloss man, ihnen den Prozess zu machen. In diesem Prozess wurde Ceausescu Genozid vorgeworfen. Seine Ehefrau verteidigte sich, indem sie sagte, alles nur für das rumänische Volk getan zu haben, indem Schulen und Krankenhäuser gebaut wurden.
Das Militärtribunal verurteilte beide zum Tode.
Ich empfand es als leichte Genugtuung, dass Ceausescu nun vor einem Militärgericht stand, so wie ich auch vor Jahren. Der Unterschied bestand lediglich darin, dass ich nichts verbrochen hatte und nur in Freiheit leben wollte.
Manchmal schien es im Leben doch eine gewisse Gerechtigkeit zu geben.
Die Bilder von der Hinrichtung des Ehepaares Ceausescu gingen um die Welt.
In Rumänien herrschte eine unbeschreibbare Euphorie. Im ganzen Land jubelten die Menschen und hatten Tränen der Freude in den Augen.
Das ganze Ausmaß dieser beispiellosen Diktatur wurde erst nach und nach bekannt.
Man entdeckte Kinderheime, in denen verwahrloste Kinder in ihren Fäkalien lagen, halb verhungert und verdurstet und im krassen Gegensatz dazu die Schuhe mit goldenen Absätzen und die goldenen Wasserhähne und weichen Daunenbetten des Diktatorehepaares.

Mich nahm das alles sehr mit und ich wäre gerne dabei gewesen, bei dieser Revolution. Ich beschloss, sofort nach Rumänien zu fahren, um diese Aufbruchstimmung und Euphorie mitzuerleben.

Ich wollte diesen Sieg über die Diktatur und den Diktator hautnah sehen. Es herrschte noch Anarchie in Rumänien und überall wurde wild umhergeschossen, aber das ängstigte mich nicht; jetzt nicht mehr.

Ich packte meine Koffer und fuhr sofort los.

Meine Mutter machte sich Sorgen, als ich ihr von meinem Vorhaben erzählte.

In den Nachrichten wurde berichtet, dass auf ausländische Autos geschossen wurde.

Mutter meinte, ich solle lieber noch eine Weile warten, bis sich die Lage beruhigt hätte. Aber genau das wollte ich ja nicht.

Unterwegs auf der Autobahn überholte ich immer wieder Lastwagen mit der Aufschrift: *SOS – Rumänien.*

Unglaublich, wie sich die ganze Welt mit dem rumänischen Volk solidarisierte, nachdem die schockierenden Bilder um die Welt gegangen waren. Laster aus allen Ländern Europas waren nach Rumänien unterwegs.

Je näher ich Rumänien kam, desto stärker wuchs wieder die Anspannung, wie jedes Mal vorher, ob ich einreisen dürfte. Ich wusste auch jetzt nicht, ob der lange Weg nicht umsonst war und ich an der Grenze wieder abgewiesen werden würde.

Ich war ganz aufgeregt.

Mittlerweile waren es dreizehn Jahre, dass ich das letzte Mal in meiner Heimat war. In den Nachrichten wurde über Schießereien zwischen sogenannten Terroristen, ehemaligen Geheimdienstlern und dem Militär berichtet.

Ich hatte noch einige Kilometer bis zum Grenzübergang bei Arad. Hier wurde ich zwei Jahre zuvor von zwei mit Maschinengewehren bewaffneten Soldaten zur ungarischen Grenze zurückgebracht.

Ich war sehr überrascht, dass nun keine PKWs in der Schlange standen, denn es war kurz nach Weihnachten und um diese Zeit fuhren immer viele aus Deutschland zu ihren Bekannten und Verwandten nach Rumänien.

Ich näherte mich vorsichtig dem Grenzübergang. Es war immer noch kein Auto zu sehen. Es war gespenstisch ruhig.

Ich hielt an und stieg aus. Ein Offizier kam mir entgegen.

„Wohin möchten Sie?"

„Nach Sankt Anna" antwortete ich.

Er beobachtete mich verdutzt und war etwas überrascht.

„Geben Sie mir Ihren Pass!" Ich tat es.

Langsam blätterte er darin und sah mich an. An den vielen Stempeln konnte er erkennen, dass mir immer wieder die Einreise verweigert worden war.

„Visum anulat" stand in roter Schrift.

Er fragte höflich. „Wann waren Sie denn das letzte Mal in Rumänien?"
„Noch kein einziges Mal seit meiner Ausreise vor zwölf Jahren."
„Warum durften Sie nicht einreisen?"
„Ich weiß es nicht."
„Hatten Sie Probleme?"
„Ja."
„Welcher Art; politische?"
„Ja" erwiderte ich.
Er sah mir in die Augen und sagte: „Solche Leute wie Sie braucht unser Land jetzt!"
Ich war verblüfft. Das hatte ich so nicht erwartet.
Er streckte mir meinen Pass entgegen. Mein Auto wurde nicht kontrolliert, nicht einmal den Kofferraumdeckel musste ich öffnen.
Der Offizier wünschte mir noch eine gute Reise und gab mir dabei die Hand. Er befahl dem Soldaten, den Schlagbaum zu öffnen.
Ich konnte es nicht fassen.
Langsam fuhr ich weiter.

Ich erreichte die erste Ortschaft Nodlac. Auf der Straße standen Hunderte Menschen und winkten mir zu, Kinder winkten mir zu und bildeten mit ihren Fingern das Victory-Zeichen, alle jubelten, Ich konnte mich nicht mehr beherrschen und musste langsam fahren, denn Tränen kullerten über mein Gesicht. Ich konnte sie nicht mehr stoppen. So ein Gefühl habe ich noch nie in meinem Leben verspürt, weder als ich aus dem Gefängnis entlassen wurde, noch als ich überraschend meine Ausreisegenehmigung erhalten hatte.
Am ganzen Körper hatte ich Gänsehaut. Es war eine immense Freude in mir, unbeschreiblich dieses Gefühl.
Tags zuvor war der Diktator erschossen worden, heute öffnete sich der Schlagbaum für mich und ich durfte in meine alte Heimat einreisen.
Die Leute am Straßenrand jubelten mir zu, es war wie im Märchen, aber es war keins. Es war wahr. Das Unmögliche war wahr geworden, Ich hätte es nicht für möglich gehalten, dass ich dies noch erleben darf. Irgendwann hatte ich die Hoffnung aufgegeben, dass die Diktatur von Ceausescu beendet werden würde.
Wie hatten mir die Securitate-Offiziere gesagt:
„Was willst du stinkender Arbeiter? Was für Rechte wollt ihr denn?"
Sie waren sich ihrer Macht bis in die Unendlichkeit sicher.
„Wir machen uns unsere Hände nicht schmutzig mit dir."
Nun war die Wende da!
Das ganze Volk und ich auch waren nun die Sieger über dieses Terror-Regime.

Ich erreichte die Stadt Arad, fuhr langsam und sah mich um. Als ich am UTA-Stadion ankam, hielt ich an und stieg aus. Ich beobachtete die Leute. Diese Euphorie, die durch die Revolution ausgelöst wurde, konnte nicht verdecken, wie geschunden dieses Volk war.

Man merkte den Menschen die fehlende Selbstsicherheit und das mangelnde Selbstvertrauen an und die Angst, die sie in der Diktatur hatten. Es wurde allerhöchste Zeit, die Fesseln der Diktatur abzustreifen.

Ich beobachtete, wie am Zebrastreifen, Menschen aus der Mitte des Weges wieder umkehrte, als sie sahen, dass sich mein Auto näherte. Dies lag daran, dass nur die Mächtigen bis dahin Autos besaßen, vor denen es besser war, zurückzuweichen.
Die Menschen besaßen überhaupt keine Rechte mehr.
Ich fuhr an Fabriken vorbei.
Arad hatte eine lange Tradition in der Industrie.
Rechts und links lagen Fabriken, in der Waggonfabrik, in der ich gelernt hatte, waren Tausende beschäftigt.
Ich fuhr an der Möbelfabrik vorbei und die Erinnerungen daran wurden wieder wach, wie man mich zum Tor begleitet und rausgeschmissen hatte, als ich Paul Goma und die Charta 77 unterstützte.
Alle Fabriken waren nun veraltet und verkommen, die Kommunisten hatten nicht nur die Menschen sondern auch die Industrie ruiniert. Die Wirtschaft lag am Boden. Nach vierzig Jahren Misswirtschaft hinterließen sie nur einen Trümmerhaufen.

Nachdem ich nun viele Jahre in Deutschland gelebt hatte, fiel mir dies besonders auf. Ich sah alles mit ganz anderen Augen, als die Menschen, die nie von hier weg gekommen waren.
Ich fuhr weiter Richtung Sankt Anna.
Als ich ankam, war es ein unbeschreibliches Gefühl der Freude und des Vertrautseins. Ich traf viele Bekannte und Verwandte und freute mich, sie wieder zu sehen. Es lebten noch etwa dreitausend Deutsche in Sankt Anna. Die meisten waren in den letzten Jahren schon ausgesiedelt.
Ich lief zu meinem Elternhaus und blieb kurz stehen. Ich warf einen Blick in den Hof, in dem ich meine Kindheit und Jugend verbrachte. Es stand leer und war fast eine Ruine.
In den letzten Jahren hatten auch meine Eltern nichts mehr renoviert.
Viele Häuser waren in sehr gutem Zustand, denn die meisten Deutschen hatten mit viel Herzblut an ihren Häusern gearbeitet.

In den meisten Häusern lebten nun Rumänen, die aus der Moldau hierher kamen, Es tat mir in der Seele weh, zu sehen, was aus unserer schönen Gemeinde geworden war. Alles, was unsere Vorfahren errichtet und erhalten haben, die ganzen Traditionen und das Gemeindeleben hatten ihren Sinn verloren. Alle Deutschen wollten nur noch ausreisen. Die Kommunisten hatten die ganze Kultur zerstört.

Ich fuhr wieder nach Deutschland zurück und war sehr froh, noch einen Teil der

Wende und des Sturzes des Diktators mitzuerleben.
Es war höchste Zeit, dieses geschundene Volk von der Tyrannei zu befreien.
Tausende junger Menschen haben dafür ihr Leben gelassen.

Das größte Glück

In Deutschland ging das normale Leben weiter.
Nach der Arbeit hielt ich mich fit durch die langen Spaziergänge mit Rex und durch Tennis spielen.
Nachdem mein innigster Wunsch, der Sturz des Ceausescu-Regimes sich nun erfüllt hatte, hegte ich nur noch einen Traum: eine Familie zu gründen.
Ich lernte eine Frau aus unserem Ort kennen, die gerade die schmerzliche Trennung von ihrem Ehemann verkraften musste. Sie war erst zweiunddreißig Jahre alt und stand nun mit ihrem zehnjährigen Sohn und der elfjährigen Tochter alleine da. Wir sahen uns oft in unserer Freizeit, machten Fahrradtouren und sie lernte Tennis spielen. Nach kurzer Zeit beschlossen wir, zusammen zu ziehen.
Da in unserem Haus nicht mehr genügend Platz war, neben meinen Eltern lebte noch die Familie meiner Schwester hier, suchten wir eine Wohnung in Möckmühl, wo meine Freundin arbeitete.
Im Sommer fuhren wir an den Plattensee nach Ungarn.
Meine Mutter war schon seit einiger Zeit an Leukämie erkrankt und musste viel Zeit im Krankenhaus verbringen, wo sie Chemotherapie bekam. Sie jammerte jedoch nicht, sondern nahm alles gelassen hin. Sie war wie die meisten Menschen in Sankt Anna sehr gläubig und schöpfte aus ihrem Glauben viel Kraft und Hoffnung.

Bereits vor unserem gemeinsamen Urlaub fragte mich meine Freundin, ob ich mir noch ein Kind wünsche. Sie wollte eigentlich keines mehr, nach der bitteren Erfahrung aus der ersten Ehe. Sie wollte sich gerne nach dem Urlaub sterilisieren lassen.
Obwohl ein eigenes Kind mein allergrößter Wunsch war, antwortete ich ihr, dass wir ja bereits schon zwei Kinder hätten und die würden uns wohl genügen. Zu ihren Kindern hatte ich mittlerweile ein inniges Verhältnis aufgebaut und wir fühlten uns wie eine Familie.
Wir genossen unseren Urlaub sehr. Als wir eines Tages dort Tennis spielten, erreichte uns ein Telegramm.
„Bitte komm sofort heim. Mutter ist tot."
Die Nachricht traf mich völlig unerwartet und sehr hart.
Wir packten sofort unsere Koffer und fuhren nach Hause. Ich war nun in diesen schweren Stunden sehr froh, jemanden an meiner Seite zu haben, der mich tröstete.

Nach unserer Ankunft erfuhr ich von meiner Schwester, dass meine Mutter ohne

Schmerzen friedlich eingeschlafen war.

Viele Verwandte und Bekannte kamen von weit her zur Beerdigung. Meine Mutter hatte zehn Geschwister und eine sehr große Verwandtschaft, die meisten lebten mittlerweile in Deutschland.

Einige Wochen nach der Beerdigung kam ich von der Spätschicht nach Hause, als ich in meiner Dachwohnung einen Blumenstrauß und einen Brief vorfand. Neugierig öffnete ich diesen und las:

„Hallo mein Schatz, ich muss dir eine frohe Nachricht hinterlassen. Herzlichen Glückwunsch! Du wirst Vater. Ich bin schwanger."

Ich musste die Zeilen zweimal lesen, um die Nachricht zu begreifen. Ich war außer mir vor Freude. Nun war das Wunder vor ihrem Termin zur Sterilisation passiert. Ich war außer mir vor Glück.

Im Frühjahr fuhr ich wieder nach Rumänien.

In Arad begegnete ich dem ehemaligen Polizeichef von Sankt Anna, der in Rente war und in der Stadt lebte. Er war sehr überrascht, mich zu treffen:

„Jetzt ist dein Feind Ceausescu tot. Jetzt darfst du auch wieder ins Land einreisen."

„Ja" antwortete ich „nun habe ich nur noch ein Anliegen. Ich möchte Einsicht in meine Securitate-Akte nehmen."

„Diese Erlaubnis wirst du nie im Leben bekommen. Die Regierung hat ein Gesetz verabschiedet, wonach die Akten sechzig Jahre lang verschlossen bleiben müssen" sagte er selbstherrlich.

Ion Iliescu stand an der Spitze der Front der Nationalen Rettung, wie die neue Partei nun hieß. Darin waren alles ehemalige Kommunisten. Iliescu war bereits unter Ceausescu an der Macht. Allerdings wurde er von ihm verstoßen, kehrte aber nach Ceausescus Tod wieder an die Macht zurück. Ich war sehr enttäuscht über diese Entwicklung, die immer noch keine wirkliche Freiheit für das rumänische Volk verhieß.

Tausende Studenten demonstrierten in Bukarest wochenlang gegen Iliescu. Die Polizei weigerte sich, gegen die Demonstranten einzuschreiten. Daraufhin wurden hartgesottene Bergwerkarbeiter verpflichtet, die auf die Demonstranten einschlugen und die Demonstrationen auflösten.

Auch in der Tschechoslowakei wollten die Bürger von Dubcek und Kommunismus mittlerweile nichts mehr wissen und buhten ihn auf seinen Versammlungen regelrecht aus.

Im Gegensatz dazu wurde Iliescu frenetisch gefeiert, als er auf einer Kundgebung rief: „Wir verkaufen unser Land nicht!"

Ich begriff, dass Rumänien noch ein langer Weg bis zur Freiheit bevorstand.

Der Geheimdienst Securitate wurde nicht zerschlagen, die Verantwortlichen nicht zur Verantwortung gezogen, für das, was sie den Menschen in diesem Land angetan hatten. Es wurde nur die unmittelbare Führungsspitze ausgewechselt. Der Machtapparat blieb der gleiche. Ähnlich erging es nach der Wende auch der ehemaligen DDR. Egon Krenz wurde nur „der Wolf im Schafspelz" genannt. In Rumänien fanden die ersten freien Wahlen statt. Die Bauernpartei, von der früher etliche bekannte Mitglieder im Gefängnis von Aiud verhaftet waren, versuchte gegen die Kommunisten mobil zu machen. Es war wenig wirkungsvoll. Iliescus Partei siegte.

Meine Freundin kam mit Wehen ins Krankenhaus. Es war der Samstag vor Ostern. Ich blieb die ganze Nacht dabei. Am Ostersonntag zu Mittag war es soweit: ein kleines süßes Mädchen, meine Tochter, erblickte das Licht der Welt. Ich war bei der Geburt dabei. Es war ein unbeschreibliches Gefühl. Ein kleines Wunder, das ich mir so sehr gewünscht hatte und das nun am Ostersonntag Wirklichkeit wurde. Die Gefühle, die ich hatte, waren die allerschönsten in meinem Leben. Nicht die Freilassung aus dem Gefängnis von Aiud, nicht die Ausreise, nicht der Sturz Ceausescus brachten in mir diese Gefühle hervor, wie die Geburt meiner kleinen Tochter. Ich war unendlich dankbar für dieses kleine wundervolle Geschöpf Gottes. Nun erst bekam mein Leben einen richtigen Sinn.

Das Vaterglück veränderte mich. Ich wurde viel ruhiger und gelassener.
Ein Jahr später heirateten wir.
Meine Schwester und mein Schwager hatten ein eigenes Haus gebaut und so zog ich mit meiner Familie wieder in unser Haus zurück,.
Nicht weit davon entfernt war ein Reiterhof. Meine Tochter war jeden Tag dort und fing im Alter von fünf Jahren mit Voltigieren an. Immer wieder musste ich auch dahin und sie zeigte mir alle Pferde. Sie hegte die gleiche Liebe zu den Pferden wie ich als Kind.
Immer wieder stellte sie die gleich Frage. „Papa, krieg ich auch ein Pferd?" Ich antwortete meist mit: „Mal abwarten und sehen." Schließlich war die Anschaffung eines Pferdes und dessen Unterhalt auch mit Kosten verbunden.
In der Nähe unseres Hauses, am Ortsrand neben dem Reiterhof verstarb der Besitzer eines schönen großen Grundstückes mit Stallungen für Hühner und Hasen.
Ich fragte bei der Witwe nach und sie sagte, zu meiner großen Freude und Überraschung, dass ich es pachten könne.
Voller Freude ging ich heim und versprach meiner Tochter nun ein Pferd, welches sie zu ihrem elften Geburtstag erhielt. Es war ein Haflinger-Fohlen. Damit erfüllte ich mir auch einen Kindheitstraum. Als Kind hätte ich nicht einmal zu träumen gewagt, ein Pferd zu besitzen.

Da nun auch die Stallungen für Hühner und Tauben vorhanden waren, schaffte ich mir auch Hühner und Tauben an.
Hier fand ich nun täglich nach der Arbeit meine Ruhe und Erholung. Es kamen

immer mehr Tiere dazu auf meine kleine „Ranch". Dies wurde mein Paradies.

Heute genieße ich mein spätes Glück.
Durch das Laufen steigen Glücksgefühle in mir auf, die ich vergeblich im Alkohol suchte.
Wenn ich mit Rex über die Felder laufe und schönes Wetter ist, setze ich mich manchmal auf eine Bank am Wegesrand und halte inne und blicke in den Himmel und bin dem lieben Gott dankbar, dass mein Schicksal es so gut mit mir gemeint hat.
Ich sage ganz bewusst, „Schicksal", denn mein Leben hätte auch anders verlaufen können, nach den schweren Prüfungen, die ich durchstehen musste. Ich bin oft auf einem sehr schmalen Grat gewandert, dem Abgrund sehr nahe. Nun bin ich froh, dass das Schiff meines Lebens in ruhigeren Gewässern treibt, immer mit einem rettenden Hafen in Sichtweite.

Die politische Lage in Europa hat sich verändert. Europa wächst zusammen.
Kaum vorstellbar, meine alte Heimat Rumänien wird in die Europäische Union aufgenommen. Was für gewaltige Veränderungen doch vonstatten gegangen sind.
Es ist fast vierzig Jahre her, als ich als Achtzehnjähriger aus meiner Heimat flüchten wollte und verhaftet wurde, „politischer Gefangener" war. Heute braucht keiner mehr unter Lebensgefahr seine Heimat verlassen, nur um in Freiheit und Würde leben zu können.
Die Vereinigung Europas ist eine sehr große Errungenschaft, für die es sich immer wieder lohnt, sich einzusetzen.

Ende

Epilog

Heute halte ich dieses Buch in meinen Händen.
Dass ich es verfasste und meine Erlebnisse aufgeschrieben habe, verdanke ich meiner Tochter Anne-Sophie, die mir als junges Mädchen über Jahre hinweg die Frage stellte: „Papa, wieso warst du eigentlich im Gefängnis? Hast du denn etwas verbrochen?"
Daraufhin antwortete ich immer: „Nein, ‚verbrochen' habe ich nie etwas, aber ich habe stets als freier Mensch leben wollen. Leider habe ich in einem politischen System gelebt, das dieses Streben nach Freiheit rigoros und mit Gewalt unterbunden hat!"
So möchte ich mit diesem Buch nicht nur meiner Tochter, sondern auch den Generationen, die nicht in einer kommunistischen Diktatur lebten, aufzeigen, was für ein hohes Gut die Freiheit ist, für die es sich immer wieder lohnt, sich einzusetzen.
Ich möchte, dass die schrecklichen Verbrechen der kommunistischen Regierung in Rumänien und des Geheimdienstes Securitate nicht in Vergessenheit geraten und dass auch nicht aus der Retrospektive der Kommunismus jemals verherrlicht wird.
Viele junge Menschen ließen auf ihrer Suche nach einem Weg in die Freiheit ihr Leben an der Grenze oder wurden zu Krüppeln geschlagen, manche von ihnen werden heute noch hoffnungsvoll von Angehörigen gesucht.
So habe ich dieses Buch auch im Namen der damaligen politischen Häftlinge geschrieben, die heute nicht mehr in der Lage sind, ihre Geschichte zu erzählen oder aufzuschreiben.

Ganz besonders danken möchte ich meiner Ehefrau Brigitte, die mich bei meinem Vorhaben und während des Schreibens tatkräftig unterstützte. Widmen möchte ich dieses Buch auch all meinen Freunden und Weggefährten, die mich auf den Höhen und Tiefen, auf den Gratwanderungen meines Lebens begleitet haben und bei denen ich stets Rückhalt fand.

Johann Kappes

Inhalt

Johann Kappes
In den Fängen der Securitate – Erinnerungen eines „Staatsfeindes" aus dem Banat
Paperback
196 Seiten

ISBN 9783837053425

Bearbeitet von Ortrun Irene Martini-Dengler,
Magister Artium
Biografien und Lebensgeschichten
Schreyerhof 14   74395 Mundelsheim
www. martini-biografien.de
email: info@martini-biografien.de
Copyright

Herstellung und Verlag: Books on Demand GmbH, Norderstedt

Nachdruck und Vervielfältigung nur mit ausdrücklicher schriftlicher Genehmigung

1.korrigierte Auflage 2008

Unverbindliche Preisempfehlung: Euro 12,00